カレイドスコープの箱庭

海堂尊
Kaidou Takeru

宝島社

目次

カバー・本文デザイン　中川まり（SINN graphic）
本文DTP　株式会社明昌堂
編集協力　山本奈津子
校正協力　宮芝薫

カレイドスコープの箱庭

0

俺はステージの上に立ち尽くしていた。スポットライトが眩しい。

Bravo! という声に続いて、華やかに打ち鳴らされる金属の打撃音に、全身が包まれる。

観客が手にしたスプーンが銀色に煌《きら》めいている。見上げると、中世の教会を思わせるドームの内側の天井桟敷に鈴なりになった学生たちも、俺に向かって称賛の声を上げている。

身に余る光栄にうっとりしながら舞台袖に視線を投げる。そこにはテンガロンハットを被った大柄の男性が立っていて、俺と目が会うと親指を立てて、グッドというようにサインを出す。

そう、俺はたった今、人生において最大の行事、海外での講演会を終えたところだった。

しかもそれは、米国が誇る屈指の名門大学・マサチューセッツ大学の長い歴史でも初めての、画期的な講演会で、俺はここで世界トップというべき人物と激しい論争を闘わせた。

聴衆を見回してから、ゆっくりと天井を見上げる。さっきまで開いていたドームの頂点である叡智《えいち》の天窓は、今は閉ざされ、かすかにカーテンが揺れているばかりだった。

そこにいて、俺と丁々発止のやり取りを交わしていた、マサチューセッツ大学の最高の碩学《せきがく》、論理の最終兵器は、今はその姿を消していた。

俺はヤツに勝ったのだろうか?

目を閉じて、深呼吸をする。そして、遠く日本の空に想いを馳《は》せる。

振り返ると、俺が立っているステージの背景に、俺がかつて戦車に搭乗した時の写真を使った巨大ポスターが貼られていたということに気がついた。

演説を始めた時には、自分の背後にも気付かないくらい緊張していたわけか、とひとり呟く。だが、今の俺は、自身に満ちて落ち着き払っていた。そう、少し前の俺とはもはやまったく違う人間になっている。そう、俺は丸投げされた無理難題をひとつ、見事ににやり遂げたのだ。それはおそらく、この米国開闢《かいびゃく》の地、ボストンでも長く語り草になるに違いない。

講演の余韻が残る会場には、最高の栄誉、金属の打撃音が鳴り響いている。目を閉じた俺の耳に、単調で乱雑な打撃音が、古い教会の午後に聞くパイプオルガンの賛美歌のように響いた。

それにしても、なぜ俺はこんな舞台で、米国屈指の大学の、優秀な学生たちに向かってこんな風に偉そうに講演などしてしまったのだろう。

ここに至る経緯を、ひとりステージの上で思い浮かべる。

そう、あれはいつものように、俺が腹黒タヌキの病院長の部屋に呼ばれ、無理難題を丸投げされた時から始まったのだ。

今となっては、俺の胸に去来する言葉はただひとつ。

思えば遠くへ来たものだ。

1

2009年10月19日（月）　午前9時
病院4F・病院長室

月曜午前九時。俺はいつものように病院長室に呼び出されていた。

俺の目の前に座っているのはロマンスグレーの小柄な男性、高階《たかしな》病院長。大きな窓を背にして、肘《ひじ》を机に載せて両手を組み、俺を見つめる様子が実にさまになる、ダンディなお方だ。

その病院長が、おもむろに口を開いた。

「今朝の新聞をご覧になりましたか？　臓器移植法が改正され、来年の七月から日本でも十五才未満の小児臓器移植ができるそうです」

「そうですか」

気の抜けた返事をした。外科医の高階病院長には興味深いだろうが、内科医、特に神経内科という、外科と一番縁遠い内科医である俺にとっては、まったく興味が持てない領域だ。

「めでたい話です。かつて東城大のスーパースターが願い続けたことでもあるんですから」

その瞬間、目が覚めたように意識が明瞭になる。

日本での小児臓器移植の実施を、というのは東城《とうじょう》大を去った天才心臓外科医の宿願だった。

そんな大切なことを忘れてしまうとは、年月の風化作用は強力だ。

「そうですか。日本はそうした新しい手法を取り入れるのは難しいのに、よくやれましたね」

「何でも、米国医学会におけるエシックス・コミティでの勧告が決め手になったそうです」

エシックスと聞いて、俺は顔をしかめる。なるほど、米国のエシックス・コミティはものごとを機能的に推進させるような方向に進むのかもしれないが、それに相当する日本の倫理審査委員会は、新しい仕組みを作ろうとする時に足を引っ張る鳩首《きゅうしゅ》会議になってしまう。

俺がそんな雑念に浸っていると、いきなり高階病院長は現実世界に引き戻す。

「朝のご挨拶《あいさつ》はこのあたりにして本題に入ります。田口《たぐち》先生、実はひとつお願いがあるのですが」

今の俺は夢から覚めたような間抜け顔をしているんだろうなと思いながら、即座にうなずく。

「わかりました。なんなりとお申し付けください」

高階病院長は俺をしげしげと見つめながらため息をついた。

「こころよい許諾をいただき、ありがとうございます。でもおかしな話ですね。本来ならこうした頼み事をする当事者は田口先生であるべきなのに」

俺は肩をすくめる。

「そんな風に、済んでしまったことをいつまでも根に持っていたら、先には進めません。我々の病院は現在、存続の危機にあるんですから」

「それなんですが、本当ならあそこで田口先生に病院長の座を禅譲し、完全に引退できていたはずなのに、どうしてこんなことになってしまったのでしょうか」

この夏、東城大を震撼《しんかん》させたAiセンター炎上事件。その余波で、あやうく病院長代行などという大役を押しつけられそうになった俺は、その事態を首の皮一枚でかろうじて回避していた。

「もともと高階病院長が描いた絵図に無理があったんです。教授でもなく、論文を一本も書いていない私のような者が、いくら代行とはいえ、病院長の座につけるはずがないんです」

「でも田口先生は、リスクマネジメント委員会の委員長という大看板を背負っていて、病院機構の酸いも甘いもわきまえていらっしゃいますから……」

「その程度の肩書きで全職員八百名を納得させられるとお考えになった、あの時の高階病院長がどうかされていたんです。まあ非常事態でしたので、責めているわけではありませんが」

高階病院長を上から見下ろしてこう言うと、説教をしているみたいで気分がいい。

要するにその朝、俺は上機嫌だった。だが人は、上機嫌の時ほど足元をすくわれるものだ。

不定愁訴外来の片隅でひっそりと生きたいと願っていた以前の俺であれば、その不穏な気配に振り返り、背後を確かめただろう。だが、浮かれていた俺は、策士・高階病院長という餓狼《がろう》を前に、無防備に腹を晒《さら》して寛《くつろ》いでいる子鹿みたいなものだった。

「まあ、依頼を受けてくださり、ほっとしました。今の会話で改めて、田口先生に依頼するのが適材適所だと納得できましたし」

かつての高階病院長の口調を髣髴《ほうふつ》とさせる台詞《せりふ》を耳にして、俺は笑顔を吹き消した。

「適材適所、ですか」

高階病院長がにこやかにうなずき、それを見た俺は不安に囚われる。これぞ高階マジック、いつの間にか、さっきまでの二人の表情と立場が入れ替わってしまっている。

俺が適材適所だということは、これまでの経験から十中八九、リスクマネジメント委員会絡みの院内トラブルだ。しかも外見は院内トラブルに見えるが、内実は社会全体に広がる根深いトラブルであることも多かった。バチスタ・スキャンダルに始まり、ナイチンゲール・クライシス、神々の楽園事件、アリアドネ・インシデント、そしてケルベロス・デザスターと、数え上げれば俺が高階病院長からの依頼から大ごとに巻き込まれたケースは枚挙に暇《いとま》がない。

あわてて身構えたが、時すでに遅し。その矢は思わぬ方向から飛んできた。

「田口先生に依頼しようと思ったのは、電子カルテ運用に関わる問題があるからです。確か先生は電子カルテ導入検討委員会の委員長でしたよね」

思いもしなかった伏兵。まさに小石に足をすくわれた感がある。だが俺がその肩書きを失念していたのもやむを得ない。俺が電子カルテ導入検討委員会を招集したことは、これまで一度もなかったのだから。

電子カルテ導入は三年前に終わったため、お役御免の肩書きで、俺は名ばかりのペーパー委員長だ。まあ、電子カルテの目標はペーパーレスになることだから、それでいいわけだ。ペーパー委員長もそのうちにペーパーレス委員長となって、やがては消滅するに違いない。

とまあ、そんな想念を一瞬で脳裏に錯綜《さくそう》させた俺に向かって、高階病院長は言った。

「今月初め、右肺葉摘出術の患者が術後に亡くなりましたが、肺癌《はいがん》としたのは誤診ではないかという疑惑があるのです。でも、実情がよくわからないうちに中途半端にリスクマネジメント委員会を発動するのも、世間の耳目を集めてしまうので望ましくないのです」

なるほど、それは確かにおっしゃる通り大ごとだ。俺は吐息をついた。

「つまりこっそり調査して実態を把握せよ、というご依頼ですね」

「一を聞いて十を知る、という諺《ことわざ》は、まさに田口先生の利発さを表すための言葉ですね」

俺はため息をついた。四十代半ばの俺は、利発などという青臭い形容をされて喜ぶ年頃などはとっくに過ぎているのだが、そんなことはちっともおわかりにならないらしい。

だがそんなことはどうでもいい。とにかくエスケープ第一、俺は別方面から逃走を図る。

「でもそれは、電子カルテとは無関係に思えますけど」

「電子カルテは、検体取り違えが起こりにくいと言われています。この件は検体取り違えの可能性もあるので、電子カルテシステムの検証が必要になるのです」

高階病院長の論理には取りあえず穴はなさそうに見える。俺は諦《あきら》めの表情を浮かべた。

「とにかく、まずは経緯《いきさつ》を詳しく伺いましょう」


死亡した患者は小栗昇平《おぐりしょうへい》さん、七十代男性。検診で肺陰影を指摘され、気管支鏡生検にて癌と診断され、今月始めに呼吸器外科で手術された。術後一晩ＩＣＵに滞在し翌日病棟に戻ったが、二日後の真夜中に突然心停止、蘇生《そせい》もままならず不帰の人となった。

患者の権利意識が強くなった今では、こういう術後死のケースを医療ミスではないかと勘繰る遺族も少なくない。なので院内死亡患者は全例血液を保存した上で、Ａｉを実施している。

Ａｉとはオートプシー・イメージングの頭文字で、日本語では死亡時画像診断と呼び、解剖と並ぶ強力な死因検査法だ。東城大には日本の先駆け、もとい、世界の先駆けとなるＡｉセンターという施設が設置され、Ａｉ画像を遺族に見せるようになって医療トラブルは激減した。二例の医療過誤例では発覚直後、画像を見せながら説明し、その場で謝罪したところ裁判にはならず、和解が成立した。このようにＡｉは医療現場と患者間のコミュニケーション・ツールとしても優れているので、医療紛争の解決ツールとしても有用だと証明されている。ただし残念ながら、その有用なＡｉセンターはつい先日、互解してしまったのではあるが……。

だがこの話は不自然だ。俺は気づいた点を指摘する。

「お話を伺った流れでは、診断ミスが発覚する要素はなさそうに思えますが」

高階病院長は目を閉じて、言った。

「おっしゃる通りです。実は十日前ご遺族に匿名で、病理の誤診だという内部告発があったそうです。告発を受けた三船《みふね》事務長が内偵したところ、誤診ではなく、検体取り違えの可能性もあるとおっしゃるのです。そこで誤診か検体の取り違えかを調べていただきたいのですが、その際、リスクマネジメント委員会ではなく、電子カルテ導入検討委員会として対応してほしいのです」

つまり、実質的にはリスクマネジメント委員会の方が妥当だが、波風を立てないように電子カルテ導入検討委員会という穏便な肩書きで調査せよというお達しのわけか、とげんなりする。

同時に、ふと考える。これまではそうした内部告発の受け皿の役割はリスクマネジメント委員会が果たしてきた。だが今回、告発がリスクマネジメント委員会を経由しなかったことで、俺が持ち合わせていた傍流ゆえの信頼という強みが失われつつあるように思えた。

病院の中で俺を取り巻く空気が少しずつ変わりつつある。そんな気がした。

2

高階病院長はコホン、と咳払いする。いつものようにその話は一筋縄ではなかった。

「実はついでにもうひとつ、お願いがあります。今回、Aiが内部告発に寄与したという認識が持ち上がり、Aiアンチの方々が再び蠢《うごめ》き始めています。こうした反動勢力を黙らせたいのです」

来たよ、と思いながら、脳裏に高階病院長が示唆したアンチAiのメンバーの顔が浮かぶ。

Aiの特質は透明性、中立性、公平性、迅速性にあるから、客観的情報として内部告発に説得力を与えるのは確かだ。公平で中立であれば、医療側にメリットはあるが、等しく患者サイドにも利益をもたらすのだから。だが同時に、それはおかしい、と気付く。

「この案件が診断ミスか検体取り違えであるなら、Ai情報は内部告発に関与してないのでは？」

「おっしゃる通りなんですが、ご遺族は、我々医療スタッフがAiの実力を過信しすぎて解剖を怠ったがために、この事案が見落とされたのではないかと疑っているらしいのです」

「それも変な話ですね。生前の診断ミスや検体の取り違えに関して、死後の解剖は無力です」

「その通りです。ただ問題は、医療のことをろくにわからない素人がそのような論を振り回し、医療現場がAi実施に消極的になる可能性があることです。ですからまずこの事件のカタをつけながら、同時にもうひとつ手を打つべきだと思うのですが、それが何かおわかりですか？」

「そういうことを考えるのは、病院長のお仕事なのでは？」

「とんでもない。今の私は田口先生というフィクサーの傀儡《かいらい》ですので、こうしたことはまず、田口先生ご自身から申し出ていただき、それに対して私がアドバイスを述べる、という形が理想型です。ですが、こうしている時間が惜しいので、ひとつヒントをさしあげます。打つべきもう一つの手とは、今の田口先生の肩書きと深く関係しているものだ、ということです」

そう言われて、現在の地位を棚卸ししてみる気になった。

そういえば失念していたが、俺は十月一日付けで准教授に昇進したばかりだった。俺が病院長代行に就任させられそうだと知った直属の上司・有働《うどう》教授が、講師の肩書きのままでは心細かろうと勝手に忖度《そんたく》し、俺を准教授に昇格させたのだ。

以前なら野心家の兵藤《ひょうどう》助教がこうした人事をひっくり返すべく暗躍してくれるはずなのだが、ヤツも、とある一件で俺の下に甘んじるどころか、俺の出世を後押しし始める始末。かつて俺とやり合った陰謀や紛争の火種が大好物の教授連も、俺の足を引っ張ろうとすると却《かえ》って火の粉が降りかかってくるということを身に染みて知ったためか、あえて反対しようとはしなかった。

具体的に言えば、法医学の笹井《ささい》教授とかエシックス・コミティの沼田《ぬまた》代表など、俺の天敵連中がこぞって俺の足を引っ張るという院内政治からすっぱり手を引いてしまったのだ。

加えて俺がまだ論文を一本もモノにしていないという最大の弱点を指摘する役柄の、第一外科の黒崎《くろさき》教授さえも、俺の病院長代行就任という人事のサポート役に徹する、と宣言してしまった手前、今さら一教室内の内部人事に口を挟む気を失くしてしまった。因業《いんごう》な話である。

……俺の肩書きの見直しのはずが、つい脱線してしまった。肩書きの棚卸しを再開しよう。

神経内科学教室准教授で不定愁訴外来の責任者。不定愁訴とは検査しても原因が見つからないのに継続して微細な症状を訴える病態で、疾患群というよりもむしろ症候のダストシュート的な診断概念だ。あ、正式名称は神経内科学教室ではなく、神経制御なんとか教室だけど。

今回の件に一番関連しそうなリスクマネジメント委員会委員長の肩書きは、冒頭で高階病院長が今回は無関係、と断言している。さらに導入が完了し有名無実になった電子カルテ導入検討委員会は、最初の件で使用されたから除外される。その他に、俺に肩書きなんてあっただろうか。

おそるおそる、そう尋ねると、高階病院長は呆《あき》れ果てたという顔をした。

「驚きました。もうお忘れですか。田口先生はAiセンターのセンター長ではないですか」

呆然《ぼうぜん》としたが、俺が見過ごしてしまったのもやむを得ない。桜宮岬《さくらのみや》に建設されたAiセンターは今や残骸しかなく、メンバーも半数以上が東城大を去ったのでAiセンターは解散したのだと思い込んでいた。だが俺は任を解かれた覚えがないので、センター長のままなのだろう。

「建物は燃え落ちてしまいましたが、Aiセンターの存在は微塵《みじん》も揺らいでおりません。むしろ災い転じて福と為す、市民社会に信頼される医療の実現のために、Aiで死因情報を明るみに出す覚悟を示す絶好のチャンスでもあるのです。医療現場から悪いことも自らカミングアウトすればより一層、深い信頼が得られます」

滔々《とうとう》と一気に語り終えた高階病院長は、俺の顔をじっと見つめた。

冷や汗が背中を伝う。俺は息を詰め、高階病院長の言葉を待った。

「事後報告ですが、ご報告します。Ａｉ標準化国際会議を来月、東城大主催で実施する手はずを、影院長の田口先生に成り代わり、整えさせていただきました」

俺は唖然《あぜん》として高階病院長の顔を見つめた。この人の依頼が横紙破りなのはいつものことだが、今回の連動はあまりにも強引すぎる。

そもそも院内事故調査だけでも大変なのに、そこに国際会議をかませて責任者に任命しようなどという酷薄《こくはく》な差配は、サディストにしかできないだろう。

「どこからＡｉの国際会議の開催だなんて、そんな依頼があったのですか？」

「そんな依頼なんて、あるわけがないでしょう？　日本はＡｉの先駆けであり、先進国であるにもかかわらず、国内の意思統一さえもできず、後続する諸外国の後塵《こうじん》を拝している、というていたらくなんですから」

「それなら一体いつ、国際会議なんて大掛かりなことを思いついたんですか」

「先日、この問題が明らかになった時です」

さらりとおっしゃるが、つい先日まで東城大学医学部付属病院が桜宮から撤退するか否かの可否を世論に問うていた真っ最中で、地域の支持を得て大学病院の存続がようやく決定したのは、今月初頭のことだ。そんな修羅場の真っ只中で、こうした突発的な事件の処理を画策しつつも、陰でＡｉの国際化に向けた活動も始めていたとは。おそるべし、腹黒タヌキ。

高階病院長のメンタル・タフネスに感心しながらも、聞いておくべきことを尋ねる。

「そもそも会議の目的は何なのですか？」

「Ａｉ標準化国際会議ですから、内容はＡｉの標準化が目的に決まっているじゃないですか」

確かに愚問だ。だが俺の質問は正当のはずだ。

ということはつまり、質問の仕方が悪かったのだ。

俺は少し考えて、改めて尋ねた。

「では、そんな国際会議をこの時期に主催したい、と高階病院長が考えた理由は何ですか？」

高階病院長は目を細めて俺を見上げた。それから机の抽斗《ひきだし》から煙草《たばこ》を取り出し、火を点《つ》けた。

今や煙草狩りは猖獗《しょうけつ》を極め、厚生労働省は全面禁煙しない病院の診療報酬単価を下げるようなことすら言い出している。俺は煙草は吸わないが、煙に税金を払い、国家を経済的に支えている奇特な人たちなんだから少し大目に見てあげればいいのに、と思う。だが鉄面皮の高階病院長でさえも、俺のような容認派の前でしか煙草を吸えなくなってしまっているらしい。

高階病院長は、ふう、と紫煙を吐くと煙草をもみ消した。

「私が真意を吐露しなければならなくなるような質問をされるとは、先生も進境著しいですね」

褒められて俺は、にっと笑う。高階病院長は続ける。

「二ヵ月前、桜宮Ａｉセンターは破壊されましたが、おかげで却ってＡｉは日本全国に普《あまね》く広りました。ですが今や地域毎《ごと》でシステムが異なり、医療現場での実施か警察主導、費用負担は税金からの支弁、施設持ち出し、遺族負担の三通り、その情報が公開される場合と、非公開のケースがある。これだけで2×3×2×2＝24通りです。てんでばらばらで、ひっちゃかめっちゃかに入り交じっている環境を統一する必要があるのは当然でしょう」

「それなら国内の制度の問題ですから、国際会議にする必要はなく、Ａｉセンター運営連絡会議を拡張し、国内の検討会を開催すれば充分なのでは？」

「ごもっともです。では、田口先生が主導して、国内連絡会議を構築してみますか」

俺はものすごい勢いで首を横に振る。冗談じゃないぜ、まったくもう。

そんな俺をにやにやして見遣りながら、高階病院長は続けた。

「確かに田口先生のご発言は正道そのものですが、なにせ日本人という人種は、本当は建前論が大好きなくせに、建前通りに動きたがらない国民ですからね。そもそも、国内連絡会議を設定したら、一体どんなメンバーになるか、考えてみてください」

素直で従順な俺は、言われた通りに考えてみる。

Ａｉは死因究明問題に関わるので病理医と法医学者が顔を突っ込みたがるが、Ａｉの社会導入に関しては足を引っ張るだろう。放射線科医は当然参加するだろうが、一般的に積極的でないことは知られている。救急医も現場でＡｉを扱うが、用が済めば興味も失う飽きっぽい人種だから主力にはなってもらえない。つまり医療現場はほとんど期待ができない状況にあるわけだ。

行政面では、主導官庁は厚生労働省と警察庁になる。そんな風にメンバー構成を考えていたら突然、脳裏に厚生労働省のはぐれ者技官、火喰《ひく》い鳥と呼ばれる男の小太りのシルエットが浮かび、背筋に寒気が走る。俺は首を振り、大急ぎでそのイメージを追い出すと、話題を変えた。

「それってなんだか、ウチのＡｉセンター運営連絡会議のメンバーとそっくりですね」

すると高階病院長は、大仰《おおぎょう》に首を振った。

「とんでもない。Ａｉセンター運営連絡会議よりもはるかに大変です。Ａｉの標準化は、大学管轄として文部科学省、地域の救急医療に関わる総務省、自衛隊を主管する防衛省、海上の遺体を扱う海上保安庁も加わり、新たなシステム構築では内閣府と法務省も参画し、最先端技術も使うＩＴ関連で経済産業省も首を突っ込んでくる。プリミティヴな方法に固執する法医学者、病理医はＡｉが標準化されては困るから反発し、解剖主体のシステムにしているモデル事業関係者も、一斉に足を引っ張ろうとするはずです」

そんな様々な思惑を抱えた連中が一堂に集まったら、一体どんなことになってしまうのだろう、と俺はげっそりした。高階病院長は、そんな俺の顔色を見ながら、続けた。

「だからこそ、国際会議を開催するのです。日本人は日本内部を過小評価して、外国にひれ伏す傾向が強いという悪しきメンタリティがあります。あまり褒められたことではありませんが、その悪癖を利用すればものごとは進展します。とにかく時間がないので田口先生は今週末に渡米していただき、コーディネーターと相談し、Ａｉ標準化国際会議の大枠を決めてきてください」

週末だなんて、いくらなんでも急すぎる。パスポートの有効期限も確認が必要だし、おニューのスーツケースも買わねばならぬ。何より国際会議の中身が何ひとつ決まっていないというように聞こえるのが気になりますね、とおそるおそる尋ねると、高階病院長は平然とうなずいた。

「当然ですよ。センター長を差し置いて、私が国際会議の中身を勝手に決めるなんて僭越《せんえつ》です」

俺は肩を落とす。俺は結局、どうあってもこのお方にこきつかわれる運命のようだ。

「ところで私が週末に会いにいくべき、そのコーディネーターとはどなたなのでしょうか？」

高階病院長は、深々と吐息をついて俺を見た。

「ここまで来ても、まだわからないとは驚きましたね。でも、行き先を聞けば、さすがにおわかりになるはずです。田口先生の出張先はマサチューセッツ医科大学なんですから」

その瞬間、日本人で一番ノーベル賞に近い研究者と言われ、Aiセンター運営連絡会議の一員で副センター長でありながらセンター長である俺を差し置いて、ウルトラスーパーバイザーとして君臨した男の横顔が脳裏に浮かぶ。マサチューセッツ医科大学上席教授・東堂文昭《とうどうふみあき》。

〝マイボスもノーベル賞くらい取れますよ、HAHAHA〞などというローマ字の笑い声が蘇《よみがえ》る。

確かにヤツならうってつけだし、俺が頼めば、忠実に任務をこなしてくれるだろう。

何という人使いの凄《すさ》まじいまでの荒さ、もとい、人材のつなげ方だろう。

「ところでその国際会議のスケジュールはいつ頃を予定しているんですか？」

「来月十一月十五日です。何しろ、土日ではそこしか東城大の大講堂が取れなかったもので」

あと一月もないのに日付だけはばっちり指定されながら、中身は何ひとつ決まっていないとは。もう無茶苦茶だ。暗澹《あんたん》たる気分の俺は、嫌味を言う気力すらなく、立ち上がる。

「要するに内憂外患、ふたつのまったく異なる課題をどうにかしろというご依頼のようですね。では取りあえず火急の要である、内憂の方から当たってみます」

力ない足取りで部屋を出た時、俺はクレームをつけるべきことがあることに思い当たる。

最初は、お願いがひとつ、と言っておきながら、結局、依頼は二つではないか。

だが、閉ざされた扉を抗議のためもう一度開けようという気力は、俺にはなかった。

3

10月19日（月）午前10時
病院3F・呼吸器外科学教室

呼吸器外科の橋爪《はしづめ》教授がアポに即座に応じてくれたことで、俺の院内での地位向上が実感できた。これも様々なトラブルをひとつひとつ地道に解決してきた証だろう。

医療の基本は互いの信頼関係で、医療安全は信頼の積み重ねだ。だから患者の「信頼」が壊れた時、医療は崩壊する。

これと似て非なるものに「期待」がある。そのふたつの外見は似ているが中身は全然違う。患者は病からの完全な回復を「期待」するが、それは不可能だ。人は様々な病気や怪我《けが》を蒙《こうむ》るが、そこから必ず回復できるという保証はない。人はいつかは必ず死ぬからだ。

だから医療が患者や家族の「期待」に応えられないことは多い。

だが愚直に誠実に対応していれば「信頼」は守れる。逆に言えば、信頼を失う時にはそこには必ず虚偽が混じり込んでいるものだ。どれほど大変なことをしでかしても、虚偽さえ言わなければ信頼の生命線は保てるという一縷《いちる》の可能性は残るわけだ。

「期待を裏切る」とは、願いを叶えられなかったということと同義だが、それは虚偽ではなく、説明不足とコミュニケーション不全に他ならない。その意味では、リスクマネジメント委員会とAiセンターを連動させる仕組みは効果的だ。同じ死因究明検査である解剖が、解剖を実施した当人しか情報を取得できないのと比べ、Ａｉではすべての情報を同レベルで共有できるために、相互チェックが可能になり、虚偽が入り込む可能性はゼロに近い。

この案件の初期対応ではＡｉを実施し、遺族との間で死因が手術後の出血ではないというコンセンサスが確立していたので、きわめて良好だった。だが思わぬところから問題が噴出した。病理診断で誤診があったという匿名の内部告発があったのだ。すると手術適用自体が間違っていたわけだから、遺族が怒るのももっともだ。それでもＡｉで手術自体には問題がないと納得されていたので、遺族が直接警察に訴えるという最悪の事態は避けられている。

これがＡｉを実施したことでコミュニケーションが取れている利点だ。

などとそんなことを考えていたら、目の前の橋爪教授が嘆くように言う。

「まさか私が、リスクマネジメント委員会の聴取を受ける日が来るとは、夢にも思わなかったな」

俺は首を振る。

「先ほど電話でもお伝えしましたが、今日は電子カルテ導入検討委員会の一員として、院内検査のシステムエラーについて検証するために伺ったのであって、リスクマネジメント委員会としてではありません。今回の件では橋爪教授の責任は薄いと思いますので、周辺事情の聞き取りだと考えていただけると幸いです。それにたとえリスクマネジメント委員会としてであったとしても、そこは責任追及の場ではなく、問題の所在を明らかにし、再発防止を目指すシステムですので、いずれにしましてもご心配なさらぬように願います」

「もちろん理解しているから、こうして田口先生の事情聴取に応じているわけだよ」

口ではそう言いながら、事情聴取などという言葉を使っている時点で、まったく誤解が解けていないということがわかる。本来であれば一介の講師風情、もとい、准教授風情が教授に直接、事情聴取するなんてあり得ないことだ。それがこんな風に自然に受け容れられているという現状が、俺を取り巻く院内環境のねじれ加減を物語っている。

橋爪教授は憔悴《しょうすい》しきったような口調で続ける。

「たとえ私に責任はなくとも、現実に手を下して患者の死期を早めたのは私だから、申し訳なく思っている。外科医とは、そのように考える種族なのだよ」

橋爪教授の憔悴はよくわかる。外科医にとって術直後に患者が亡くなることほどつらいことはないのだろう。それでも橋爪教授の領域でチェックミスがあった可能性もあるので、そこだけは詰めておかなければならない。なので問題の患者の入院経過について尋ねた。

すると、橋爪教授は棚から一冊のファイルを取り出し、俺に手渡した。

「これがその患者のカルテのコピーだ。元本は事務長に預けてある。遺族から抗議を受けた直後に、事務長立ち会いの下でコピーした。そうでもしないと、後でカルテを改竄《かいざん》したなどという、あらぬ疑いを持たれかねない時代なのでね」

実際、医療事故関連の事案で、カルテ書き換えが行なわれた例もあるらしい。医療事故が起こると修羅場になり、綺麗《きれい》事では済まない。俺はふと疑問に思って尋ねた。

「電子カルテが導入されているのに、なぜここに紙のカルテがあるのですか？」

「教室内部では手術患者用の紙カルテを作り、内容を電子カルテに転記している。二度手間になるが、私のような古い世代は紙のカルテを書かないと、医療を行なっているという実感が持てないので、医局員には私のわがままを聞いてもらっているわけだ」

電子カルテ導入検討委員会委員長としては聞き捨てならないが、俺自身も不定愁訴外来の患者には紙カルテで対応し、電子カルテには記載しないので責める資格などない。だが、大学病院のオーダリング・システムは電子カルテと連動していて、電子カルテを使わなければ処方箋《しょほうせん》も出せないため、最後は電子カルテにタッチせざるを得ない。

「紙のカルテに記載したことは、すべて電子カルテに記載し直すのですか？」

「本来ならそれが理想だろうが、そこまではできていない。実際にやってみると、紙のカルテに書く方が自然と詳しくなる。電子カルテには大雑把《おおざっぱ》なことしか記載していないようだ」

「それは二度手間ですし、患者が退院すると重要な患者情報が失われてしまいませんか？」

「紙カルテは患者が退院した後は一定期間保存して、医局の秘書にスキャンさせてPDF化してからシュレッダーに掛ける。そのデータは教室のコンピューターに保存してある」

「電子カルテにはリンクさせずに、無関係なままの状態で、ですね？」

橋爪教授は悪びれずにうなずく。電子カルテの運営としては問題アリだが、余計な手間が掛かる紙のカルテを使い、濃厚な記録をしている教授なら、退院した途端その情報を無《む》闇《やみ》に捨てるような真似はしない、という点は筋道が通っているので、疚《やま》しく感じないわけだ。

「呼吸器外科独自のシステムの大枠は理解しました。では実際の治療内容を教えてください」

橋爪教授は、カルテを見せながら、具体的な説明を始めた。

「小栗昇平さんは七十才の男性で、人間ドックで胸部レントゲンの異常陰影を指摘されて本年の八月二十日、当院に来院、外来受診した。九月七日、気管支鏡検査で肺生検したところ、病理で扁平《へんぺい》上皮癌だと診断されたために、家族に説明し、本人に告知した。ステージIだったので手術で根治が見込め、本人も希望されたので最速の日程である十月一日に手術スケジュールを組んだ。右肺下葉の部分切除を実施した。この術式はきわめて初歩的なものだ。経過も順調だったのだが、オペの翌日急性心筋梗塞を併発し、あっという間に心停止状態《アレスト》になってしまった」

橋爪教授は言葉を切り、無念そうな表情で唇を噛《か》んだ。やがて気を取り直し、説明を続けた。

「Aiも実施し、術後出血などの手術ミスではないと納得してもらった。心筋梗塞の確定には解剖が必要だが、心電図でエビデンスは明白だったので、そのことを説明したら、死因については納得された遺族は、病理解剖を希望されなかった。なので無理強いはしなかった。こんな風に、遺族とは良好な関係だったんだ。それなのに、こんなことになってしまうとは……」

俺は橋爪教授の嘆き節を聞きながら、受け取ったカルテのコピーをぱらぱら眺めた。隅々まで所見が書き込まれた、丁寧なカルテだった。

「このコピー、お預かりしてよろしいでしょうか」

「オリジナルは事務長に預けてあるから、そちらをコピーしてもらえないだろうか」

きわめて妥当な提案なので、俺はうなずく。橋爪教授は釈明するように続けた。

「事務からの聴取が先だったので、カルテの原本は三船君に渡した。この事情聴取が先だったら、田口先生に渡していたよ」

ありがたいお言葉だが、リスクマネジメント委員会はもともと再発防止システムなので、患者からの直接のクレームの受け皿にはなれない。だが、遺族とのトラブルの収束をせよ、と上層部から直接指令された場合には、その性格も一変する。〝丸投げ大魔王〟と呼ばれる高階病院長が仕切れば、今後はそうしたケースが増加することも予想される。

俺は橋爪教授に言った。

「お話を伺う限り、呼吸器外科の対応には問題はなさそうです。ただし、私は外科の門外漢ですので、せっかくですからこの機会に呼吸器外科の診断、治療システムを勉強させていただきたいと思います。この後あちこちで、お話を伺いますがよろしいでしょうか」

「リスクマネジメント委員会の委員長直々の申し出とあらば受けざるを得ない。医局員も田口先生が嗅《か》ぎ回る理由は理解しているだろうしな」

俺は一礼をして、教授室を辞した。

この件では、電子カルテ導入検討委員会の委員長として調査に来たのだが、とうとう最後までリスクマネジメント委員会の委員長として来たと誤解されっぱなしだったな、と苦笑する。

だが、この聞き取り調査では図らずも、電子カルテ以外の紙カルテが流通し、しかもその情報が電子カルテから抜け落ちている、という問題点が明らかになった。

気がつけば俺は、電子カルテ導入検討委員会の一員として立派に仕事をしているではないか。

これだから、高階病院長の命令は侮《あなど》れないのだ。

4

10月19日（月）午前10時30分
病院2F・気管支鏡検査室

橋爪教授の堂々とした態度に、付け焼き刃的なところはなかった。偉くなると現場から遠ざかり、部下を指示してご満悦な教授も多い。診断業務外の対応は医局長あたりに代行させても不思議はない。だが橋爪教授は自ら説明し、ミスがあったのでは、という俺の勘繰りを粉砕した。誤診か検体取り違えならば手術室は調べる必要はない。そう思うと肩が軽くなる。

俺は血を見るのが苦手で、手術室からもっとも縁遠い神経内科を選んだ男だ。気管支鏡検査室の聞き取りは絶対に必要だが、手術室訪問と比べれば、それくらいはどうということもない。

だから、気管支鏡検査室へ向かう俺の足取りは軽かった。

気管支鏡検査は、口や鼻から細い管を入れて、肺や気管支を観察する、内視鏡の一種だ。気管支鏡の先端の位置をレントゲンで確認しながら検査するため、レントゲン室で実施される。そのため気管支鏡の担当医は、放射線防御の鉛入りのプロテクターを着込んでいる。

手術着の上から青いプロテクターを装着すると宇宙服のようで、一般人の目には検査風景は、SFっぽく見えるかもしれない。

気管支鏡室に行くと検査中で、中肉中背の男性が気管支鏡を操っていた。

「息をラクにして。そうそう、喉《のど》の麻酔が効いているから気にしない。そう、上手ですよ」

モニタ画面には桃色の粘膜が映っている。ぬめぬめと動く粘膜画像が、黒い画面の外枠の中で丸く映り込んで、検査医が手元を動かすのと一緒にくるくると入れ替わる。

どこかで見たことがある光景だな、と思って見ているうちに、ふと、思い出す。

そう、カレイドスコープだ。

実は俺は、マニアと言ってもいいくらい、万華鏡が大好きな子どもだった。

「鉗子《かんし》」

検査医が助手に短い言葉で命令する。生検鉗子を操り、あっという間に検体の採取を終えたマスク姿の男性は、ふと顔を上げる。ガラス越しに俺と目が合うと、眉《まゆ》をひそめた。助手役の看護師にひと言、何かを指示するとマスクを外し、俺がいる隣のレントゲン操作室に入ってきた。

「これはこれは、院長の懐刀《ふところがたな》が直々にこんなところにお出ましということは、さては例の一件の特命調査ですね」

その言葉に棘《とげ》はあるが、声は穏やかだ。俺はうなずいた。

「今回の件は呼吸器外科の落ち度ではないと思います。まず周辺を固めて本丸の病理検査室の聞き取りをしようと思っていますので、気楽な気持ちでお話をお聞かせいただければと思います」

「気楽になど話せませんよ。患者さんが一人、お亡くなりになっているんですから」

俺はあわてて頭を下げる。

「申し訳ありません。軽率でした」

知らず知らずのうちに俺の中には、リスクマネジメント委員会の委員長としての垢《あか》がこびりついていたようだ。いけない、いけない、と自分を強く戒める。

すると男性医師は目をぱちぱちさせて、そんな俺の様子を見つめた。

「意外に素直な方ですね。ウワサでは、大した業績もないのに腹黒タヌキに取り入って出世し、セコい権力を振り回している俗物だと耳にしていたんですが」

「ウワサの前半は当たっていますが、私は権力アレルギーですので、後半はまったく違います」

男性はにっと笑い、パイプ椅子に座って足を組んだ。

「そう言えば自己紹介がまでしたね。初めまして。呼吸器外科の塚田《つかだ》です」

「神経内科学教室の田口です。ちなみに最初に申し上げておきますが、今日ここへ伺ったのは、電子カルテ導入検討委員会の委員長としての調査のためです」

「へえ、電子カルテ導入検討委員会って、いまだに稼働していたんですね。もう電子カルテの導入は済んでいるから、お役御免じゃないんですか？」

「私もそう思っていたんですけどね。病院長の認識は、どうも違うようです」

「リスクマネジメント委員会の委員長としてではなかった、という点はびっくりですね」

「腹黒のタヌキ院長が、その肩書きを使うなと申しておりまして」

塚田は腕組みをして考え込む。

「相変わらず、何を考えておられるのか、よくわからないお方ですねえ。でもまあ、取りあえず聞かれたことには何でもお答えしますよ」

俺が繰り出した質問に対する塚田の答えは明快だった。

気管支鏡検査は週二日、月曜日と木曜日の午前に実施され、一日五人。予約は外来患者で占められる。全例に生検が実施され、検体は午前中に病理検査室に運ばれる。

「そこで検体の取り違えが起こる可能性はありますね」

単純労働ですよ、と言って笑っていた塚田の顔色が変わり、真顔でうなずく。

「ウチが絡むとしたらそこだけでしょうね。後は病理検査室で技師が取り違えるくらいかな」

「塚田先生は今、大変危険なことをおっしゃったんですよ。ご自覚されていますか？」

塚田は凝《こ》りをほぐすように、拳で自分の肩をとんとん、と叩《たた》くと、静かな声で言う。

「もちろんです。今回の検体取り違えに関与した下手人は、私である可能性もある、と自ら示唆したようなものですから」

「わかっていて、なぜそんな危険な発言を……」

……したのですか、という語尾を呑《の》み込み、まじまじと見つめると、塚田は肩をすくめる。

「人間、ミスをしたら謝るしかない。そして私がミスをしたかどうかは、第三者の調査に委ねるしかない。ならば私にできることは、知っていることを包み隠さず話すことだけでしょう？」

そうした姿勢こそ、これからの医療に求められる誠意だろう。さすがトップの橋爪教授が清廉潔白な人格者だけのことはあって負けず劣らず、その部下も身の処し方が端正だ。

「ではお尋ねします。取り違えは起こり得るミスですが、起こってはならないミスでもあります。当然、気管支鏡室でも独自の防止策がされているとは思いますが、その辺を教えてください」

塚田はうなずくと、透明な液体が入ったガラスの試験管を俺に手渡した。

その試験管のラベルには赤いマジックで大きく③と書かれている。

「この③は、本日の気管支鏡検査の三人目という意味です。試験管の中身は生検検体です」

目を細めると、底に糸くずのような物体が見えた。

「オーダリング・システムの依頼をプリントし、検査前に名を呼んで確認します。検体が出たら通し番号を検査用紙と試験管に同時に書いて、ペアにして試験管立てに並べる。その日の検査が終わったらもう一度、術者と看護師が一緒に、依頼用紙と試験管の番号を指さし確認してから、看護師に病理検査室に直接運んでもらいます。つまり検体には検査前と検査後の二回、検査医と看護師による二重チェックが行なわれているわけです」

なるほど、システムはシンプルだが取り違えが起こる可能性は低そうだ。人間の作るシステムに絶対という言葉はないが、仮に書き間違えたとしても、複数回のチェックでエラーを見つけられる可能性は高い。気管支鏡室での取り違えは、ほぼなさそうだ、と俺は結論づけた。

俺は塚田に礼を言い、気管支鏡室を辞した。

塚田は次の患者を検査室に呼び込んだ。その様子を窓ガラス越しに眺めていると、塚田は説明通り、看護師と一緒に試験管と依頼用紙を突き合わせ、看護師が両方に同時に、赤マジックペンで、大きく④と書き込んでいた。

塚田の聞き取りからひとつ、電子カルテの問題点が見つかった。検体の流通をオーダリング・システムと連動させペーパーレスを目指した電子カルテだが、現場ではプリントアウトした紙で患者と検体を突き合わせて、検体の受け渡しにも使っている。

現場から自発的に立ち上がった、そんなシステムを目の当たりにして、安心している自分がいる。ひょっとしたら、電子カルテとオーダリング・システムという、直接手に触れることができないシステムは、医療と相性が悪いのかもしれない、とふと思う。

気管支鏡室を後にした俺は、中央の階段ホールを二階から地階へと降りていく。

医学部付属病院は中央階段のあるホールを中心に、東西に羽を伸ばすようにして建物が延びていて、それぞれ東ウイング、西ウイングと呼ぶ。

地階の東ウイングは悪友、放射線科・島津《しまづ》准教授のテリトリーである画像診断室だ。ＣＴ三台、ＭＲＩ二台の他、縦型ＭＲＩコロンブス・エッグという最先端のＭＲＩ機も配備されていたが、事故で破損した。ＭＲＩ室に寄って、島津の顔でも見ていこうかとも思ったが、今はとにかく、任務が優先だと思い直し、西ウイングに向かって歩き出す。

西ウイングの臨床検査室は、血液を解析し血球値や生化学データを測定しているセクションで、廊下の突き当たりに病理検査室がある。ちなみに俺の根城の不定愁訴外来はこの頭上、一階・西ウイングのどん詰まりだ。廊下を歩きながら扉の小窓から覗き見ると、白衣姿の臨床検査技師が立ち働いていた。誤診にしろ検体取り違えにしろ、問題の焦点がここにあることは間違いない。

次は調査の本丸、病理検査室だ。

5

10月19日（月）午前11時
病院ＢＦ・病理検査室

病理検査室にたどりついた俺は感慨に耽《ふけ》る。ここを訪れるのも久し振りだ。

優秀な准教授が東城大を去って以降、新しい病理医が着任したという話は聞かない。

現在は教授、講師、助手の三人で業務をこなしているが、助手は実験病理の専門家で診断業務に関わっていないらしい。病理解剖件数は激減したが、生検診断の増加が著しく、業務量は限界を超えているというウワサも聞く。つまりこの三年間、事態はまったく好転していないわけだ。

ひょっとしたらこの件は、病理検査室が抱える闇が噴出しただけなのかもしれない。

そんなことを考えながら、病理検査室のセクションの一番奥にある扉をノックした。

「どうぞ」という低い声での返事に扉を開けると、白衣姿の男性が顕微鏡をのぞき込んでいた。

「病理という論理的な学術領域と対極の神経内科の仙人が、こんなところに何しに来た？」

顕微鏡から目を離さずに言う、老境の男性は病理検査室の菊村《きくむら》教授だ。白衣に埋もれた小柄な身体つきだが、顕微鏡を前にすると威厳が漂う。確か二、三年後に定年を迎えると聞いた。

病理診断はロジカルに構築されているがゆえに、その発言は、よく言えば論理的、悪く言えば理屈っぽい。決して友好的と思えない言葉だが、菊村教授の対応が並み外れて無礼だというわけではなく、先ほどの橋爪教授のような方がむしろ例外だったわけだ。

「高階病院長から、呼吸器外科の術後死亡患者における、誤診、もしくは検体取り違えの件について調査せよと言われたので、伺いました」

病理検査室の主《ぬし》は、俺の顔を見ようともせずに、ぼそりと言う。

「ほう、君は院長お抱えの岡っ引きだったのか」

世俗にまったく興味がなく、眼下の画像を論理的に分類する専門業務にのみ集中している空気が滲《にじ》み出ているような声。この人の網膜には、病理標本の青紫や赤紫の抽象的な画像だけが、手元の操作と共にくるくるとイメージを変える万華鏡の世界のように広がっているのだろう。

「捜査権はないので、私は岡っ引きではありません。せいぜい、事態を理解するための情報を、右から左へ運ぶために飛び回る伝書鳩あたりでしょう」

すると菊村教授はようやく顕微鏡から目を離し、顔を上げると俺を見た。

「残念ながら今回の件の原因が講師の牛崎《うしざき》君の誤診であることは間違いない。しかし優秀な診断医である彼が、なぜそんな初歩的な診断ミスをしてしまったのか、皆目見当がつかないのだ」

「心中お察しいたします、菊村教授」

「おべっかは言わなくてよい」

突き放した冷たい物言いに、首をすくめた。俺は気分を入れ替え、改めて老人に尋ねた。

「本当に誤診だったのですか？　検体取り違えの可能性もあるとお聞きしましたが」

「検体の取り違えが起こるとしたら、検体を標本にする臨床検査技師のところしかない。そんなこと迂闊《うかつ》に口にしたら、技師長は烈火の如く怒り出すだろうよ」

「標本作製の際の検体取り違えの他に、どこかで取り違えが起こる可能性はありますか」

菊村教授は苦虫を噛みつぶしたような表情になって吐き捨てる。

「診断の際、病理医が取り違える可能性もある。技師が取り違える可能性よりは少ないがね」

「なるほど、どこにでも可能性はあるわけですね」

「おっしゃる通りだが、今回の件は牛崎君の単純な誤診だよ。あの症例は画像では鑑別が難しいが、顕微鏡を見れば基本的な結核結節だと、誰でも簡単に診断できるだろうよ」

直属の上司が認めているなら今回の件で俺の出番はない。今の俺の気持ちを正直に表わせば、業務が完了してほっとした気分が三分の一、今後東城大を襲うであろう、世間の非難囂々《ひなんごうごう》を予想してげんなりする心持ちが三分の一、残りは、菊村教授の誤謬《ごびゅう》を見つければ誤診という医療事故を正面から撤回できるのではないか、という虫のいい抜け道を探そうという射幸心という、均等に三分割された円グラフのように解析できるはずだ。

取りあえず、リスクマネジメント委員会の通常勧告の流れを踏まえて通告してみる。

「それが事実なら、まず遺族に謝罪すべきではないでしょうか」

菊村教授は眉間《みけん》に皺《しわ》を寄せて、目を閉じる。しばらくして、しわがれ声が響き渡る。

「真相が確定したらそうせざるを得ない。ただし、そうなったら東城大の危機になりかねないが、それもやむを得ないだろうな」

「なぜ、大学病院の危機になるのですか？」

俺の質問に、菊村教授は眉をしかめた。

「君はこの病院の危機管理を一手に引き受けている辣腕《らつわん》だという評判だが、その程度のこともわからんとは、存外レベルが低いな。正式謝罪すれば牛崎君は依願退職か懲戒免職になるだろう。そうしたらこの病院で病理診断ができるのは私ひとりになり、立ち行かなくなってしまう」

俺は、菊村教授の、寒々とした口元を見つめながら説明した。

「ここに伺ったのは、高階病院長からの命を受け、電子カルテ導入検討委員会の委員長として真実を知り、その情報を次のエラーを防ぐために用いる前向きの調査のためです。ただし患者の生命が失われた事実は重いので実態を把握せよ、との指示でした。ですので、懲罰を確定するためではありません。ミスに悪意がない場合、謝罪は個人ではなく組織がすべきです」

菊村教授は腕組みをして考え込む。やがて呻《うめ》くような声で言う。

「癌ではない患者を誤診し、手術した患者が亡くなった。これは立派な医療ミスだ。名誉挽回の余地はない。好意的に調査してもらっても、責任は引き受けざるを得ないだろう。だが、今さら身勝手なお願いだが、病理検査室に傷がつかないよう、うまいこと着地点を見つけてほしい。もちろん、最後は当事者の牛崎君に責任を取らせるつもりではあるがね」

「取りあえず次に、当事者である牛崎先生のお話を伺わせていただきます」

牛崎講師の誤診ではなく、何らかの事情でエラーになってしまったという可能性を、菊村教授はまったく念頭に置いていないかのような話しぶりだ。

俺は早々に部屋を退去し、牛崎講師への聞き取り調査に意識を向けた。

実体に触れなければ、先に進めないのだから。

大柄な身体を丸めて顕微鏡をのぞいていた牛崎講師は、俺の気配を感じたのか、顔を上げた。ぼんやり光る分厚い眼鏡は、度が強すぎて白く濁り、視線が見えない。

「電子カルテ導入検討委員会委員長の田口です。今回の件でちょっとお話を伺いたいのです」

もっさりした身体の向きを回転椅子で変え、顕微鏡を置いた机と九十度の角度に置かれた机に向き合うと、牛崎講師は無骨な指で器用にパソコンに文字を打ち込みながら言う。

「リスクマネジメント委員会の委員長として、尋問に来たのではないのですか？」

微笑して俺が、違います、と答えると、牛崎講師は眼鏡を押し上げる。

「電子カルテの運用ミスなど、今回の問題からすると些細《ささい》なことに思えますが」

「システムエラーは医療事故を起こす引き金です。ならば危険度は遜色《そんしょく》ないと思います」

牛崎講師は、丁寧に一礼する。

「わかりました。急ぎの診断があるので、仕事をしながら伺わせていただきます」

「もちろん、それで結構です。しょうもないことを聞くかもしれませんが、ご容赦ください」

返事はないが、この場合の無言は承諾だということだろう。

牛崎講師はしばらく顕微鏡をのぞき込んでいたが、やがて顔を上げ、スライドを取り上げると、ラベルを太い人差し指でとん、と叩いてから、画面に映された電子カルテ上の番号を指さす。

検体の確認作業なのだろう。まさに指差し確認のお手本みたいな動作だ。

パソコンに文字を打ち込み始める牛崎講師の背中に向かって、俺は説明を始める。

「先日、気管支鏡検査をされた患者が誤診された可能性があると、遺族から抗議がありました。まず通常、検体提出から病理診断報告までの流れを教えてください」

牛崎講師は一瞬、身を固くした。予期していたとはいえ、やはり直接、面と向かってミスだ、と言われると抵抗があるのだろう。だが、すぐに平常心を取り戻したように顔を上げ、顕微鏡上のスライドグラスを灯りにかざすと、重たそうな身体を揺すって、俺に向き合う。

「臨床の先生は、現場で検体がどう扱われているかはあまりよくご存じでないことが多いので、何でしたら基礎から説明しましょうか。多少まだるっこしくなるとは思いますが」

「それはありがたいですね。こちらからお願いしたいと思っていたところです」

牛崎講師はうなずくと、穏やかな声で説明を始めた。

「標本を顕微鏡で観察し、形態学的に診断する病理医の業務には大きく分けて二つあります。生検診断と病理解剖です。その動向は正反対で、生検検体は激増し、病理解剖は激減しています」

「解剖の情報は重要だと、かつて伺いましたが、どのくらい減少したんですか」

「昨年の解剖は二十件と、かつての十分の一です。でもウチだけがひどいのではなくて、全国的にも一九八五年の四万件がピークで、今は四分の一、年間たった一万件に低落しているのです」

かつてここに在籍していた鳴海《なるみ》准教授から話を聞いたのが三年前。病理界の崩壊はあれから更に加速度的に凄まじいものになっているようだ。

牛崎講師は暗い目をしてうつむいた。そして呟《つぶや》くようにして続ける。

「病理解剖は、もはや時代のニーズに合っていないのです。臨床医は解剖承諾を取るのを億劫《おっくう》がる。解剖費が拠出されず経済原則で運営される医療現場で忌避《きひ》される。遺体を損壊し遺族感情を悪くするのに、検査結果を遺族に還元するサービス精神に乏しい。そんな悪条件ばかりでは病理解剖の再興はありません」

だが、牛崎講師はそう言うとすぐに顔を上げ、明るい声でつけ加える。

「でも世の中、悪いことばかりではありません。救われる面もあるんです。一体の解剖で丸一日業務が停《と》まりますが、その拘束から解放されます。エビデンス・ベースト・メディスン（ＥＢＭ）の精神が行き渡り、診断を確定して治療せよという精神が徹底しているので、通常の診断業務量は増加しています。素晴らしいことですが、限度もある。診断技術は高度になりましたが、病理医や法医学者の人口は減少する一途なので、今のマンパワーではとうてい支えきれないのです」

「病理医人口は、そんなに減っているんですか？」

俺の質問に、牛崎講師はうなずく。

「約二千人いる病理医のうち、病理認定医制度ができた時にグランドファーザー・ルールを適用して無試験で資格が与えられたため、六十代の病理医が半数を占めています。彼らがこれから定年を迎えて続々と引退するので、これからは病理医の激減時代に入ります。もっとも彼らは、引退後も細々と働き続けるでしょうから、一気に半減とはならないでしょうけど」

そう言いながら牛崎講師はスライドをマッペに置く。マッペとは、厚紙に薄い木枠を貼り付けた平たいトレーのことで二十枚用や三十六枚用など、様々なサイズがある。そのマッペの上には赤や薄茶色、あるいは無色など色とりどりのスライドがずらりと並んでいる。

そのうちの一枚のマッペを取り上げ、牛崎講師は言う。

「たとえばこのマッペ上にあるスライド標本は、悪性黒色腫の患者のプローベですが……」

「プローべって何ですか」

「試験切除のことです。外科手術は生検の病理診断結果を元に行ないますが、悪性黒色腫は生検すると転移を促進してしまうので、診断と治療を一体化した手術を実施するのです」

牛崎講師がさらりと説明したその言葉の裏側には過去、生検をしてしまった結果、癌が転移し、不幸な転帰になった患者の屍《しかばね》が累々《るいるい》と横たわっているわけだ。

医学とは、血腥《ちなまぐさ》い事案の積み重ねでできている、不条理な学問だ。

「私が病理医になった頃は悪性黒色腫の診断はＨＥ（ヘマトキシリン・エオジン）染色に特殊染色が二種類程度で確定できました。でも今は十数枚の標本が必要です。メラノサイト同定のため脱メラニン染色を行ないメラニン過剰産生を証明し、フォンタナ・マッソン染色でメラニンを染め、さらにＳ－１００蛋白《たんぱく》、ＨＭＢ45などの免疫染色で腫瘍細胞がメラノサイト起源だと証明します。陰性の裏試験のためサイトケラチンやＥＭＡなど上皮系の免疫染色も行ないますので、これだけの枚数の検査が必要になってしまうのです」

上の空で相づちを打つ。医師国家試験の受験項目にあれば多少の知識もあっただろうが、免疫染色がメジャーになったのは、俺が国試を合格したずっと後だ。

牛崎講師は続けた。

「技師業務も増える一方です。染色は自動化されましたが薄切《はくせつ》標本の作製は簡略化できません。そうした検索をしても、報告書には〝HMB45陽性〟と一行記載されるだけ。検査費用も掛かるし、病理医や技師の労力も削られる。そんな検査はムダではないか、とつい考えてしまいます。人員補充はされないのに業務は増え、責任が増大していく悪循環が病理業務の実態です。これは病院上層部の、病理部門に対する無理解と軽視により引き起こされた人災だと思っています」

きちんと医療を行なおうとする意思が組織を疲弊させる、という主張に耳を傾けていると、何だか切なくなる。俺は大学病院の土台を黙々と支えている病理医の口元を凝視する。

先ほど菊村教授から聞いた話とは、かなりニュアンスが違う。なので感じた違いをそのままぶつけてみることにした。本来ならば受動的聞き取りのパッシヴ・フェーズに留《とど》めておくべき段階だったが、時間がないので一気にアクティヴ・フェーズをかまそうと方針転換をしたわけだ。

「牛崎先生は検体取り違えという前提でお話しされていますが、どうも菊村教授のご意見は違うようですね。最終局面では同じでも、検体取り違えは標本作製する検査技師、診断ミスは病理医と、責任の所在が違います。そこを明らかにするのがこの調査の目的です。そもそも、どうして菊村教授は、牛崎先生の誤診だと決めつけているのでしょうか？」

牛崎講師は大柄な身体を縮めて、うつむいてしまう。そして、消え入りそうな声で答える。

「菊村教授がその検体を再検して、結核結節だと診断されたのです」

「診断された時、牛崎先生もご一緒にご覧になりましたか？」

「いえ、見ていません。今回の件を扱う三船事務長が証拠品として押収してしまわれたので」

「それでは牛崎先生も納得いかないでしょう。今から三船事務長のところへ行き、そのスライドを見直してみましょうか」

「ムダだと思います。結核診断の専門家で、病理学会からコンサルテーションされるような権威でもある菊村教授が、結核結節と診断されたのであれば、まず間違いはないでしょう」

「すると牛崎先生は誤診を認めるわけですね」

「いいえ、認めません。私が鏡検した時は絶対に癌でした。それは間違いありません。ですから検体取り違えではないかと考えているのです。そうなれば結果的に誤診になりますので」

「鏡検の際に、牛崎先生ご自身が標本を取り違えたという可能性はありませんか」

牛崎講師は唇を噛んでうつむいた。やがて絞り出すような声で言う。

「それはあり得るかもしれません」

それから顔を上げ、俺を睨む。

「いや、やっぱりあり得ません。スライドには患者名と病理番号が印字されたラベルが貼られていますが、私は診断前に患者名と番号が一致していることを確認してから、診断結果を電子カルテに打ち込みます。打ち込み終えるともう一度確認します。このやり方は電子カルテ導入直後に決めてからずっと厳守していますので、私が検体取り違えをすることは絶対にあり得ません」

すごい自信だな、と思いつつ、先ほど見ていた牛崎講師の挙措を思い出す。

ラベルを人差し指で撫《な》でながらひとつひとつ、検体の番号を確認し、画面に触れ、そのふたつが一致していることを確認した動作はごく自然だった。

牛崎講師が日常業務を堅実にこなしてきたことは、ほぼ間違いないように思われた。

そこで俺は、別の角度から質問をしてみた。

「牛崎先生が今、主張されたことを裏付けてくれるような、客観的な証拠はありませんか？」

「それが残念ながら、ないんです。リスクマネジメント委員会の説得はできそうにありません」

俺はあわてて両手を振って言う。

「それは誤解です。リスクマネジメント委員会の精神は、ミスを解析し繰り返さないよう善後策を練るという前向きのもので、ミスした個人を責めるものではありません」

「でも、リスクマネジメント委員会に免責がないと、そうした論理は成立しませんね」

痛いところをつかれてしまい、俺は押し黙る。牛崎講師は続ける。

「そこで沈黙されるということは、やはりリスクマネジメント委員会の調査で免責はされないんですね。すると調査結果は証拠扱いされ、個人的には責任の問われ損になるでしょうね」

まさにそこがリスクマネジメント委員会の最大の問題点だった。これではリスクマネジメント委員会の存在が、現場の臨床医などから忌《い》み嫌われてしまうのも仕方がない。

牛崎講師は淡々と続けた。

「もしも私が本当に誤診していて、それが患者の死につながったというのであれば、私は粛々と処分を受けます。でも私は、自分が診断ミスも検体取り違えもしていないと確信しています。ただ、それを立証する方法がないだけなのです」

そう断言すると、牛崎講師は、突然目を見開き、首を捻《ひね》って俺を見た。

「そういえば先ほど田口先生は、電子カルテ導入検討委員会の委員長としてやってきたと言われましたが、お話を伺っていると、やはりリスクマネジメント委員会の代表だったんですね」

俺はあたふたして、答えた。

「あ、いや、違うんです。でもおっしゃる通りですね。つい混乱してしまいまして」

確かに俺は、気がつけばリスクマネジメント委員会の委員長のモードになってしまっていた。

お互い誤解していることを確認し、牛崎講師も俺も苦笑する。

俺は、あることを思いついて尋ねた。

「先生ご自身が検体を再検し、肺癌ではなく結核だとわかったら診断ミスを認めますか」

牛崎講師はうなずく。

「認めざるを得ないでしょうね。でもあの検体は絶対に肺癌でした。扁平上皮癌の中に腺癌成分らしき部分を認めたのでPAS染色を追加しようかと迷ったことを、はっきり覚えています」

「それなら三船事務長のところにある検体を再確認すれば、すべてが明らかになりますね」

ここまで来れば、後は三船事務長が預かっている検体をチェックするだけだ。聞くべきことがあらかた済んだ俺は、最後に牛崎講師に尋ねた。

「検査技師の業務も検討したいのですが、どなたにお話を伺えばいいでしょうか」

「臨床検査室の饗場《あいば》技師長に聞けば、一から十まで、懇切丁寧に教えてくれますよ」

俺が礼を言って立ち上がると、牛崎講師はマッペからスライドを取り上げ、俺の存在などその場から消え失《う》せてしまったかのように、一心に顕微鏡をのぞき込み始めた。

6

病理検査室の饗場技師長は恰幅《かっぷく》のいい中年男性で、独特のダミ声で陽気に言った。

「いやあ、まさか東城大学の患者の駆け込み寺、愚痴外来の田口先生が、この病理検査室にお越しになる日がやってくるなんて、思いもしませんでしたな。何しろここは、患者と接触する機会がほとんどない部署ですからね。まあ、ごくたまに、解剖の時にご遺族とは接しますが。立ち話も何ですから、とにかく病理検査室の実際を、直接ご覧になっていただいた方がいいでしょう」

饗場技師長に従って病理検査室に入ると、白衣姿の二人の女性が働いていた。名札を見て中年女性が友部さん、若い女性が真鍋さんと把握する。友部さんは台帳になにやら書き込みをしていた。真鍋さんは鋼鉄製のいかつい機械の前に座り、一心に標本をスライスしている。

「さて、お仕事中のようだが愚痴外来の田口先生が調査にやってきたので、協力をお願いしたい。友部さん、取りあえず病理業務についてガイダンスしてあげてくれ」

「どういったことをお聞きになりたいのですか？」

中年女性の友部技師が穏やかな口調で尋ねる。

「気管支鏡検査の検体の流れを知りたいのです。呼吸器外科でちょっと問題があったもので」

友部技師の顔色がかすかに変わったのを、俺は見逃さなかった。一心に標本を作製している真鍋技師の動きも一瞬、止まる。どうやら病理検査室内部でも、今回の問題は関心の的のようだ。

そこへ白衣姿の看護師がやってきた。その女性の顔には見覚えがあった。それもそのはずで、ついさっきまで気管支鏡の助手をしていた看護師だった。彼女は俺の顔を見て会釈をした。

友部技師がにこやかに言う。

「ラッキーでしたね。ちょうど気管支鏡の生検検体が届いたので、実地のやり方をご覧になれますよ。玉置さん、今日は田口先生にご説明しながら受け渡しをしますけど、よろしいかしら」

先ほどの看護師はこくりとうなずく。彼女も事情がわかっているので、改めて説明する必要はなく、好都合な展開だ。確かにツイている。俺にしては珍しいことだ。

「それじゃあ早速始めますね。まず最初に、検体の受け渡しですが、看護師と臨床検査技師が、こうして直接手渡しで行ないます」

友部技師は説明しながら、看護師から検体を受け取る。その所作は滑らかさで、ふだんからこうして申し送り業務に習熟しているというのがよくわかる。看護師がリストを読み上げる。

「十月十九日、気管支鏡室から肺生検検体五名です。①豊岡良樹さん、六十才男性。②鈴木一郎さん、五十二才男性、③やはり鈴木さんで、こちらは珠恵さん、七十才女性、④は……」

友部技師は試験管と診断依頼書をひとつずつ受け取るたびに「受け取りました」と発声する。五検体の受け渡しが終わると、リスト用紙にサインをして、看護師に手渡す。受け取った看護師はそのリストと試験管をもう一度確認してから、部屋を出て行った。

「ここまで徹底しているとなると、受け渡しのところでの検体取り違えは、まずなさそうですね」

饗場技師長はうなずく。

「五年前に一件、取り違えがありましたが、すんでのところで牛崎先生が気付いてくださり大事には至りませんでした。その時に問題点を徹底的に洗い出し、現在のシステムに改善したのです。そういえばこの件はヒヤリ・ハットとしてリスクマネジメント委員会に報告しましたが、いまだに何の音沙汰《おとさた》もありませんね」

五年前と言えば俺が委員長を押しつけられた少し前なので、音沙汰がないのは俺の責任ではない。だが何となく居心地の悪さを感じていると、座の空気を変えるように友部技師が言う。

「では、この検体を使って、この後の業務の流れをお見せしながらご説明しましょうか」

俺はほっとしてうなずく。友部技師は机の下からマッペを一枚取り出すと、その上に五つ、カラフルなプラスチックの蓋付きの容器を置き、鉛筆で順に番号を打っていく。

「電子カルテのリストをプリントし、そこに書き込んだ受付番号がそのまま標本番号になります。『2009—4551』は2009年の4551番目に受け付けた検体という意味なんですよ」

ナンバリングは単純明快、かつ合理的だ。友部技師は試験管の底に沈んでいる、糸くずのような組織片をピンセットでつまみ上げると、プラスチック製のカセットに入れた。

ぺきり、と蓋《ふた》を閉じ、隣に準備した液体入りのガラス瓶に沈めながら説明を続ける。

「試験管とカセット番号が一致していることを確認してから、検体をカセットに入れます。そしてホルマリン溶液入りの瓶に一晩、検体を沈めて固定します」

「固定って何ですか？」

「組織内の水分をホルマリンに入れ替えると防腐作用が働きます。それが固定です。組織の大きさによって必要な時間が変わり、検体が大きければ固定にも時間が掛かります。生検くらいの大きさなら一晩で充分ですが、手術材のような大きいものは一週間以上ホルマリン漬けにします」

友部技師はカセットをぽちゃん、とガラス瓶に沈めた。ぷん、とホルマリンの臭いが鼻をつく。

「この状態で一晩置くわけですね。この過程で検体の取り違えが起こる可能性はありますか」

友部技師の頰《ほお》が微《かす》かに紅潮する。だが、にこやかに答える。

「ご覧の通り、細心の注意を払っていますので、その可能性は低いと思います」

「検査が立て込み検体が殺到して、混乱したりすることはありませんか」

「そうならないよう、検査日は曜日を決めてもらっているんです。例えば気管支鏡検査は月と木、胃内視鏡と大腸ファイバーは火、金という具合ですので、混乱はしませんね」

「緊急検査が入ることは？」

「大学病院ですから、もちろんそういうこともありますが、そういう時こそよく注意します」

そして友部技師は付け加えるように軽い調子で言った。

「ただし、あの日は、緊急検査はありませんでしたけど」

そのひと言で友部技師は、何が問題で俺が聴取にやってきたのかを完全に理解している、ということがわかった。だが、ここのシステムには、特段の問題はなさそうだ。

俺の心はすでに、三船事務長が預かっているという、問題の検体の確認へと飛んでいた。

要は、牛崎講師の診断が正しかったか、誤診だったかに帰着するわけだ。

「この検体の標本作製については、これ以降は明日の作業になるわけですね」

「そうです。今受け付けた検体の標本作製は固定後なので明日になりますが、昨日受け付けた検体がありますから、この先の業務の流れをお見せすることはできます。ご覧になりますか？」

俺はうなずく。学生時代に授業をサボったのだから、そのツケを払うため、たまにはこんな風に、医学生気分に戻って勉強するのも悪くはない。

すると友部技師は別のガラス瓶からカセットを取り出し、椅子に座る。

一回り小さな金属製の容器に、検体をピンセットでつまんで入れ、ドリンク・サプライヤーのような形をした機械のレバーを押す。透明な液体が流れ出て、検体は液体の底に沈んだ。

「この液体はパラフィンで、温めれば液体に、常温で固体になります」

友部技師は手元が俺によく見えるようにして、そう説明しながらプラスチック・ケースの蓋を金属製の容器に載せ、パラフィン・ブロックの台座にした。

白い板の上で透明な液体はたちまち白く濁って固まる。パラフィン・ブロックは杏仁豆腐《あんにん》のかけらのように見えた。白い板の表面に触れてみるとひんやりしていた。冷却用の板は低温で、霜のせいで白く見えるのだ。

「これが包埋《ほうまい》という過程で、出来上がったブロックは半永久的に保存できます。本当に大変なのは、ここから先の薄切という過程なんです。この先の説明は私よりも適任者の、ウチのエース、真鍋さんにバトンタッチしますね」

友部技師はそう言うと、真鍋技師の肩をぽん、と叩いてブロックを載せたマッペを手渡した。

真鍋技師は俺に向かって小さく会釈すると、受け取ったマッペの左列にパラフィン・ブロックをひとつ置きに、右列にスライドを隙間なく縦に並べていった。そして一つのブロックに二枚のスライドグラスを対応させると、スライドの端のスリガラス部分に鉛筆で「2009—4551」という番号を書き込む。

遠目に眺めていると、マッペ全体がマンションで、スライドグラスは建物の窓のように見える。その透明なガラス窓から、事件の真相が垣間見えるかもしれない、と思う。

真鍋技師は丸椅子に座り、ブロックを機械台にセットする。カッターの刃を台座に装着して、刃を前後に動かす。小気味いい音と共にカミソリの表面にカンナ屑のような薄い膜がくるくるとまとわりつく。スライサーを前後させる度に丸まった薄片が飛び散る。

やがて動きを止めた真鍋技師は、削り込んだブロックの表面を凝視した。

真っ白なブロックの中央に灰白色の不定形の物体が姿を現している。大海原の真中にある宝島の地図が、パラフィン包埋された組織片の断面だと気付くまでに、少々の時間を要した。

真鍋技師は目をつむり、白衣の胸に手を当てて深呼吸をした。空気がしん、と静まり返る。目を開いた真鍋技師は、真剣な表情でセッティングされたブロックと向き合った。

これまでと違い、ゆっくりとした動作でスライサーを手前に引くと、先ほどのカンナ屑のようなパラフィン切片と違って、神々しく見える白色の超薄ロールが刃の上に生み出されていく。濡《ぬ》らした木のヘラですくい取り、水盤に置く。薄片ロールが表面張力でくるくるほどけ、長方形の薄い皮膜となり水面に広がる。その中心に宝島の地図が描かれている。

「2009―4551」という番号を鉛筆書きしたスライドを、水盤に広がる長方形の地図にあてがいゆっくり引き上げると、パラフィンの薄片はスライドの中央にぴたりと貼り付いた。

「今の過程が臨床検査技師の特殊技能、腕のみせどころの薄切です。真鍋さんは二年目ですけど、この技術では、今や検査室ナンバーワンなんですよ」

先輩の友部技師に手放しで褒められて頬を赤らめた真鍋技師は、もじもじしながら作ったばかりの標本をホットプレート上に置いた。そして隣に置かれたスライドを取り上げて、消え入りそうな声で言う。

「今の標本はこれからホットプレート上に一晩置いて完全に乾燥させます。するとスライドグラスから離れなくなるんです。この後は昨日作製した標本を自動染色器で染色します」

真鍋技師は手にしたスライドグラスを、小さな水槽が並んだ自動染色器用の金属ケージに入れ、スイッチを入れる。するとクレーンが動き、最初の水槽にケージが沈んでいく。

「こうした染色は昔は手作業で半日つきっきりでやらなければならないものでしたが、今ではこの全自動染色器のおかげで作業が必要なのは最初と最後だけなので、相当楽になったんです」

饗場技師長がダミ声でそう説明すると、友部技師が補足する。

「染色液は水溶性なので、不溶性のホルマリンがあると染色ができないため、ホルマリンを水溶性のアルコールに置換してから染色過程に入ります。その過程もあるので染色には三時間ほど掛かります。ですので、昨日染色を終え、ホットプレート上で一晩乾燥させた一昨日の、作業三日目の標本で続きをお見せしますね」

友部技師は染色を終え、乾燥させた標本を取り上げ、スライド端のスリガラス部分に記載された病理番号順にマッペに並べていく。赤紫色に染色された検体部分に透明な液ガラスをスポイトで一滴垂らし、薄いカバーグラスを置き気泡を追い出す。それからスライド番号と一致していることを確認し、そのラベルを貼り付ける。

「これで標本は完成です。何か質問はありますか？」

友部技師の説明で標本作製過程を一通り理解した俺は、質問した。

「素晴らしい説明で大変よくわかりました。自分の整理のため、もう一度、復習させてください」

「了解しました。卒業試験、というわけですね」

友部技師はおどけて答えた。俺はうなずくと、授業で教わった要点をまとめて話す。

「検体受け取りは看護師さんとリストでダブルチェックする。受付の時につけた病理番号をプラスチック製のカセットに書き、その中に検体を入れ、ホルマリン漬けにして一晩固定する。翌日、パラフィン包埋する時にカセットを台座にする。そのパラフィン・ブロックを薄切し、一晩乾燥させ、自動染色器で染色して、ラベルを貼って標本は完成する、とまあこんな感じでしょうか」

「大変よくできました。満点ですね」

褒められてほっとした俺は、御礼と共に疑問をぶつけてみた。

「教え方がよかったんですよ。固定で一日、薄切と乾燥で一日かけてスライドが完成するのに、三日分の仕事の過程を少しずつずらして一度に見せてくださったおかげで、病理検査の全体像がよくわかりました。ところで、ひとつの検体にスライドを二枚作製するのはなぜですか」

「基本はＨＥ染色ですが、腺癌要素の確定のためのＰＡＳ染色もオーダーが多いので、一枚余分に未染標本を作っておけばすぐに対応できて、時間の節約になるんです」

友部技師の答えを聞きながら、そう言えば、牛崎講師が今回問題になった検体にＰＡＳ染色を追加しようかどうしようか迷ったと言っていたな、とふと思い出す。

「拝見した限り、検体取り違えが起こるとしたら試験管から包埋するところと薄切標本をスライドに載せる瞬間の二カ所だけのようですね。徹底した二重、三重のチェックがされていますから、ここで検体の取り違えが起こったという可能性は限りなくゼロに近そうです」

「ということは、やはり牛崎先生の誤診なんですかね？」

饗場技師長のダミ声に、真鍋技師はぴくりと肩を震わせた。

「調査途中ですので、まだ何とも言えません」

俺は言葉を濁して二人に礼を言い、部屋を出て行こうとした。

するとそこへ私服姿の中年女性が現れた。ショッキングピンクのスーツ姿はなんだか妙にけばけばしく場違いで、病院ではあまり見ないタイプだった。ファッション音痴の俺が言うのも何だが、年齢的にもあまり合っていない服装のようにも思える。

「技師長、あたくし、お先にお昼にさせてもらいますわね」

甲高い声に顔をしかめた饗場技師長は、低い声で答える。

「食事に行く前に、そこにたまっているマッペを片付けてくれないかな、花輪さん。とっくに診断が終わっているヤツがまた一週間も放ったらかしだぞ」

「やだ、技師長さんったら、いけずを言って。お昼を食べたら、やりますわよ」

花輪さんと呼ばれた女性は、ぷい、と頬を膨らませ、足音高く部屋を出て行く。すると後には強い香水の匂いが漂った。

「今の方も技師さんですか？」

「事務のクラークです。事務仕事や後片付け役なのですが、すぐに仕事にかからないのが玉に瑕です。ああ言っても今日は結局やらないと思いますね。一週間前に、何を思ったのか突然久しぶりに徹底的に片付けてくれたのですが、たった一週間でこの有り様です」

饗場技師長は乱雑に積み重ねられたマッペを指さして、ため息をついた。

「本当は技師の増員を要望したいところなんですが、そうすると彼女の存在が痛し痒《かゆ》しになるんですよね。少し前に牛崎先生に直訴して、首を切ろうとしてみたこともあるんですが、ああ見えてなかなかしぶとくて、うまく躱《かわ》されてしまいました」

人材のマッチング・ミスというヤツか、と思いながら俺はしみじみ考える。

組織は何かしら宿痾《しゅくあ》を抱えている。だがどこの問題もつまるところマンパワー不足に帰結する。その状態が長く続くと勤続疲労を起こし不祥事に発展する。俺がリスクマネジメント委員会の一員として関わった案件は、たいていそうした問題が病根になっていた。

だがともかく、聞き取り調査は終わった。今回の件は単純な事案で、もつれる要素は少なそうだ。根城に戻り報告書を作成しようと考えた、俺の肩と気分は軽かった。病院長室に呼び出されて半日もたたないうちに、こんな明るい気持ちになることは珍しいことだった。

7

10月19日（月）正午
病院1F・不定愁訴外来

俺の根城は一階西ウイングの端っこにあるので、揶揄《やゆ》まじりに西方浄土《さいほうじようど》と呼ばれることもある。バブル時代に建てられた病院本館にありながら、設計ミスで、二階の外付けの非常階段からしかたどりつけない袋小路のような場所だ。そこには不定愁訴外来という妙な名前の小部屋があり、俺はその部署の責任者を務めている。不定愁訴とは原因がはっきりしない身体の不調で、いろいろ検査をされた挙げ句、特段の異常なしと放り出されて行き場を失い、釈然としない思いを抱えている患者が多い。東城大ではそんな患者に対応する特別な部署を創設し、好評を博している。まあ、部屋も患者もどん詰まり同士なので案外、職住一致で相性がいいのかもしれない。

朝九時に出勤し隔日三日、午前中に三名の患者の愚痴を黙って聞くのが仕事だ。田口という俺の名字をもじって〝愚痴外来〟と呼ぶのは、なかなか言い得て妙だ。

病棟婦長を歴任した藤原《ふじわら》看護師が定年後、再任用制度で助手になっている。今も院内では隠然とした権力を持ち、裏番長的な存在として恐れられているらしい。権力者の教授を大学病院から叩き出した経歴もあるとウワサされる猛女なのに、不定愁訴外来では、俺の助手役に徹してくれている。とは言うものの裏番的性格が一朝一夕に直るわけもなく、俺は時々、藤原さんの差配でえらい目に遭わされる。しかもその尻尾を摑《つか》ませないので始末に負えない。

ついでに付け加えれば、藤原さんはこの部屋の火元責任者も兼任してもらっている。それにしても、自分が火元になることが多いのに、火元責任者を引き受けるというのは、どういうつもりなんだろう、などと俺は怪訝《けげん》に思うが、そんなことは口が裂けても本人には言えない。

朝一番で病院長室に呼び出され、呼吸器外科、気管支鏡室、病理検査室と一気に歴訪し事務長室でカルテのコピーを受け取って、昼近くに自室にたどり着くと、部屋から珈琲《コーヒー》の香りが漂ってきていた。

俺の到着前に珈琲の香りが漂っているというのは、来客サインだ。

それが誰かはすぐにわかった。鼻がいいソイツは、事件の気配を嗅ぎ付けてきたのだろう。うんざりしながら扉を開けると案の定、いきなりきらきらした視線をぶつけられた。

「さすが田口准教授、こんな時間に出勤だなんてお大臣ですね」

後輩の兵藤クンは優秀で出世欲が強く、事情通でもあるのだが少々ピントがズレている。なかなか出世できないのもそのせいだ。そんな兵藤クンがわざわざ俺を准教授と呼ぶのにはそれなりの理由がある。実は今回、俺が出世したのと連動し、彼もめでたく助教から講師に昇格したのだ。だから俺が「何か用か、兵藤講師」と呼びかけると兵藤クンは満面の笑みで答えた。

「何か用か、じゃありませんよ。僕は田口先生の腹心なのに、水くさいです」

「水くさい？　何のことだ？」

「今朝、病院長に呼び出されたでしょ。この時期に病院長から丸投げされる無理難題と言えば、呼吸器外科の死亡事案しかないじゃないですか」

深々と吐息をつく。俺に降りかかる災難みたいな業務の九割は、兵藤クンの方がずっとうまく処理できるはずだと俺は思っていた。だから准教授昇進の下知の際、百パーセント却下されるだろうと思いつつも一応、有働教授に兵藤クンを推薦してみた。その提案が門前払いされたのは、まあ予想通りとして、そのことを兵藤クンがどこかで聞きつけてきたらしいので、さあ大変。

俺への兵藤クンの忠誠心が、より一層燃え上がってしまった、というわけだ。

とかくこの世はままならないものだ、としみじみ思う。

「今回の件は調査を終えたから、お前に話しても平気なゴシップになり下がっているぞ」

兵藤クンは息をハアハアさせながら、アハアハと愛想笑いをする。ここまであけすけに大したことではないと匂わされても、わずかばかりのヒミツの香りに鼻を突っ込みたがるその様子は、飼い犬というよりも珍味キノコ、トリュフを見つけるブタ君に近いかもしれない。

「今回の件は病理医の誤診だ。以上」

途端に兵藤クンの生き生きした表情がくすんでしまう。

「たったそれだけ？　検体の取り違えかもしれないというウワサはどうなったんですか？」

「その可能性は低い。わかったらとっとと行け。講師には学生ベッドサイドが待っているぞ」

いつまでも兵藤クンのご機嫌取りはしていられない。俺は三船事務長の部屋で手に入れた、橋詰教授の紙カルテのコピーを手にして、ぱらりぱらりとめくり始める。

兵藤クンは嬉《うれ》しそうな顔と追い出されて淋しそうな表情を両方一遍に浮かべる。

それでものろのろ立ち上がると、扉のところでぼそりと言う。

「〝牛丼鉄人〟にも、ついに勤続疲労が訪れたわけですね」

「何だ、それは？」

「あれ？　僕は一刻も早く、仕事に向かった方がいいんでしたよね？」

本当にコイツは人の気を引くのがうまい。俺はいらいらしながら言う。

「その〝牛丼鉄人〟という用語の説明をしてから行け」

引き留められたのが嬉しくてたまらないと言わんばかりに、嬉々《きき》として説明を始めた。

「牛崎先生は臨床医の信頼が厚い方です。どんな面倒な検体でも気さくに引き受けてくれるのに診断は早くて正確。美味《うま》い、早い、気安いの三拍子揃《そろ》った優れものなので牛丼。誤診や疑診をしたことが一例もないので、鉄人という尊称がつきました。信頼度抜群で実力充分なのに准教授に昇進できないのは、菊村教授の嫉妬《しっと》心のせいだとまで言う人もいます」

「すると今回の件は、菊村教授にとっては目障りな部下の失点という点ではプラスのわけか。しかし菊村教授が誤診だと断言しているのに、なぜ検体取り違えなんてウワサが流れるんだ？」

「可能性はふたつあります。ひとつは診断の鉄人・牛崎先生への院内の絶対的信頼。もうひとつは三船事務長がそうした情報操作をして牛崎先生をかばおうとしているというウワサです」

「なんで三船さんが、そこまでして牛崎先生を守ろうとするんだ？」

「検体取り違えなら検査技師のエラーだから、技師長の叱責《しっせき》で済むけど、診断ミスだと病理医のミスで病理検査室の在り方の見直しにまでつながり、大ごとになってしまうらしいんです」

いかにも、波風を立てるのを好まない三船事務長らしいやり口だ。

兵藤クンからのウワサが本当なら、菊村教授と牛崎講師の間の確執は根深い。検体取り違えなら技師のミスで教授の責任が多少は軽くなる。なのに診断ミスだと内部調査役に申告したのは、身を切ってでも牛崎講師を貶《おとし》めたいという暗い願望でもあるのか、などと勘繰りたくなる。

なおも物欲しげな顔で突っ立っている兵藤クンに気付いて、俺は冷ややかに言い放つ。

「何をぐずぐずしている？　話が終わったら仕事に掛かれ、学生がお待ちかねだぞ」

「ちぇ。用事が済めば即、お払い箱だなんて、田口先生もすっかり高階病院長みたいに、遣り手《やりて》の上司みたいになりましたね」

ため息をひとつ残して兵藤講師が姿を消す。すると藤原さんが珈琲を出してくれた。

「今日の調査で誰のミスか、確定できましたか？」

俺は自信に満ち、晴れ晴れとした表情でうなずいた。

「不明な点はありますが、明日、菊村教授と牛崎講師をお呼びして、問題の検体を二人一緒に確認してもらえば決着はつくはずです」

我ながら妙案だと思っていたら、藤原さんが思いもかけないことをぽつんと口にした。

「そのやり方だと、却って問題がこじれてしまう可能性もありますね」

「なぜですか？　実際の検体を見てふたりで診断すれば、一発でケリがつくじゃないですか」

藤原さんは首を振る。

「病理診断には主観的なところがあります。あたしが外科の看護婦長だった頃、臨床科は各々で病理検査部門を抱えていました。たとえば外科学教室では外科医が診断していて、病理の先生の診断と外科の先生の診断が違ったりしてよく問題になったものです。それくらいならまだいいのですが、中には病理の先生同士の間でも診断が違うことも時々あったんです」

「そんな時は、どうやって診断を決めたんですか？」

「声の大きい人の診断が通ったりすることが多かったですね。外科の先生は、これは坂本癌《さかもと》だ、なんて陰でこそこそ言い合っていたものです」

「坂本先生って、三代前の病理の教授でしたっけ。つまり癌かどうか、大昔は主観的だったわけですか。でもさすがに今は違うのでは？」

「新病院では、各教室独自の病理検査部門は廃止され問題は解消しました。でも、もし牛崎先生がご自分の診断を枉《ま》げず、これは菊村癌だなんて言い出したら、田口先生は反論できますか？」

藤原さんがむっとした口調で言った。どうやら〝大昔〟という単語が気に障ったようだぞ、と思いながらも俺は首を振る。病理診断なんぞ、この俺にわかるはずもない。

「確かに、二人の病理医が違う診断をして、しかも各々が自分が正しいと主張したら、収拾がつかなくなりますね。どうしたらいいんでしょう？」

「簡単ですよ。院外の専門家をレフェリー役として同席させればいいんです」

「そんな右から左へほいほい呼べる部外の病理医なんて、私の狭い交友関係の中には……」

そこまで言ったところで、俺の脳裏にひとりの男の輪郭が浮かんだ。

——そうか、アイツを呼び出せばいいのか。

俺は藤原さんが興味津々の表情で見守る中、受話器を取り上げた。

8

10月20日（火）午前10時
病院BF・病理検査室

翌日朝十時。俺は再び病理検査室にいた。昨日、俺は四本の電話を掛けて、会合を設定した。だが定時になり、他の三人は揃ったが肝心のアイツは来ていなかった。

目の前には同じ画像を数名同時に見ることができるレクチャー・スコープという顕微鏡が置かれている。操作席に菊村教授が、真向かいに牛崎講師が座る。その隣に俺が佇《たたず》み、菊村教授の傍らにはスーツ姿の三船事務長が、白いスライドケースを手にしている。その中に問題のスライドが入っているわけだ。菊村教授が苛立《いらだ》った口調になる。

「田口君はさっき、外部からレフェリーを呼んだと言ったが、来ないではないか。これは簡単な診断だから、我々だけでケリをつけられると思うんだが」

確かにその通りだろう。だが、二人の判断が万が一食い違ったりしたら、どちらが正しいか、俺には裁定できない。だから少し待ってもそのあたりを確実にした方がいい。

「あと十分、お待ちください。それでお見えにならなかったら、我々だけで再診断しましょう」

言いながら、心中ひそかに、おのれ、と毒づこうとしたその瞬間、扉が開いた。

姿を現した男性は、銀色のヘッドフォンを装着している。大学の後輩で房総《ぼうそう》救命救急センターの専任病理医の彦根《ひこね》新吾《しんご》。俺でさえコイツが病理医だということを忘れてしまうくらい、ふだんは何をしているのかわからない、得体の知れないヤツだ。途端に菊村教授は顔をしかめる。

「第三者の検分に、よりによって病理学会の問題児を指名するとは、私に対する嫌がらせかね」

俺が言い訳しようと口を開こうとしたその前に、彦根が言った。

「僕は病理医としては凡庸ですので、検分役はできかねます。なので自分の診断を確定するか、もしくは診断不能と答えるか、です。診断に不服があれば、お二人でディスカッションしていただく。その議論の正否判定はしますが、それだけの役割しか果たせませんので、ご安心を」

菊村教授は黙り込む。それにしても開口一番、菊村教授にこんな風に言われてしまうとは、彦根が病理学会から蛇蝎《だかつ》の如く嫌われているというのは、どうやら本当だったようだ。

「席を替わってください。そこしか顕微鏡を動かせませんので」

彦根が言うと、菊村教授はむっとした表情を浮かべたが、諦め顔で立ち上がると、彦根に席を譲る。彦根は、顕微鏡のステージ上のスライドグラスを取り上げ、灯りにかざす。

「ヘマトキシリン・エオジン染色標本。形態から推測するに微小な気管支鏡生検の検体です」

改めてスライドを顕微鏡のステージに置くと、ステージを前後左右に小刻みに動かして、接眼レンズをのぞき込む。丹念に検体を眺めていた彦根は、やがて顔を上げた。

「菊村教授は結核結節、牛崎先生は扁平上皮癌と診断した検体だそうですが、僕の診断はつきました。でも僕が伝えるまでもなく、検鏡すればお二人の診断は一致するはずです」

その言葉に呼応して、菊村教授と牛崎講師が同時に顕微鏡像をのぞき込む。

「いかがでしょうか」

俺がおそるおそる尋ねると、牛崎講師が青ざめた顔で言った。

「結核結節、です」

居合わせた人々は黙り込み、沈黙が場を覆う。やがて菊村教授が口を開く。

「やはり牛崎君の誤診だったわけだ。牛崎君、ミスを減らす努力も大切だが、システム作りばかりにかまけていると、こんな風に足元をすくわれるのだよ」

菊村教授は立ち上がると、もっさりした身体を震わせている牛島講師を見た。

「今回の下手人は、これではっきりしたな。リスクマネジメント委員会で煮るなり、院内事故調で焼くなり、後はどうぞご随意に。後は田口先生と三船事務長に一任するよ」

部屋を出て行く菊村教授の後ろ姿を見送りながら、俺は彦根に言った。

「悪かった。これなら、わざわざお前に出張ってきてもらわなくてもよかったな」

「結果として無駄足になりましたが、田口先生の差配は妥当だったと思いますよ」

彦根に慰められるのも妙な感じだ。最近、コイツの性格は少し円くなったように思える。

「よかったら不定愁訴外来で待っていてくれ。他にも相談したいことがあるんだ」

「わかりました。藤原さんに珈琲を淹《い》れてもらいます」

彦根が軽やかな足取りで出て行くと、部屋には三船事務長と牛崎講師、そして俺が残った。

「今さらこんなことを言っても信じてもらえないでしょうけれど、私が鏡検した時には確かに、小栗さんの検体は扁平上皮癌だったのです」

牛崎講師は呻くようにそう言うと、内ポケットから取り出した封筒を、三船事務長に手渡した。

表書きに黒々と「辞表」とあったので、三船事務長は封筒を牛崎講師に押し戻す。

「こんなものを私に渡されても困ります。渡す相手は菊村教授でしょう」

「菊村教授にお渡ししても、高階病院長に直接持っていけ、と言うに決まっています。ですので事務長から高階病院長にお渡しください」

「困ります。事務長がドクターの辞表を受け取るなんて、前代未聞ですから」

牛崎講師との押し問答になった三船事務長は、この厄介者の行き先をきょろきょろと探し求めていたが、その視線が俺の顔の上でぴたりと止まると、ほっとした口調で言った。

「田口先生、これを預かっていただけませんか？」

な、なんで俺が？

口を開いて反論しようとした俺の機先を制して、三船事務長は怒濤《どとう》の説得を始めた。

「田口先生は高階病院長の名代で、病院長室への出入りはフリーパス、おまけに今回は内部調査も委任されています。それなら高階病院長にこの封筒を届ける役としては、まさにうってつけのお方じゃないですか」

こんな短い会話の間に三つも四つも必要条件を挙げつらわれたら、反論するためには三船事務長の方が適任だという根拠を五つも六つも挙げなければならない。だが俺にそんなはしこいことができるはずもなく、誠実かつ木訥《ぼくとつ》な牛崎先生に「お願いします」と頭を下げられては、もはや逃げ場もない。それならいっそ伝書鳩に徹した方がラクだと腹を括《くく》った俺は、仕方なくしぶしぶ牛崎講師の辞表を受け取った。すると三船事務長は嵩にかかって言う。

「田口先生、牛崎先生の処遇については高階病院長にお取りなしをお願いします。あと、問題のスライドも田口先生にお預けするのが妥当だと思いますので、そちらもついでによろしく」

三船事務長は、手の内で持て余していたスライドケースを俺に押しつけた。言われてしまえば、病理検査室に返還するわけにもいかないので、俺が持つしかなさそうだ。

「ご迷惑をおかけします。ご判断に従います、と高階病院長にお伝えください」

牛崎講師の殊勝な言葉にいたたまれず、俺は立ち上がる。二つの重苦しい荷物、それに牛崎講師のメッセージまで手土産代わりに持たされ、気分がずっしり重くなる。

部屋を出て行こうとして、ちらりと振り返ると、牛崎講師は頭を抱え、机に突っ伏していた。その光景を見なかったことにして、俺は大急ぎで部屋を後にした。


廊下に出ると、三船事務長が壁にもたれ、俺を待っていた。事務長と連れ立って歩き出すと、事務長は探るような目で俺を見た。

「田口先生、この件をありのまま高階病院長にお伝えになるおつもりですか？」

「ええ、そのつもりですが」

俺の返事を聞いて、三船事務長は腕組みをして考え込んでいたが、やがてぼそりと言う。

「できれば病理医の誤診ではなく、検査技師の検体取り違えの線でお願いしたいのですが」

「そんなの、無理ですよ」

俺は呆れた。罪のない検査技師に責任を取らせるなんて、罪の捏造《ねつぞう》であり、冤罪《えんざい》だ。とうてい容認できない。俺の即答に三船事務長は深々と吐息をついた。

「このままだと病院全体が大変なことになってしまいます。現在、病理検査室には菊村教授、牛崎講師、遠井《とおい》助手という三人の医師がいます。でも遠井助手は研究に没頭し病理診断には関与しておりません。ですので大学病院の病理診断は菊村教授と牛崎講師のお二人の双肩に掛かっています。しかもここ数年、菊村教授は全体の三分の一も診断していない、というウワサもあるのです。ですので牛崎講師に辞められてしまうと、大学病院の医療が全停止してしまいかねません。ですのでとんでもないことだとは重々承知の上で、こうしてお願いしてみたのです」

「つまり大学病院の病理診断の大部分は、牛崎講師が支えている、というわけですね」

うなずいた三船事務長に、ためらうことなく俺は告げる。

「何と言われようと、それは出来かねます。善処はしますが、期待しないでください」

三船事務長はうつむいたまま、しばらくじっとしていたが、やがて顔を上げ、笑顔になった。

「田口先生なら、きっとそうお答えになるだろうとは思っておりました。もともと高階病院長は病院撤退を表明したのですから、その時期が少し遅れただけ、と考えることにします」

三船事務長は二階廊下の果ての非常階段入口まで俺と一緒に歩いてきて立ち止まると振り返る。

「いずれにしてもこの問題は高階病院長と田口先生に一任しました。処分が決まったらお知らせください。私はお二人のご指示の通りに動きます」

三船事務長の苦悩が理解できるだけに、俺はその去りゆく後ろ姿を直視できなかった。

懸念だった依頼のケリがあっけなくついたので、俺はほっとして愚痴外来に戻った。

我が物顔で珈琲を飲んでいた彦根が、「早かったですね」と言って珈琲カップを机に置いた。

「わざわざ出張ってもらったのに、大した仕事じゃなくて悪かったな」

どさり、とソファに腰を下ろしながら頭を下げると、彦根は微笑する。

「第三者を立てるのは妥当ですが、結核と肺癌の鑑別なら遠隔診断で済んだかもしれませんね」

「その手は思いつかなかったな。それにしても、病理学会ではお前の評判はずいぶん悪いみたいだが、大丈夫なのか？」

「全部Ａｉのせいなんです。Ａｉは、学会上層部がいまだに支持している解剖主体のモデル事業を根底から覆すので、僕の悪口を言い続けざるを得ない。そんな風に斬新な方法論に背を向ける古くさい学会に若手は愛想を尽かす。それにしてもあの法医学会でさえ、Ａｉに興味を持った若手をちゃっかり取り込んでいるというのに、病理学会の石頭にはがっかりですね」

彦根の説明で、三船事務長の危惧《きぐ》が理解できた。東城大の病理診断をひとりで支えている牛崎講師が辞職したら後任の当てもないのだろう。そこで俺はもうひとつ、本来の目的の話をする。

「たぶん今のことにも関係しそうだが、もうひとつ相談事がある。来月、Ａｉ標準化国際会議なるものを東城大で主催せよ、と高階病院長に丸投げされた。海外コーディネーターに相談しろと言われ、この週末渡米するんだが、その時に何をすればいいか、アドバイスしてくれないか」

彦根はくすくす笑う。

「高階先生の差配なら、先方に行って指示通りに動けばいいだけです」

「俺がどこに行くように指示されているか、知っているみたいな口ぶりだな」

「どうせ、ボストンのマサチューセッツ医科大学でしょう？」

うぐ。

彦根レベルになると、その程度のことは自明なのか。俺は仕方なしにうなずいた。

「東堂先生の指示に従えば、日本の医療界を動かすのなんてチョロいもんです。とうとう田口先生もそんな地位に上り詰めたんですね。おめでとうございます」

バカなことを。俺がそんなことを望んでいると思うのか、と憤然と彦根を見た。そんな俺の視線を気にも掛けずに、彦根は飄々《ひょうひょう》と続ける。

「東堂先生のアドバイスは興味深いです。予測では数名の人物と基礎を作れと指示するはずで、そこにあの人物を含めるかどうかで本気度が測れます。まあ、東堂さんは時々、僕の想定を大きく逸脱しますけどね。どっちにしても田口先生の本性のまま無邪気に対応すればよろしいかと」

バカにしているのか、と言い返そうとしたその前に、今の自分は落ち目だから用件が済んだらさっさとお暇《いとま》します、それが田口先生のためになるので、などと神妙に言い残した彦根に拍子抜けする。そして彦根が最近巻き込まれた様々な騒動と、その悲劇的な帰結に思いを馳《は》せた。

だがスカラムーシュと呼ばれるコイツの真骨頂は、手品のように正と奇を入れ替え、たちまちにして反転させてしまうことだ。だからたぶん、俺なんぞが心配する必要はないのだろう。

俺は珈琲を飲み干し、高階病院長の部屋に向かう。病院の土台を支える病理医のミスについての真実と、未来を決定する辞表をいつまでも手元に預かっておけるほど、神経は太くない。

高階病院長は、病院長室で煙草をぷかりとふかしていた。灰皿に数本の吸いさしがあるところを見ると、午後中ずっと紫煙に包まれながら、考え事をしていたに違いない。

「検体取り違えの一件の真相は判明しました。でも問題の根は深く、私の領分を超えています。牛崎先生は、今回の件の処分を高階病院長に一任されるとおっしゃっていました」

牛崎講師から預かった辞表とスライドケースを机の上に置くと、高階病院長は尋ねた。

「どうして直接の上司である菊村教授に提出なさらず、私を名指しされたのでしょうか？」

「あの上司と部下は、あまり良好な関係でなさそうなので、それが原因かもしれません」

「私と田口先生のような、水魚《すいぎょ》の交わりのような関係は稀有《けう》なのですね」

思わず口に含んだ紅茶を噴き出した。どさくさに紛れて何ということを言うんだ、アンタは。

「で、こちらの白いケースは何ですか？」

「牛崎先生の誤診の決定的な証拠品、生検検体の病理標本です」

高階病院長は辞表とスライドケースを眺めていたが、白いケースを俺に押し戻す。

「これは田口先生が保管しておいてください。事件の証拠品という禍々《まがまが》しいものは病院長室ではなく、院内の司法部門に置くべきです。田口先生の部署が一番それに近い存在ですから」

禍々しいものを手元に置きたくないという気持ちは一緒だが、上役の決定には逆らえないので、しぶしぶケースをポケットにしまう。この件のカタがつくまで抽斗にでも入れておき、カタがついたらとっとと病理に返還しよう、と心を決めた俺は、改めて高階病院長の顔を見た。

「この後、田口先生はどうすればいいと思いますか？」

俺は絶句した。まさに今、そのことを尋ねようとしたのに。あんたはエスパーか。

「実はそのことを御教示していただきたくて、こうして参上したんですが」

すると高階病院長は深々とため息をついた。

「今の私は田口先生のパペットです。Aiセンターが崩壊した時に田口先生に地位を譲りました。その後よんどころない事情で、この地位に留まってはおりますが、それは田口先生に委託されればこそですので、適切な指示を頂戴《ちょうだい》しないと、私が困ってしまいます」

納得はできないが、高階病院長のロジックには一点の曇りもない。俺は肩をすぼめた。

「私は経験不足で、こうした事態への対処法は見当がつきません。願わくは高階病院長の経験を生かし、適切なアドバイスを頂戴できれば、と思います」

そう言いながら、これなら高階病院長にこき使われていた昔の方が数段マシだ、とひしひしと感じる。ようやく俺は、高階病院長がこの地位から逃げだそうとした心情を理解できた。

高階病院長は俺を見つめていたが、吐息を漏らした。

「それが田口先生のご指示だというのであれば、仕方ありません。今回は特別に私のアイディアを披瀝《ひれき》させていただきます。でも次からは影の院長の田口先生に指揮していただきますので」

高階病院長の念押しに、弱々しくうなずく。

イヤなのに、イヤと言えないこのつらさ。いや、イヤよイヤよも好きのうち、なのか？

高階病院長は素直になった俺を見て、嬉々として続けた。

「この問題の解決策はただひとつ。ずばり、〝先延ばし〟です。ご遺族の要望している回答期限はおよそひと月後です。田口先生には、この件の調査報告書を週末の渡米前までに仕上げていただき、牛崎先生の辞表は取りあえず、院長預かりにしておきます」

「それでは問題は何ひとつ、解決していないのではありませんか？」

唖然としてそう言うと、高階病院長はうなずいた。

「そもそも問題設定が間違えているので、解決しようがないのです。病気でない患者を手術したというミスは許されませんが、手術自体に問題はないのに患者の死亡責任を問うという、ご遺族のやり方は間違っている。背後で遺族を焚《た》きつけている法曹関係者のセンスが悪いのでしょう」

「患者死亡に関し、東城大に責任はない、と強弁するおつもりですか？」

「強弁ではなく、正当な対応です。間違った手術を適用したという訴えなら即座に認め、和解に応じますが、死亡責任を問われたら不幸な事案だった、と突っぱねるしかありません」

「それって不誠実じゃないですか」

「違います。司法は医療を悪者に仕立て上げ、正義の鉄槌《てっつい》を下すという構図を取りたがります。その鉄槌が的外れなら、こちらも応戦せざるを得ません」

「遺族と話し合いをすればいいじゃないですか」

「遺族との話し合いは不可能なのです。そんなことを許して和解になったら食いっぱぐれになるので、医療事故専門の弁護士は、遺族と我々の接触を禁じます。ですので司法領域に引っ張り込まれたら、医療現場の誠意は、遺族には届かないのです。医療事故と疑われた途端、医療の善意など、法の番人たちの蹄《ひづめ》にたちまちにして蹴散らされてしまうのです」

俺は唸《うな》った。それではまるで、お互い言葉が通じない異国人同士の諍《いさか》いだ。その部族間抗争の狭間で泣かされるのは遺族だからやりきれない。俺がそう言うと、と高階病院長は続けた。

「だからこそ、〝棚上げ〟するのです。そうすればあちらは訴訟を前提に模索し、死亡責任を問うやり方で勝ち目がないと悟る。前提の間違いに気づき、交渉を持ちかけてきた時にようやく、こちらも対応できる。こうした対応も死亡時にＡｉを実施し、客観的な医学情報を手にしたから出来ることです。Ａｉ情報なしで今回のようなことが起これば警察主導になり、死因情報も教えてもらえず疑心暗鬼になる。そんな中では誰もが司法のなすがままにされてしまう。でも、Ａｉのおかげで私たち医療従事者は適切な対応が取れます。だからＡｉ標準化国際会議は単なる学術領域の確立に留まらない重要な会議となり、私も東堂先生に頭を下げざるを得ないのです」

今回の案件とＡｉ標準化国際会議を同時に動かす高階病院長の真意がようやく理解できた。

何という感性《センス》だろう。この人の座に就くなんて、一生かかってもできっこない。

「お願いした二つの業務、調査報告書を渡米前に作成することと、渡米してＡｉ標準化会議の内容を決定してくる程度のことは、今の田口先生にとって朝飯前のはずですよ」

確かにこれまで振られてきた無理難題を思えば、どうってことない依頼に思える。

うなずいてから、そう考えた俺は、我ながらタフになったものだ、としみじみ思った。

9

10月23日（金）午後3時
マサチューセッツ医科大学

三日後。俺は機上の人となっていた。行き先は米国マサチューセッツ医科大学（MMS）。

午前十一時に成田を出て十二時間機中で過ごし、ボストンに着いたのは午前十一時。飛行機に乗っている間にすっぽり消えてしまう半日が気になって仕方がない。機内ではボストンにちなみ、R・B・パーカーの「私立探偵スペンサー」シリーズを読もうと意気込んだが、挫折した。

空港に降り立つと、うららかな陽差しが俺を包んだ。十月のボストンは一番美しいと言われている。直行便の到着時刻は昼前なので、どうせ時差ボケするのだから、できるだけ一気に仕事を片付けてしまおうと考えて、空港から大学まではタクシーを奮発することにした。

タクシーの車窓を通り過ぎる赤煉瓦《れんが》の美しい街並みは、東城大の赤煉瓦棟を思い出させる。

ハーバード橋を渡り大学の正門でタクシーを降りた。広々とした玄関ホールは大理石の円柱が高い天井を支えている。パルテノン宮殿みたいだなと思った俺は、次の瞬間凍りつく。

何と、すべての円柱に巻き付けられた巨大ポスターに、俺の写真が載せられていたのだ。

かつて陰謀に嵌《は》められ戦車に搭乗させられた時の写真だ。その上には真っ赤なゴチック体で「Who am I？（私は誰？）」という意味不明のキャッチと「マサチューセッツ医科大学の学生並びにスタッフ一同は東城大学Ａｉセンター・田口公平《こうへい》センター長を歓迎します」という日本語、そしておそらくその文章と同義と思われる英文が併記されていた。

ＨＡＨＡＨＡというアメリカンコミックのローマ字の高笑いが脳裏に響いた。

ちょっと考えれば、派手好きな東堂ならばこれくらいのことはやりかねないと予測できたはずだが、現実問題として、いざやられてみるとこれはもはや驚愕《きょうがく》するしかなく、ただひたすらにうろたえながら回れ右、ホールを一目散に後にして、正面玄関ではなく、側面から入り直す。

とにかく、一刻も早く東堂の部屋に行き、何としてもあのポスターを外してもらうように、きつく申し入れなくては。

広い芝生の前庭に出ると、巨大なブロンズの彫刻が飾られ、宮殿のような建物の上に半円形のドームがちょこんと載っている。まるで美術館のような佇まいの中庭を通り抜け、顔を見られないようにうつむきながら建物に侵入する。「私は『Who am I ?』の田口ではありません」という説明顔で歩いたせいか、向こうから歩いてきた女性と肩がぶつかってしまった。地面に落ちた俺のショルダーバッグを拾い上げてくれた女学生は俺を見て目を瞠《みは》り、綺麗な英語で言う。

「Oh, President Taguchi, we are looking forward to your lecture.」

「What ?　(何ですって?)」

反射的に問い返すと女学生は、ポスターのミニチュア版が一面にびっしりと貼られたガラスの壁を指差す。ポスターに書かれた文面を読み飛ばしたところ、ところどころ理解できない単語があったものの、大意は把握できた。

——プレジデント・タグチ特別講演　10月24日午後一時　ドーム特設講演会場。

もはやポスターを剝がす程度では、取り返しがつかない状況になってしまっていることを思い知らされた俺は、腹を決めた。

拙《つたな》い英語で「東堂先生の居室はどこですか」と、機内で丸暗記した例文をぶつけてみた。すると彼女は振り返り手招きをする。どうやら部屋まで案内してくれるつもりらしい。

気恥ずかしいが、好意に甘えることにした。異国の地で東堂の部屋にたどり着くには実利的なのだからやむを得ない。行き交う人たちに顔を見られないようにうつむいて、女学生の後を追いながら、ふつふつと湧《わ》き上がるこの怒りをいかに東堂に叩きつけるかという、ただその一点だけに全意識を集中させていた俺は、「Here we are.（着いたわよ）」という声に我に返る。

どうやら、怒りという感情は、人の視界を狭めてしまうものらしい。

女学生がノックすると扉が開き、東堂が姿を現した。満面の笑みを浮かべて両手を広げると、いきなり俺を力一杯抱きしめた。おかげで俺は怒りをぶつけるタイミングを失してしまった。

女学生はひと言、ふた言、東堂と言葉を交わすと、手を振りながら俺の視界から姿を消した。御礼の言葉を伝えそびれてしまい、見失った女学生の後ろ姿を視線で追い求めていると、聞きたくもない東堂の声が、俺の心情世界にずかずか土足で踏み込んでくる。

「ようこそ、マサチューセッツへ。エントランスに貼った巨大ポスターはご覧になりましたか?」

ああ、もちろんご覧になりましたよ、と嫌味に言い返す気にもなれない。

「あのポスターを、マイボスの訪米が決まってすぐに飾りつけたところ、予想もしない大反響がありまして、学生やスタッフが入れ替わり立ち替わり〝タグチ・フー?〟とひっきりなしに聞くものですから、ここぞとばかりにマイボスの偉大さを微に入り細を穿《うが》って説明しておきました。ですのでマイボスは、今やMMS最大級のVIPになっていますよ」

ああ、目眩《めまい》がして足がふらつく。これは決して時差ボケのせいばかりではない、と確信するが、クレームをつける気力も失くしていた。すかさず東堂は俺をふかふかのソファに座らせる。

「マイボスは時差ボケ真っ盛りのようですね。このソファでお休みください。その間にミーは、残った仕事を片付けてしまいます。その後、いいお店でディナーにしましょう」

ソファに沈み、うら若い秘書が出してくれた紅茶をひと口すする。途端に疲労が全身を包む。視界がぼやける中、東堂がものすごい勢いで打ち込むキーボードの音だけが耳に響いていた。


目を開けると、部屋は夕闇に包まれていた。東堂は俺の前のソファに座り、文献を読んでいる。どうやら時差ボケで眠り込んでしまったようだ。俺はぼんやりした頭で、大きく伸びをした。

「ようやくお目覚めですね、マイボス。では何でもお望みの店にご案内しますよ」

「それならせっかくなので米国らしく、ステーキでもお願いしたいですね」

起き抜けなので、マイボスという呼びかけについうっかり答えてしまった。

「OK、日本のお上りさんはたいていステーキを所望するので、いい店を知っています」

善意で仕えてくれているのは疑いようがないが、ひと言多いのは困ったものだ。

車で十分、ボストンの中心に聳《そび》え立つ高層のランドマークタワーに到着した。入ろうとしたら入口でID提示を求められ、パスポートを示す。

その頂上、五十二階にステーキ屋はあった。豪勢な夜景に感動し、「素敵なステーキ屋ですね」と口にしてしまい、そのダジャレのレベルの低さに思わず赤面する。初めての渡米の上に、あの巨大ポスターの出現のせいで、俺のささやかな自制心は完全に打ち砕かれてしまっていた。ステーキは分厚い単行本くらいの大きさと厚さで、見た瞬間、とても食べきれないと思ったのに、気がついたらぺろりとたいらげていた。俺は満足の吐息を漏らした。

「ここのステーキと夜景に文句を言ったゲストはいません。マイボスも長旅でお疲れでしょうが、明日の特別講演の簡単な打ち合わせはここで済ませてしまいましょう」

「それなんですが、いきなり特別講演をしろなんて無茶です。まったく準備していませんよ」

「心配ないですよ。マイボスがお持ちの知見を余すことなく披瀝していただければいいだけです。桜宮のAiセンターで行なわれていることは、世界的に見ても最先端の試みなんですから」

そうかもしれない、と思う。あのAiセンター運営連絡会議には錚々《そうそう》たるビッグネームばかりが集められていた。なので俺は正直にカミングアウトすることにした。

「実は私は、英語が拙いのです。その上、講演経験がないので、話が滞ってしまいそうです」

「HAHAHA、それも大丈夫。有能な通訳に超訳させますから」

「Aiの専門的な知識もあり、私のたどたどしい思考も補ってくれるような、そんな気の利いた通訳なんて、世界中捜したってどこにもいませんよ」

東堂はまじまじと俺を見た。

「相変わらず奥ゆかしくも隔靴《かっか》掻痒《そうよう》な方ですね。マイボスが顎《あご》で使える人材が、目の前でマイボスのアメリカン・レクチャーをサポートするという部下冥利《みょうり》に打ち震えているというのに」

まさかコイツが俺の通訳だと？　だが東堂が通訳してくれたら、拙い講演も豪華《ごうか》絢爛《けんらん》、さぞ華やかな修辞で飾り立ててくれるだろうし、言葉足らずも補い、想像もつかない発想も開陳してくれるに違いない。東堂は世界的名声を確立しているから、質疑応答で叩かれる可能性も皆無だ。

これではいいことずくめの三すくみではないか。だが……。

「でも、それって私の講演会ではなくて、東堂先生の独演会になりそうですね」

俺が本音を開陳すると、東堂は大仰に首を左右に振り、両手を広げる。

「何と畏れ多いことを。この講演会はどこからどう見てもマイボスのデビュー戦ですよ」

どうも腑《ふ》に落ちないが、まあいい。どうせ俺一人でイングリッシュ・レクチャーをするなんて、百パーセント無理なのだ。それなら東堂のパペットに徹するのも悪くない。

そう割り切った瞬間、肩の荷が軽くなり、ワインをぐびりと飲み干した。

「実はこれはゴンの要請でもあるのです。マイボスはシャイで学会発表や講演会の経験が乏しいから、来るべきAi標準化国際会議での講演のリハーサルもさせてほしい、ということでして」

国際会議でレクチャー？　聞いてないぞ、そんなこと。一難去ってまた一難だが、取りあえず目先の問題は解決したから、今夜はたらふくワインを飲みまくって眠りこけよう。

そうなると俺も思い切りはいい方だ。というわけで東堂の真似をして、ウエイターに親指を立ててワイン追加のサインを出した。ボストンの豪奢《ごうしゃ》な夜景を見下ろしながらワイングラスを次々と空けた俺は、いつしか天下を手中に収めたような気分になっていた。

翌朝。二日酔いと時差ボケの頭を抱えて起き上がる。昨夜はドミトリーの一室に泊まった。この大学は全寮制で、一年生はキャンパス内のヤードという寄宿舎に、二年生以上はキャンパス外のハウスという集団寄宿舎に住む。東堂は俺の宿泊用に、帰省中の学生の空き部屋を用立ててくれた。米国には長期不在中の自室をホテル代わりに使わせてくれる制度があるのだという。

部屋の壁に掛けられた鳩時計を見ると、時刻は午前十一時だ。

ふだんは朝寝坊などしないが、「深酒＋長旅の疲れ＋時差ボケ＋降って湧いた特別講演という重荷＋その重荷が急に解除された解放感」という多重要因を夢の中で多変量解析に励んでいたら、破格の大寝坊をしてしまった。おまけに学生寮のせいか、落第寸前の卒業試験の夢を見た。高階病院長がお情けをかけてくれた、忌《い》まわしい最終試験の場面がありありと蘇り閉口した。

だが特別講演は午後一時スタートで、十一時半に東堂が部屋に迎えに来ることになっていたので、実は目覚めはドンピシャのグッド・タイミングだったわけだ。

人前で話すのだから少しはしゃきっとしようとシャワーを浴びたまではよかったけれど、調子に乗って普段は掛けないドライヤーをしたら、ぺったりした髪型が妙にスカした様相になってしまい、あわてて髪をくしゃくしゃに乱して取り繕う。

鏡に向かって愛想笑いの練習をしていると、タイミングよくノックの音がした。

扉を開けると、満面の笑みを浮かべた東堂が佇んでいた。

「マイボス、どうやら準備は万端のようですね。ではレッツゴーしましょう」

およそノーベル医学賞最有力候補と思えない低レベルの英語は、俺のレベルに合わせてくれたのだろうと思うと情けなくなったが、気を取り直して笑顔で答える。

「イエス、レッツゴー」

英会話なんて、コミュニケーションが成立すればそれで充分なのだ。


長い回廊を抜けた中庭に、ガラス張りの建物がある。中に入ると学生食堂らしく、若人たちが行き来していた。学生食堂という場所は、万国共通で独特の活気があるなあと眺めていた。と、突然、銃声みたいな音が響いて、思わず床に伏せた。

米国は銃の国なのでいつ発砲があってもおかしくない。俺は床に這《は》いつくばっていたが、周囲の空気が妙に穏やかなので、おそるおそる顔を上げて周囲を見回す。

すると、食堂にいた学生たちが手にクラッカーを持ち、笑顔で俺を見下ろしていた。

次の瞬間、今度は大砲のような音がして、頭上から銀紙の小片がぱらぱらと肩に降りかかった。見上げると天井の巨大なくす玉が割れて、「ウエルカム、プレジデント・タグチ」と書かれた垂れ幕がぶら下がっていた。服の埃を払い、照れ笑いを浮かべながら立ち上がると、俺の頭の上に円錐《えんすい》形のとんがり帽子が被せられる。美人女子学生に手を引かれて、案内された主賓席には、オードブルがテーブルの上狭しと並べられていた。

これは東堂のウエルカム・ランチだったのだ。いやあ、サプライズ。

「マイボス、レクチャーまでのほんの短い時間だが、せいぜい楽しんでくれ」

両隣に寄り添う女学生が、料理を取り分けた小皿を渡してくれる。俺は舞い上がり、動揺し、差し出された小皿を片っ端からたいらげてしまう。やがて東堂は立ち上がる。

「ヘイ、カレッグ、レクチャー十五分前だから特設講演会場へ向かいなさい。ミーはマイボスに食後の一服をしてもらってから会場にご案内するから、いい子で待っているように」

イエス、サー、と答えて、学生たちは立ち上がる。部屋を出て行く際、男子学生は手を振り、女子学生はウインクや投げキスを残していく。俺は東堂から珈琲を受け取りながら、尋ねる。

「まさか、今の連中が全員、私の講義を聴くわけじゃないでしょうね」

「いや、とんでもない。おそらく連中の二倍は来るでしょうね。何しろ、ミーのコネクションをフル稼働して人を集めましたから」

東堂がニカッと笑い、俺の胃の腑《ふ》がきりきりと痛み出す。まったく、余計なことを……。

「私は今回、Ａｉ標準化国際会議の内容調整のために伺っただけで、こんな大それた講演をするなんて話は聞かされていませんでした」

「細かいことは気にせずに。こうしたレクチャーは業務達成のために一番手っ取り早いんです。レクチャーにはＡｉに興味を持ちそうな学者や医師も招いたので、ここでヤツらを完膚《かんぷ》無きまでに叩きのめせばＡｉに関する国際的な覇権の帰趨《きすう》が決します。ファイト、マイボス」

つまりそういう連中を徹底的に叩きつぶしたアンタが国際的な覇権を樹立するんだろ、という言葉が喉元まで出掛かったが、かろうじて呑み込んだ。

特設会場に向かうエレベーター内で説明する東堂の口調は、なぜか得意げだ。

「今回は特別に、MMSのシンボル、ライブラリー・ドーム室に臨時特設講演会場を設置しました。ふだん学生が自習室に使っている、図書館中央ドーム室での講演会は、MMS三百年の歴史でも何と初めてのこと。つまりマイボスは本講演でMMSの歴史に名を刻むことになるのです」

なんということだ。歴史に名前を刻むなどという大それたことなど、爪の先ほども望んでいない俺なのに。という俺の抗議を全く気にする様子もない東堂は、エレベーターを四階で降りると俺を小部屋に置き去りにして、会場の様子を見に行った。

「上の会場の状況を偵察してきますので、マイボスはここでしばしお寛ぎを」

机と椅子だけの殺風景な部屋に置き去りにされてぽつんとひとり座っていると、やがて足音を響かせながら東堂が戻ってきた。

「HAHAHA、さすがマイボスの人気は抜群で会場は超満員、イベント企画ならがっぽがっぽの丸儲《まるもう》けというヤツです。ではさっそく会場へ向かいましょう」

目眩がした。超満員の会場の聴衆が、俺の話を聞くために待ち構えているなんて信じられない。

先導する東堂は、さっきとは別のエレベーターに乗り込む。こちらは四階から八階まで停車するエレベーターだ。怪訝そうな俺の表情を見て、東堂が説明する。

「ドームの五階から七階は書架棚と勉強机が置かれ、勉強には絶好の環境ですが、図書館は外部非公開なので、こういう食い違いの図書室専用のエレベーターが設置されているんです」

「五階から七階までが図書室なら、最上階の八階は何なんですか？」

成り行きで尋ねただけなのに、東堂は思い切り顔をしかめた。

「八階は鼻持ちならないヤツが占拠しています。ドームは頂上に近づくほど狭くなるので、専有面積としては大したことないんですが、相当に目障りです」

目的階に到着し扉が開き、東堂の説明は俺の不安を中途半端に煽《あお》ったところで途切れた。

顔を上げると、満員の聴衆の目が一斉に俺に注がれている。大講堂に設置された観客席に空席はない。視線を上げると、ドームのてっぺんに向かうにつれて狭くなる半球状の内壁には階段が設置され、六階、七階には書架が見えた。その側壁の手すりにも聴衆が鈴なりだ。

ただし、最上階の八階にひとつある天窓にはカーテンが下ろされていて、人影はない。

学生たちの興味津々の視線に迎えられ、腹は据わった。

どうせ準備不足なのだから、側《そば》に控える史上最強の超訳通訳マシン・東堂に一切委ねよう。

急ごしらえの壇上に立つと客席を見回し、やけくそ気分で微笑する。追い詰められると人は意味なく笑うものだと悟ったが、残念ながらそんな豆知識は、今から舞台の上に立つ俺には何の役にも立たない。壇上に佇む俺の隣で、東堂が流暢《りゅうちょう》な英語で話し始める。

「特別レクチャーにようこそ。ＭＭＳが誇る三百年の歴史でも、ドーム・ライブラリーで特別講演が行なわれるのは初めてです。でもそれも当然、プレジデント・タグチ率いるＡｉセンターは医学界を根底から変革する、世界初の画期的な施設なのです。ここに臨席した諸君は二十一世紀の革命児、プレジデント・タグチのファーストボイスを耳にできるという、歴史的証人なのです。

また本日の講演は、日本で開催される第一回Ａi標準化国際会議の特別予演会でもあります」

東堂に通訳を一任したことを心底後悔したが、次の瞬間、俺のそんなささやかな逡巡《しゅんじゅん》と後悔はたちまち吹き飛ばされた。学生たちがポケットから銀のスプーンを取り出すと、一斉に自分が座るパイプ椅子にカンカンと打ち付け始めたのだ。見上げると鈴なりになった六階席、七階席の学生たちは手すりをスプーンで叩いている。それは荘厳な音の塊となって俺の全身に降り注ぐ。

俺は怯《おび》えて周囲を見回しながら、隣の東堂に尋ねる。

「何ですか、これは？」

「ＭＭＳ名物、最上級の拍手であるスプーン・オベーション（ＳＯ）ですよ。講師の紹介時はリスペクトで必ずされますが、講演終了時にＳＯで迎えられる講師は滅多にいません。ミーもここで百回近く特別講演をしていますが、講演後のＳＯはまだ一回しか経験していません。とっても昂揚《こうよう》するものですので、願わくはマイボスにも是非、味わっていただきたいものですね」

そう言うと、東堂は大観衆に向き直り両手を広げた。スプーンを打ち付ける金属音がぴたりとやみ、会場は静まり返る。何とも派手なお出迎えだ。

隣の東堂を見遣り、これから俺の発言が東堂に意訳されるかと思うとげっそりした。

だがこれだけの聴衆を前に「マイ・ネイム、イズ、コーヘー・タグチ、コールミー・グッチー」などとたどたどしく言ったところで、笑いひとつ取れないだろう。ならばＡiセンターの創設者として堂々と振る舞い、世界的権威になるしか、今の俺には道は残されていないわけだ。

次第に大きくなっていく尾鰭《おひれ》に、俺は今や、完全に呑み込まれていた。

10

10月24日（土）午後1時
MMSドーム特設講演会場

「医療と司法の分水嶺となるAiセンターを、法曹領域に置くことは実に危険です」

自分の声がドームの天井に反響し、時間を置いて降り注いでくるのをぼんやりと聞いていた。

なけなしの経験から論理を紡いでひと言話すと、東堂が滔々と三分間喋《しゃべ》り続ける。俺の言葉を訳すだけなら三十秒程度で事足りるはずなので、東堂が俺の言葉を翻訳するフリをしながら自分の考えを喋っているのは一目瞭然だ。それでも俺の言葉はバチカン司教の説教のように厳《おごそ》かに、東堂の翻訳はボストンが生んだ二十世紀のカリスマ、JFKのアジ演説のように華麗に響く。

そんな二人羽織的講演が学生たちを魅了し、異常な盛り上がりを見せていた。

あぶない、気をつけろと我に返る。このままだと俺にマサチューセッツ医科大学での史上初のドーム特別講演を大成功させたなどという、とんでもない実績ができてしまう。もしそんなことになったら、帰国時にどれほど巨大かつ膨大な尾鰭がつきまくるか、想像もつかない。

東堂の超訳のおかげで、どんどん抜き差しならない深みに嵌められていく気がした。

「桜宮Aiセンターはこれまでの因縁が集約し、崩壊しました。でもその種子は綿毛となって、日本中に飛び散りました。今、日本ではAiは死因究明のベースになりつつあるのです」

最後の言葉だけは、我ながら実感が込もった名文だと思う。それなのに東堂はそれを延々と、五分近く訳し続けた。やがて一瞬沈黙すると、東堂は聴衆に向かって尋ねた。

「エニ・クエスチョン？（何かご質問は？）」

その言葉に誘発されたのか、質疑応答は活発で、数人が挙手し、指名も待たずに質問をしてきた。東堂は質問が出ると、そのひとつ前の質疑応答を日本語で説明してくれてから、今された質問に速射砲のように回答して相手を沈黙させた。なのであたかも俺が質問に答えているように見えたが残念ながら質問はほとんど聞き取れなかった。喋りは関連する単語を羅列すれば何とかなるが、話を聞き取るには耳がよくなければならない。つまり英語力とは聞き取り力なのだ。

質問が途切れて、そろそろ終幕かな、と思った矢先に、涼しげな声が天井から降り注いできた。

「ひとつ、よろしいですか？」

見上げると、いつの間にか天窓のカーテンが開いていて、ひとりの男性が俺を見下ろしていた。

東堂の顔色が変わった。どんな場面でも余裕綽々《しやくしやく》の東堂が初めて見せた動揺だ。

「静かな思索の場に侵入してくるのだから、さぞや独創的な言葉なのかと思い、この企画を黙認したんですが、どうもその甲斐《かい》はなかったようです」

その質問を一発で理解できてしまった俺は、短い滞在の間にあっという間に英語のネイティブ並みの聞き取り能力を獲得してしまったのか、と一瞬錯覚した。

だが即座に理解できて当然だった。それは流暢な日本語だったからだ。

「プロフェッサー・ソネザキ、ユーの母国でもある日本からはるばるお見えになった賓客に対し、その言い草は無礼千万だろう」

東堂が天上人に抗議の声を上げると、天井桟敷の住人は微笑した。

「おっしゃる通りです。何ごとも禍々しく大げさにしてしまう東堂さんの企画でしたので、つい反発してしまいました。私の中にある東堂先生への対抗意識という、潜在意識のなせる業でもありますので、お許しを。ではせっかくですので、二、三、お尋ねします」

大学院生のようだが、少壮の教授のような風格も見え隠れする。好奇心に満ち物怖《ものお》じしない目は涼やかで、すらりとした身体つきは贅肉《ぜいにく》とは無縁そうだ。年齢不詳だが、物言いからは同世代に思えた。俺は小声で東堂に「誰ですか？」と尋ねた。

「曾根崎《そねざき》教授、ステルス・シンイチロウと呼ばれる、ゲーム理論の世界的権威です。そしてここ、マサチューセッツ大のナンバーワン野郎でもあります」

「ナンバーワンは東堂さんじゃなかったんですか？」

「もちろん、医科大だけに限定すればミーがぶっちぎりのトップですけど、全学部を合わせたら、ヤツがナンバーワンなんですよ、マイボス」

自信家の東堂にそう言わしめる頭脳が、いきなりダイレクトに俺にコンタクトしてきたわけか。しかも超訳マシン、東堂を介在させなくとも、俺にわかる日本語で。

もはや逃げ場はなく、唐突に出現した修羅場に、自分自身で立ち向かうしかない。

天上人の声が降り注ぐ。

「先生のお話で、Ａｉの有効性はわかりました。コロンブス・エッグ的な発想の転換で、新たな概念を発見、確立されたことには敬意を表します。ですがＡｉ情報の所有者、公表権の土台をどこに置くかという点は議論が未成熟です。法曹部門に置いてはならないという主張は理解できますが、医療現場に置くことが正しいという根拠も同様に確定はできないのではないでしょうか」

ステルス・シンイチロウの静かな声が、一番の弱点を衝《つ》いてきた。俺は答えた。

「おっしゃる通り、法曹部門に置くのは不当だとしても、それが医療部門に置かれるべきだという論理に直結はしません。これは経験則からそう考えています」

そこまで言って、俺は東堂に言う。

「これでは聴衆のみなさんが理解不能です。東堂さん、このやり取りを英訳してください」

東堂はうなずいて、俺とステルス・シンイチロウとの会話の英訳をしてから小声で言った。

「まさかアイツが日本語で質問してくるとは、ミーの誤算でした」

「国際会議でも、この程度の想定外のことは起こるでしょう。最高の予行演習です」

俺はやせ我慢して答えた。すると曾根崎教授は、質問を重ねて追撃してくる。

「経験則という言葉は都合がいい言葉で、論理性から外れていいという甘えがあります。問題が起こるのは往々にしてそんな甘えを許容した領域です。なのでＡｉ領域のトップに君臨しようとされる田口先生には、そこについて明瞭に説明していただきたい」

いや、別に俺はトップに君臨しようなんて気はないんだが、と思いながらも答える。

「法曹領域は性悪説が基本ですが、医療領域は性善説で構築されます。Ａｉ情報を扱う場合、性悪説より性善説で臨んだ方が社会のためになる。これは情報取り扱いの問題で、学問領域とは異なります。感情は人間の基本要素ですから、それを基本に置くことには問題はないと考えます」

「今の説明は、経験則という言葉よりは多少は論理的ですが、それでも善意とか悪意とか、論理で割り切れない感情論に落とし込まないと医療現場に土台を置く根拠は説明できないのですね。でも、社会的存在意義確立のためAi標準化国際会議を開催するというのであれば、プレジデントの主張は一貫しています。容認できるかどうかは別問題ですが」

丁々発止《ちょうちょうはっし》のやり取りに疲れた俺は、少しだけ沈黙する。やがて言葉を返した。

「自分の論理が完璧だとは思っていませんが、法曹と医学の境界線であるAiは医療原則で扱うと経験上、境界領域の紛争が減るということは是非お伝えしたかったのです」

「またしても経験則ですか」

俺の精一杯の、論理的な反論を、曾根崎教授はあっさりひと言で覆す。俺は肩をすくめる。

論理を振りかざす人間は空理空論を玩《もてあそ》ぶヤツが多い。だが俺は例外を知っている。雲上の天才は、論理を以《もっ》て現実を処断していくロジカル・モンスターという例外と同じ属性に思えた。そんな二人を嚙み合わせたらどんなバトルになるだろうと考え、わくわくしている自分に気づく。

「それでは今度は私から質問させてください。人が亡くなるという普遍的な場面で力を発揮する、このような新技術を社会に受容させるには、どのような手法が効果的なのでしょうか」

俺が天窓に向かって尋ねると、ステルス・シンイチロウはうっすら笑ったように見えた。

だが一幅の宗教画のような彼の表情は、眺める角度によって様々な印象を与える。

「私をシンクタンク扱いしようというわけですね。まあ、それくらいの気概がなければ世界初のシステムの頭領にはなれません。いいでしょう。ジャスト・ア・モメント（少々お待ちください）」

ステルス・シンイチロウは目を閉じた。会場を静寂が包む。音のない部屋で、天才の頭脳が演算作業をしているタップ音だけが響いている。やがて静かに俺に告げた。

「市民に新しい考えを呑み込ませるには、無害だということを知らしめるのが一番手っ取り早い。たとえばエシックス、倫理のお墨付きを与えればいい。ただし日本国内のエシックスではダメで、欧米のコミュニティを利用すべきです。日本人の悪《あ》しき特性、お墨付きをありがたがるという心情を利用するのです」

MMSが誇る頭脳のアドバイスに、宿敵の泥沼エシックス野郎の顔を思い浮かべたのはあまりにもったいない。すると天窓の住人は、俺の表情を読み取ったかのように続けた。

「ほう、エシックスの導入という提案は意外だったようですね。それならプレジデント・タグチは、Aiの社会導入と国際協調に関して、どのような戦略をお考えだったのですか?」

さすがに何も考えていなかったとは言いにくいので、素早く思考を巡らせる。

「先ほど申し上げた通り、法曹と医療の境界線の引き方だけが、現在の私の関心事なのです」

「法は国家によって違うため、国際会議の議題としては難しいでしょう。お話を伺う限りでは、日本の法曹関係者はAiに憎悪の感情を抱いているようですし、まさに内憂外患ですね。そうした観点から見ても、万国普遍の枠組みなのでエシックスは布教に有効です」

天上人からのご託宣に、東堂が割り込んできた。

「プレジデント・タグチと曾根崎博士の議論は興味が尽きないところですが、そろそろ特別講義の終了時間です。本日は、多数のご参集ありがとうございました。ヘイ、マイボス」

聴衆にそう告げてから、東堂は俺に向かって右手を高く掲げてニカッと笑う。

「MMSでの最大のリスペクト、ハイタッチです」

俺は戸惑いながらも、東堂と壇上で掌を打ち合わせた。すると東堂が、流暢な英語で言う。

「Thank you for your splendid lecture, President Taguchi.（すばらしい講演に感謝します）」

その途端、金属性の打撃音が鳴り響いた。学生たちが手にしたスプーンで椅子を叩いている。盛大な金属音が半球状のドームに溢《あふ》れ返り、天井にぶつかって反響し、荘厳な賛美歌のように俺の肩に降り注いだ。東堂が俺にウインクをする。

「マイボスの講演はMMSの学生から最上級の評価を受けました。コングラッチュレーション」

称賛に陶然としながらも、このSOは東堂に向けられるべきで、するとさっきの東堂の言葉は壮大なる自画自賛だな、と考えた。だが割れんばかりの拍手に、俺は幸せな気分だった。

ふと、天窓に目を向けると、ステルス・シンイチロウの姿はもう、そこにはなかった。


特別講義の興奮さめやらぬ俺は、打ち上げと称して東堂お気に入りのシーフードレストランに連行され、巨大ロブスターのみっちりした身を堪能《たんのう》していた。そんな俺に、東堂が説明する。

「ヤツの肩書きはゲーム理論の世界的権威ですが、あらゆる物事に首を突っ込み、つつき回し、滅茶苦茶にするのが趣味という性格の悪いヤツなんです。でも、嗅覚《きゅうかく》は人一倍鋭いので、ヤツがマイボスの講演に興味を示したというのは吉兆ですよ」

議論をしている限りでは、性格が悪いというようには思えなかった。たぶん昔、東堂はこてんぱんにやっつけられたことがあったのかもしれない、などと勘繰ってしまう。

俺はロブスターの脂塗《あぶらまみ》れになった指と口元を濡れタオルでぬぐうと、東堂を見た。

「東堂さん、あの天才の出現は誤算だったような口ぶりでしたけど、あなたが特設講演会場をあのドームに設定した本当の理由は、彼を議論に引っ張り出したかったからではないのですか？」

俺を見つめた東堂は、顔をくしゃっと歪《ゆが》めた。よく見ると大笑いしているのだった。

「さすがマイボス、お見通しですか。おっしゃる通り、ヤツのブレインを拝借したくて、わざわざ苦労してあの特設会場を設定したのです。でもその甲斐はありました。ヤツのアドバイス通り、エシックスの権威を国際学会に招聘《しょうへい》しましょう。人選はミーに任せてください」

うなずいた俺は、これでようやく大任を果たせたのだ、とほっとした。

「あの方が弱点を衝いてくれたおかげで、問題の本質がはっきりしました。この先は指摘されたポイントを補強しつつ、Ａｉ標準化国際会議の流れを設定すればいいわけですね。それに、本番でアレをやられて醜態を晒すより、事前に問題提起してもらえたのはありがたかったです」

だが、ステルス・シンイチロウの啓示は俺に二重苦をもたらした。ひとつは提示された問題自体の難しさ。もうひとつは国際会議として成立させるための共通土壌を作ることの難しさ。同時に彼のサジェスチョンは俺に一条の命綱を投げかけてもくれた。天才のやることは実に奥深い。

「それにしても、やっぱりアイツは性格が悪いよなあ」

東堂にこんな風にため息をつかせるブレインが世の中に存在していたのは驚きだった。

世界は広い。俺はワイングラスを飲み干した。何杯目だったかはとっくに忘れている。

翌日は午後の帰国便だったので、午前中はボストンの市内観光をしたいと東堂に持ちかけた。するると東堂は親指を立て、ニカッと笑い、朗らかに言った。

「オフコース、この日のためにミーはマイボスに、とっておきの市内観光を用意しておきました。マイボスは旅慣れて荷物も少なく、ミーが企画した〝ボストンたらい回しツアー〟には、まさにうってつけの方です。それでは荷物を持ってレッツゴー」

不安を煽るようなネーミングのツアーに、思わず後ずさる俺だったが、東堂はそんな俺の背中を押しながら、学生寮の玄関から引っ張り出し、返事も待たずに歩き出す。

まあ、確かにピクニックに行きたくなるような絶好のハイキング日和だけど。確かに二泊四日の旅なので小振りのリュックひとつで渡米したけれど、それは何も、東堂の市内観光案内ツアーに参加するためではない。そんな不安にかられながら、俺は東堂に従う。

「ハーバード橋を渡れば市内の中心部です。道路に描かれた赤線はフリーダム・トレイルといい、赤線をたどって行けば、米国独立の歴史とボストンの歴史を同時に追えるという優れ物です」

静かな街並みに賑《にぎ》わいも内包する。その二つが両立する街は稀有だ。だからこそ人気の都市なのだろう。詩情あふれる赤煉瓦の建物がすき間なく立ち並び、中世を思わせる街路はそぞろ歩きにぴったりだ。建物の壁に絡《から》みつく青々とした蔦《つた》が、この地を通り過ぎた悠久の時を思わせる。

曲がりくねった道は、壁に叩き付けたスパゲッティと言われるだけあって、気を抜いて歩いていると方向感覚を失う。チャイナタウンでラーメンを食べ、ボストンコモンで芝生に寝そべって栗鼠《リス》と一緒にナッツを食べ、ウオーターフロントで鮮魚を食べ、と食べ歩きのそぞろ歩きをしているうちに大きな河に出て、その先には海が広がっていた。

上空をひっきりなしに、飛行機が離着陸を繰り返している。

「あのう、ひょっとして目の前に見えるのはローガン空港なのでは？」

おそるおそる尋ねると、東堂はＨＡＨＡＨＡと笑う。つまり俺をボストンの空港に送りがてら、歩かせついでに市内観光を済ませてしまったのだ。確かに合理的だが、何か釈然としない。申し訳程度に舗道がついた、明らかに歩行者向けでないトンネルを、排ガスに塗《まみ》れながら通り抜ける。ここだけは勘弁してもらいたいと思ったが、東堂には伝わらない。それでも時間通りに空港に到着すると、東堂は俺がゲートに姿を消すまで手をちぎれんばかりに振りまくっていた。

ここまで慕われると、まあいいか、という気になる。残念ながらスケジュールの関係で東堂は国際会議に参加できないらしい。それがわかっていたから高階病院長は俺をボストンに派遣したのかもしれない。今回の経験なしにいきなり国際会議を主催するのは無謀だっただろう。

上げ膳《ぜん》据え膳の特別講義をひとつこなしただけ、しかも超訳マシンつきという恵まれた環境下ではあったが、それでも経験は経験であり、ゼロと一の間には途方もない差がある。

初めての講演会、国際学会のレクチャー、異文化コミュニケーション、世界屈指の頭脳との一対一のディスカッションなど盛りだくさんの経験をこなし、ひそかに自信をつけた俺だったが、飛行機が離陸した次の瞬間には、蓄積した疲労もあって夢も見ずに熟睡していたのだった。

11

10月26日（月）午後4時
病院1F・不定愁訴外来

二泊五日という超強行軍の渡米を敢行した足で職場に向かう。日本到着は午後二時、東城大に戻るのは終業直前なので、病院長室に拝伏するには遅すぎるし、藤原さんもお帰りの時刻だが、しばらく留守をしたので部屋の様子が気になったのだ。

久し振りの不定愁訴外来はなぜか、荒《すさ》んだ空気を漂わせていた。違和感がしたので見回すと、机上に積み重ねられたカルテが妙に乱雑だ。留守中は藤原さんが片付けをしてくれていたはずだし、そもそも業務がないのだからそこにカルテがあること自体おかしい。

近寄って確認しようとしたら、奥の扉が開いて藤原さんの笑い声と共に、どこかで見覚えのある、小太りのシルエットが現れた。

なぜお前がここに？、と思った俺に向かって、ソイツは滔々と喋り始める。

「田口センセ、帰国した足で職場に直行なんて、公務員の鑑《かがみ》みたいな勤務態度だね。まさか今日、ここに顔出しするなんてアイ・ドン・シンク、思いもしなかったよ」

「I don't think. と言いたいんでしょうけど、thは破裂音です。発音が悪すぎますよ」

「さっそく米国帰りであることをひけらかすなんて、田口センセも人が変わったなあ」

コイツは厚生労働省のはぐれ技官、火喰い鳥と呼ばれる規格外の役人、白鳥圭輔《しらとりけいすけ》だ。

その肩書きは中立的第三者機関うんたらかんたら、というやたら長い漢字の羅列で、本人でさえ正確に復唱できないような代物だ。だがそんなことはこの際、どうでもいい。

問題は、どうしてコイツが俺の留守中に、俺の机で勝手にカルテを見ているのかということだ。

詰問しようと口を開きかけると、白鳥は機先を制するようにして片手を上げた。

「ストップ。田口センセが何を言いたいのかは、よーくわかる。だけどこれは高階センセからの依頼なんだよね。この件を外部監査してほしい、と言われたもんでね」

そう言いながら白鳥が内ポケットから取り出したのは、渡米前に俺が大急ぎで仕上げた、例の誤診事件の〝報告書（案）〟だった。

「その件でしたら報告書案を読んでもらえば、あらかたは理解できると思うんですけど」

「一見、完璧な報告書だね。病理は標本を診断するだけのシンプルな業務で、単純な案件だしね」

俺は机の向こう側、定位置の椅子に座ると、机の上に重ねられたカルテを取り上げた。

「それならこれは何ですか。調査対象の小栗さんのカルテはともかく、他の四名は見たこともない患者ばかりです」

「その四名には、ある共通点があるんだよ。さてなーんだ？」

帰国直後の時差ボケと疲労の上、自分の根城で天敵が跳梁跋扈《ちょうりょうばっこ》していたという事実に、疲労が倍加する。だがこの問いに答えずして帰宅はできないような気もして、カルテをぱらぱら眺める。全員呼吸器外科の患者だったので、深く考えずにそう答えると、白鳥は嬉しそうに言う。

「ブッブー、大外れ。そんなこと、ちょっと見れば幼稚園児でもすぐにわかるよね」

むっとしたが、コイツは不躾《ぶしつけ》で無礼だが、不当なことはしない。ならば中学生レベルなら解ける謎なのか、などと考えている時点で、すでにコイツの術中に嵌まってしまっているわけだが。

改めてカルテを眺める。外科だから同じ日に手術を受けた人たちかと思ったが、チェックしてみると肺癌四名に結核一例で、手術を受けたのは三名だけなので、これまた外れだ。

さて、困ったぞとカルテをひっくり返して調べていたら、不意に正解にたどりついた。

「わかりました。五人は問題の検査があった同じ日に気管支鏡検査を受けています」

「ピンポンピンポン、大正解」

クイズ番組の決まり文句を声帯模写したかのように、白鳥が言う。嬉しいはずなのに、なぜかむかつきが増す。俺が正解を出したところで、白鳥は立ち上がる。

「さて、田口センセもお疲れのようだし、この時間になるともうアポ取りも難しいだろうから、明日の朝一番で田口センセが高階病院長に帰朝報告をした後、再調査をするからね」

「再調査って、どういうことですか？」

俺が問い直すと、白鳥は呆れ果てたという顔をして俺を見た。

「再調査って言葉、知らないの？　再び調査するという意味なんだから、一回調査した人を、もう一回調べ直すという意味に決まっているでしょ」

言われてみればその通りだが、俺がその言葉を理解できなかったのも仕方がない。何しろこの案件は単純かつ明快、調査をやり直したところで、俺が調べたこと以外の事実が出てくるとは、とうてい思えない。なので俺はうんざりしつつも自信を持って答えた。

「高階病院長の要請ならお手伝いはしますけど、おそらくそれは徒労に終わると思いますよ」

白鳥はにまっと笑う。

「田口センセも言うようになったね。さすが不定愁訴外来を主宰する准教授で、Ａｉセンター長にリスクマネジメント委員会の委員長を歴任した挙げ句、今や腹黒タヌキ、高階病院長を陰で操るフィクサーとして院内の最重要人物に成り上がっただけのことはあるねえ」

ぺたぺた貼られたレッテルが、筋トレ用の鉄下駄並みの重苦しさでまとわりついてくる。だが、ひとつひとつを確認すれば、まさに今の俺の状況を適切に表現しているから困ったものだ。

「でも知っての通り、僕ってムダな行動は嫌いなんだよね。そんな僕が動くんだから、この報告書には重大な瑕疵《かし》がある、なんて反射衛星砲的発想法は、今の田口センセのレベルではまだ無理のようだね。まあとにかく、そんなわけで明日はよろしくね。バイビー」

片手を上げた白鳥は、あっけなく姿を消した。瑕疵なんてどこにあるんだろう、と報告書をぱらぱらと眺めながら不安な気持ちになる。閉まった扉を眺めていた俺の視界の中、いきなりその扉が開いて、姿を消したばかりの白鳥がぬっと顔を出した。

「そうそう、今回僕が高階病院長にお呼ばれしたのは、Ａｉ標準化国際会議の内容構築のお手伝いの方で、こっちの案件の外部監査は実はついでなんだよ。だから明朝、高階病院長に帰朝報告に行く時には僕も同行させてもらうから、よ・ろ・し・く。八時半、ここで待ってるよ」

白鳥が去り、安堵《あんど》と不安に包まれた俺を睡魔が襲う。おまけに胸焼けの苦汁が上ってくる。

藤原さんにお土産の真っ赤なロブスターのぬいぐるみを投げ渡すと、俺は根城を後にした。

翌朝。

窓から差し込む秋の柔らかい陽差しで起こされた。穏やかな光なのだが、昨晩は時差ボケでなかなか寝付かれず、ようやく明け方にうとうとした俺にとっては眩しすぎる陽差しだった。

鉛のように重い布団を押しのけ、身体を起こす。

ジェットラグのせいか、あるいは本来の体調不良なのかはよくわからないが、食欲がまったくない。だが、これから待っている、おそらく理不尽さを思い知らされるであろうハードワークを思うと、空腹のまま出勤するのは、あまりにもリスキーに思えた。なので、コップの牛乳を無理やり一気に飲み干した。

それでも、昨日の不定愁訴外来の惨状と比べて、部屋が片付いている様子に救われる。ひとり暮らしは自由気儘《きまま》だが、それなりにきちんとしないととことん自堕落になるので、細かいところはわりとちゃんとしている。もっとも部屋が小綺麗なのは物欲がないせいでもあるのだが。

俺のモットーであるシンプルライフは、ものぐさな性向を正当化するための護符にすぎない。

俺はのろのろと立ち上がると着替え、靴を履く。ドアを開けると朝の陽射しが身体を包む。

重い身体を引きずるようにして、俺は大学行きバスが発着するバス停に向かった。

◎

不定愁訴外来の扉を開くと珈琲の香りが漂い、昨晩から続いている胸焼けを倍加させた。

俺の出勤前に珈琲の香りがしているということは来客があったということで、さすがに今朝はそれが誰かはわかっていた。せめて白鳥が到着する前に不定愁訴外来に到着したかったのに、と思ったが、俺は自分の不幸の見積もりが甘かったことを次の瞬間、思い知らされた。

「ええ？　すると真相はやっぱり、牛崎先生の誤診だったんですか？」

素っ頓狂な声が響く。

何と今朝は、白鳥だけではなく、廊下トンビの兵藤クンのオマケ付きだった。

朝っぱらから貧乏神と疫病神《やくびょうがみ》のダブルパンチを食らうとは、何とも多難な一日の幕開けにふさわしい。ちなみにどちらが疫病神でどっちが貧乏神なのか、比喩で例えた俺でさえ定かではないし、また定かにしたいとも思わない。

白鳥は、俺の気配を感じていないらしく、左右を見回すと、人差し指を立てて、しい、と声をひそめる。

「ダメダメ、そんな大声を出しちゃダメ。それって田口センセの未熟な調査から導き出された結論だから、そんなあやふやな情報をあちこちで言いふらしたら、牛崎センセに名誉毀損《きそん》で訴えられちゃうよ。そうなったら兵藤センセは百パーセント、裁判で負けちゃうからね」

「ぼ、僕は言いません。何も聞いていませんから」

兵藤クンは両手で自分の口を押さえ、首を振る。

二人の背後に忍び寄ると、俺は兵藤クンの肩にそっと手を置いた。

「聞かザル、言わザルだなんて、そんなの兵藤講師らしくないだろう」

兵藤クンと白鳥は、目を丸くして俺を見上げた。俺の居室に、俺の出勤前にやってきて勝手に珈琲を飲んだ挙句の果てに、二人揃ってそのびっくり顔は一体どういうつもりだ？

「ウワサを教えてあげたら、お返しにひとつ知りたいことを教えてあげると言われて、つい……」

「僕は、兵藤センセに聞かれたことを答えただけで……」

白鳥と兵藤クンは競い合うようにして、似たような言い訳を口にする。要するに似た者同士のコイツらは、普段通りの地を出して、互いのコミュニケーションに励んでいたわけだ。

俺は深々とため息をついた。そして白鳥に言う。

「くだらないお喋りはやめてください。今すぐ病院長室へ向かいますからね」

「ええ？　ひょっとして病院長室に帰朝報告に行くんですか？　いいなあ」

兵藤クンはよだれを流さんばかりの上目遣いで俺を見上げた。自分も一緒に連れて行ってほしい、というあからさまなオーラをダダ漏らしにしている。

「今回はお前を同行できない。トップ・シークレットの重要な報告をするんだから」

もともと高階病院長に行く時に兵藤クンを同行したことなどこれまで一度もないのに、あえてそう言ったのは、俺の留守中に白鳥と意気投合したことが許し難かったからだ。なので兵藤クンには、ヒミツの香りをちらつかせてお預けを食らわせるという、最も残酷な罰を与えたのだ。

「どうしてよそ者の白鳥さんが同席できて、忠実な部下である僕が同席できないんですか？」

「それは、僕が高階先生の依頼を受けたからさ。頼りない田口センセのバックアップをよろしく、と病院長から直々に言われちゃったんだよね。ああ、人気者はつらいなあ」

白鳥の言葉は正しい。まさにその通りの依頼を受けたから、ヤツはこの部屋ででかい顔をしているわけだ。ムカついたが、珍しく白鳥が俺に都合のいいフォローをしてくれたので、放置することにした。俺たちは、ひとりしおれている兵藤クンを残し、愚痴外来を後にした。

ボストン土産の真っ赤なロブスターのぬいぐるみを手渡すと、高階病院長は笑みを浮かべた。おや、意外にもお気に召したようだ。

「東堂さんから伺いましたが、今回の訪米では、素晴らしい成果を上げられたそうですね。何でも、三百名を超す学生の前でMMSが誇る頭脳をねじ伏せ、東堂さんと勝利と称賛のハイタッチをされたそうで。これならAi標準化国際会議の議長なんて楽勝ですね」

高階病院長の過分な賛辞に思わず咳込《せきこ》む。あれは優秀な通訳のおかげだし、MMSの天才とやり合ったのは日本語だ。だが初めての海外出張の成果を持ち上げてくれたのだから、自分で帳消しにすることもないだろう。そんな一瞬の逡巡《しゅんじゅん》が的外れな白鳥のフォローを誘発してしまう。

「これで田口センセも一躍、ついに国際級の研究者の仲間入りかあ。この調子だと東堂センセに追いつき追い越す日も近いかもね」

バカなことを、と言い返す暇もなく、高階病院長が応じる。

「大変心強いですね。ところで国際会議ではエシックスにおけるAiの優位性を前面に押し立てるべき、というのが田口先生が導き出した方向性だそうですね」

それは東堂の天敵のアイディアを拝借しただけだが、説明するのも面倒でそのままうなずく。

「東堂さんから、エシックスの講演をどなたにお願いすればいいか、提案はありましたか？」

「ええ。米国臓器移植ネットワークの議長でサンタモニカ大・ドミンゴ教授が適任だそうです。東堂さんが依頼してくれるそうです。その他は東城大Ａｉ運営連絡会議のメンバーを再喚問すればいいそうです。ただし警察と法医の人材の入れ替えも提案されましたが」

「それは困りましたね。確かに警察と法医学者は結託してＡｉを自分たちの手中に収めて、情報の独占を図ろうとする運命共同体ですから、学術的に潔癖な東堂さんが忌避したがるのも当然です。でも、国際的に見てＡｉを法医学者が扱っている国もありますからねえ……」

「無視するのではなく入れ替えのため、ジュネーヴ大のヴォルフガング教授を推薦されました。桧山《ひやま》先生に招聘《しょうへい》してもらえばいいそうです。彼女の直接の上司だそうですから」

桧山シオンと連絡が取れるかという懸念については、あえて口にしなかった。

紅蓮《ぐれん》の炎の中、俺と彦根の前から姿を消した桧山シオンの亜麻色の髪が、脳裏で揺れる。

「桧山先生はジュネーヴ大学の放射線科教室に所属していましたね。でも桧山先生の上司となると放射線科医なんでしょうけど、どうしてその先生が法医代表になるのですか？」

「その教授は法医放射線医学科を創設したそうです。後は役所関係で厚生労働省、文部科学省、経済産業省、法務省、警察庁、総務省、消防庁、海上保安庁などすべて呼び、医療は放射線科の他、法医、病理、内科、外科、歯科、放射線技師、それに救急医を呼ぶべきと言っていました」

白鳥が目を丸くして言う。

「うわあ、大舞台が大好きな東堂センセらしいね。でも、そこまでする必要はないよ。小物ばかりを集めても議論は深まらないし。招聘人数は半分にして濃い議論をした方がいいから、海外はエシックスのゲストのみで、ジュネーヴ大はパスすべきだね。どうせ予算はないんでしょ？」

高階病院長は押し黙る。どうやら図星らしい。俺は俺で、これなら音信不通の桧山シオンに依頼せずに済みそうだ、とほっとする。それにしても白鳥がまともなタイミングで真っ当なことを言うこともあるもんだ、と感心していると、ヤツは図に乗って滔々と畳み掛ける。

「役所関係は厚労省と警察庁と文部科学省だけ。厚労省代表は当然、僕。警察庁は加納《かのう》を指名したいけど、斑鳩《いかるが》さんが出ると言い張ったらすげ替えは難しいから風任せ。文部科学省は小原《おはら》っていうアマゾネスを呼ぶ。法務、総務、経産と海上保安庁はパス。医療関係は救急に絞る。現場で相当数が運用されているからね。放射線科は東堂さんが来られればベスト、だけどムリなら島津センセで充分さ。というわけで、ひい、ふう、みぃと全部で五人。で役所関係が三人の黒子、と」

てきぱきと言いながら、白鳥は指を折る。格段にスリムになったが、それでは国際学会とは名ばかりの、Ａｉセンター運営連絡会議もどきじゃないか、と思い、アカデミズムに関しては妙に原理主義者である黒幕がそんなていたらくを容認するわけがない、とちらりと見る。

すると案の定、高階病院長は不服そうな声色を滲ませて言う。

「本当に病理や法医の関係者を呼ばなくてもいいんですか」

「いらないですよ。彼らの業務は解剖なんだもの」

高階病院長は腕組みをして考えていたが、やがて言った。

「わかりました。では白鳥さんのラインでいきましょう」

こうして帰朝報告と会議メンバーの確定があっという間に済んだ。エシックスのゲストは不安要素だが、米国大好きっ子の沼田准教授を召還すれば、すっ飛んでくるから何とかなるだろう。

「さすが高階センセのご判断は、いつもながらに神速《しんそく》ですね。では僕は今からもうひとつの依頼、田口センセの調査報告の外部監査に向かいます」

「あの、その件なんですけど、私は白鳥さんにそんな依頼をした覚えがないのですが」

白鳥は高階病院長に歩み寄り、その肩をばんばん叩きながら言った。

「やだなあ、高階センセ、惚けちゃったんですか？　医療事故調査は繊細な問題で、万が一にも誤りは許されないから、念のため僕に再チェックを頼むって、握手しながら言ってたクセに」

「私が白鳥さんと、握手？」

白鳥は俺を部屋から押し出しながら言った。

「細かいことは気にせずに、無敵のバディ、〝トリー&グッチー〟の僕たちにお任せあれ」


病院長室を出て、エレベーターに乗り込みながら、俺は疑惑の視線を白鳥に向けた。

「やっぱり高階病院長は、調査の外部監査をせよ、などという依頼はしなかったんですね」

白鳥は、ヘラヘラしながら答える。

「そんなこと、もはやどうでもいいでしょ。肝胆相照《かんたんあいて》らす仲であるこの僕が不肖《ふしょう》の弟子である、田口センセの監査をすれば鬼に金棒でしょ。遺族への回答も引き延ばしているから、調べ直しても問題ないし、間違いが見つかったらトラブルを未然に防げたことになるわけだし」

どこかおかしいはずなのに問題点が見つからず、いつしかコイツの言っていることは正論なのではないかと思わされてしまう。コイツの屁理屈《へりくつ》にはいつもこんな風に丸め込まれてしまう。

「わかりました。ダブルチェックは望むところです。私の調査が間違っていたら大変ですし」

そう答えた途端、背筋が寒くなる。この件は診断ミスだ。あまりに単純明快で紛れようがないが、自信に充ちた牛崎講師の態度が、俺の中で不完全燃焼を起こして燻《くすぶ》っている。

人は誰でもミスをする。牛崎講師もミスをした。そのことには本人も同意している。それでも毅然《きぜん》としているのは、自分の能力と業務に対する姿勢に絶対的な自信を持っているからだろう。

そんな牛崎講師の姿を思い出しているうちに、ひょっとして俺の調査に落ち度があったのではないか、という疑念が立ち上る。疑念の煙は流れ、煙の魔神・アラジンの魔法のランプの怪人の輪郭となり、ひゅるひゅる縮んで目の前の白鳥の姿とぴたりと重なった。

白鳥は、俺の心境の変化を読み取ったかのように、にいっと笑う。

「やれやれ、免許皆伝寸前かと思ったら、まだそのずっと手前で足踏みをしていたみたいだね。いいかい、牛崎センセが誤診したというのが事実なら、田口センセの調査報告で完璧さ。だけど田口センセの報告書では一点だけ、解決されていない矛盾があるんだよね。田口センセが救われるのは、その矛盾を矛盾のまま、誠実に書いてあるんだ。それがどこか、わかる？」

俺は腕組みをして考え込む。

「そんな部分はありませんよ。あったら報告書なんて書けませんから」

「そんなことないよ。牛崎センセは歴然とした証拠をつきつけられてなお、誤診を否認してる。それが田口センセの報告書で解決されていない矛盾だよ。だから僕は冤罪の犠牲者、牛崎センセの無実を立証するために再調査するってわけ。田口センセの調査が完璧なら僕は粉々に粉砕されるだけ。これはアクティヴ・フェーズの極意その11、〝身代わり地蔵的証明法〟なんだけどさ」

方法論の名称に脱力しながらも、俺は身を震わせる。仮に牛崎先生が無実だったら、正反対の報告書を作成した俺の罪は深い。

足元がぐらついている俺に、白鳥が言った。

「今、冤罪だったらどうしようって思ったでしょ？　でも心配はいらないよ。警察だって冤罪の下手人になった担当者を罪に問わないんだから、連中と同じ気持ちでいればいいのさ」

呆然とした。確かに警察の冤罪は当事者に罪を被せないのに、どうして、医師が医療事故で患者を亡くした時に責めを負い、警察に取り調べられなければならないのか。たぶんこの問いは誰に聞いても、納得できる答えは教えてもらえそうにない。

そんな俺を見て、白鳥は言う。

「どうやら田口センセにも、ようやく僕の指摘を謙虚に受け止めようという真摯《しんし》な姿勢が芽生えてきたみたいだね。人さまを監査する役をしていると、自分が偉くなったみたいに錯覚して、自分でも気付かないうちに傲慢《ごうまん》になってしまうヤツが多いのさ。偉いのはその人じゃなくて、その肩書きなのにねえ。でもさすが田口センセ、ありきたりの凡人とは一線を画しているね」

落とされた次の瞬間に持ち上げられ、精神状態が不安定になるが、いつものことと割り切る。

調査内容には自信がある。でも白鳥というひねくれ者のチェックが入ることは天命で、この難関を乗り越えてこそ俺の見いだした事実は真理に昇格するのだ、と自分に言い聞かせる。

「では、白鳥室長はどこから調査を始めるおつもりですか？」

そう尋ねると、白鳥は吐息を漏らした。

「やれやれ、謙虚な姿勢と明敏な洞察力を同居させるのは難しいみたいだね。昨日からずっと、田口センセの調査報告には重大な瑕疵があるって言い続けてるのにさ。そのことを考えたらまずはその大穴を確かめに行くことが先決でしょ。一点突破のピンポイント爆撃がうまくいけば、全部がいっぺんにひっくり返るくらいの一撃必殺技になるんだから」

「それなんですが、白鳥室長が指摘された大穴ってヤツを一晩中考え続けてみたんですが、結局よくわからなかったんですけど」

「どうせ時差ボケで眠れなくて悶々《もんもん》としているついでに、あれこれ思い悩んだだけなんでしょ。田口センセって、意外に腹黒くて図太いもんね」

絶句した。俺への評価はともかく、ゆうべの俺は、まさに白鳥が言った状況だったからだ。

「さて、弟子をいびり続けても無意味だから、答えを教えてあげようか。僕がこれから伺うのは問題の焦点、病理検査室講師の牛崎センセのところさ。田口センセ、電話でアポを取って」

言われてみれば、この案件で一人キーマンを挙げるとなれば牛崎講師をおいて他にない。

調査の大穴自体はわからなくとも、白鳥が挙げそうな人物の名前くらいは、予測できなければ愚鈍と面罵《めんば》されても仕方がない。自分の不明を恥じながら、俺はアポを取るため受話器を取った。

12

10月27日（火）　午前10時
病院ＢＦ・病理検査室

病理検査室に着いたが、牛崎講師は講義が延びるということで二十分ほど待たされた。空き時間に病理検査室のカンファレンスルームで白鳥は、インスタントコーヒーを自分で入れ、机の上の煎餅《せんべい》をばりばり食べ始める。あまりにも自然な立ち居振る舞いなので、思わず尋ねた。

「白鳥さんはこの部屋にはよく来るんですか？」

「鳴海センセの話を聞くために一度来たこっきりだよ。あれから模様替えをしたみたいだね」

つまりほぼ初めての部屋で自分の部屋のように行動しているのかと呆れながら、考えてみたらそれって不定愁訴外来での振る舞いと大して変わらないんだな、と思い直す。

そうして二人でぼんやりしていると扉が開いて、白衣姿の牛崎講師が、両手一杯に分厚い本を抱えて戻ってきた。

「学生の講義が延びてしまったもので、少しお待たせしてしまいました」

「いえ、こちらこそ今朝突然、ご連絡したのですから、どうぞご心配なく」

俺が頭を下げると、白鳥がいきなり言う。

「病院のみんなは敵だとしても、僕だけは牛崎センセの味方ですから、ご安心を」

牛崎講師はぎょっとして目を見開く。それから救いを求めるように俺を見ながら尋ねた。

「あの、この方はどなたですか？」

「ええとですね、厚生労働省の……」

言いかけると、白鳥はぴしりと手を挙げて俺を押しとどめ、ポケットから名刺を取り出した。

「厚生労働省、中立的第三者機関設置検討委員会なんとか……の白鳥、です」

おいおい、自分の所属する部署の名前くらい、きちんと言おうぜ、白鳥センセ。

そう突っ込もうと思ったが、牛崎講師の生真面目《きまじめ》な顔を見ていたら、言えなくなってしまった。

牛崎講師は名刺と白鳥の実物を交互に見遣りながら、ぼそりと言う。

「どこかで見たことがある顔だと思ったら、鳴海先生を追い出した疫病神さんでしたか。そして今度は私まで追い出そうとするなんて、あなたは病理に何か深い恨みでもあるんですか」

白鳥は首と両手をぶんぶん振りながら、言う。

「誤解ですよ。僕は東城大が少しでもマシになるように、アドバイスしたいと思っている単なる通りすがり、善意の第三者なんです。本当なら問題に対する特効薬になるはずなのに受け取る側の度量がちっこいから曲解されてしまい、いろいろと状況が悪化してしまうんです」

「つまり白鳥さん、あなたは取り扱いがとっても厄介な劇薬だというわけですね」

有能な病理医から思わぬ角度から論理的で冷徹な比喩攻撃をされて、さすがの白鳥も目を白黒させている。だが、たちまちにして態勢を立て直すと、言った。

「そうかもしれないけど、少なくとも僕の隣に控える僕の弟子みたいに、毒にも薬にもならないようなヤツよりはずっとマシでしょ」

牛崎講師はその言葉には答えず、ちらりと俺を見ながら言う。

「で、今日は何を調べにきたんですか？」

「ですからさっきからずっと言っているんですけどね、僕は牛崎センセの味方なんですってば。先日、田口センセが作成した『医療事故調査報告書（案）』を拝見した時に、僕は牛崎センセの無実をばっちり確信したんです。だって牛崎センセほどのお方が終始一貫して、検体の取り違えだと力説しているじゃないですか。センセがあそこまで断固として主張し続けているんですから、この件は誤診ではなく、絶対に検体の取り違えに決まってます」

牛崎講師はびっくりした顔で俺を見た。そして小声で言う。

「でも検体は結核結節だったというのは、複数名の病理医と一緒に確認した客観的な事実です。そこから導き出される合理的な判断は、私の誤診しかないと思うんですが……」

「すると牛崎センセが絶対に誤診していない、という主張はウソだったんですか？」

白鳥が身を乗り出して言うと、牛崎講師はむっとして言う。

「今でも私は誤診していないと確信しています。でも客観的証拠がなくて、誤診の証拠はある。ですので、そうした結論にせざるを得ないのです」

白鳥は胸を張る。

「ご心配なく。そのような、凡人が導き出した愚昧《ぐまい》なミスリードを正し、牛崎センセを苦境からレスキューするために僕はここにやって来たんですから。調査報告書を一読すれば、牛崎センセも田口センセもずっぽりと見落としている大穴が丸見えです。それは一発大逆転で無罪を証明し冤罪を解消できる、とんでもない証拠だとわかります。すぐにそれを教えてさしあげますから」

牛崎講師は目を見開いて、白鳥を見つめる。

「本当にそんなものがあるのなら、是非お教えいただきたいですが、その前にお聞きしたいことがあります。どうしてあなたは私にそこまで肩入れしてくださるのですか？」

「僕が牛崎センセに肩入れする理由、それは単純です。僕はよく疫病神だと誤解されますけど、本当は医療の守護神なんです。医者が病人を放っておけないのと同じで、僕はよき医療を行なう善良な医療者が不当に貶《おとし》められているのを見ると、つい助けてあげたくなってしまうんですよ。まあ、一種の職業病とでもいいましょうか……」

俺は隣で聞いていて、我慢できなくなる。

「前口上は聞き飽きました。早く、その重大な瑕疵とやらを教えてください」

白鳥は俺を見て、にいっと笑う。

「そんなに急《せ》かさなくてもいいでしょ。だって相手は逃げも隠れもしない検体なんだからさあ。でもまあ、これ以上じらすと田口センセが逆ギレしそうだから、そろそろ教えてあげようかな」

白鳥は、俺の部屋から持参した、呼吸器外科の橋爪教授が記述した紙カルテを開いて、俺と牛崎講師に突きつける。

「ここを見て。十月一日、この患者は右肺病巣の摘出手術を受けている。その手術検体は、一体どこにあるのかな？」

一瞬、ぼんやりした俺と牛崎講師は、次の瞬間、互いに顔を見合わせてあっと声を上げる。

「そうか、手術検体を調べてみれば、誤診か検体取り違えかを別の面から確認できますね。確かにうっかりしていました。手術検体の保管場所はこちらです」

勢いよく立ち上がった牛崎講師は、さっきまで反感を露《あら》わにしていたのを忘れ去ってしまったみたいに白鳥に言う。俺の存在は眼中にないように見えるのは、ひがみというものだろう。

◎

「やれやれ。手術検体は本当はすごく大切なものなのに、蜘蛛《くも》の巣が張っているみたいな狭くて薄暗い、幽霊屋敷の一室みたいな部屋に、こんなに乱雑に押し込めてあるんだね」

白鳥が部屋を見回しながら、呆れたような口調で呟《つぶや》く。牛崎講師は身を縮めて、答える。

「お恥ずかしい限りで、返す言葉はありません。とにかくスペースがない上に、切り出しは臨床の先生も見学したがるし、手術検体の切り出しには下水設備が必須なので、元の給湯室を割り当てたんです」

「確かに他の施設の転用を考えるとなると給湯室くらいしか、代用できる部屋はなさそうだけど、そもそもどうして切り出し専用の部屋がないの？」

「新病院が建築された当時は、私はまだ学生だったので詳しい事情は知らないのですが、当時の病院長が切り出しを各科毎の教室単位の専門組織で行なうという旧態依然のスタイルに固執したのを、前々の病理の教授が懸命に押し戻すという水面下での綱引きがあったらしく、その余波で病院の設計の細かいところまでは目が行き届かなかったらしいということは聞きました」

「ふうん。東城大が病理を軽視しているのは、今に始まったことじゃないんだね」

白鳥に掛かるとエピソードがすべて悪意の発露に見えてしまうのは、一緒に仕事をすることが多い俺にとって困ったことだ。院内の敵が増える一方なのが何ともまずい。

だが、そのエピソードは興味深かった。ひょっとして、俺の根城である不定愁訴外来の小部屋が袋小路になったのも、そうした病理と臨床の諍《いさか》いの賜物《たまもの》だったのかもしれないのだから。

「ところで、オペ場嫌いで病理音痴の田口センセが見落としたのはまあわかるんだけど、どうして牛崎センセまで手術検体の存在を忘れていたの？　自分の無実を立証してくれるかもしれない大切な情報だし、何より病理は手術材を大切にしているはずなのに」

白鳥の容赦ないツッコミに、生真面目な牛崎講師はうつむいて、小声で言う。

「面目ないのですが、手術材は外科の研修医が切り出しに来て、肉眼像をスケッチします。ですのでスケジュールは相手の都合が優先され、こちらは受け身の立場なので、ついつい忘れてしまうことが多いのです。特に学会出席とかで検査のサイクルが乱れると、診断がお蔵入りになってしまうこともごくたまにあるくらいなんです。その上、この患者は死亡したので臨床医も忘れてしまったのでしょう。それが、こんな大切な検体が念頭から綺麗に消え去っていた理由です」

白鳥は牛崎講師の顔を見つめていたが、ふう、とため息をついた。

「ま、牛崎センセが正直で誠実なお医者さんだということは、自分の過ちをきちんと反省している今の言葉でよくわかったよ。病理検査室にとって、この患者の手術検体は思わぬ盲点だった、ということは間違いないんだね」

「ええ。ですので早急に技師と相談し手術材のチェックシステムを構築し直そうと思います」

ほんのわずかな隙でも、見つけたら直ちに改善しようという意欲を見せるあたり、まさに医者の鑑だな、と感じ入る。是非、牛崎講師にリスクマネジメント委員会に入ってもらい、委員長役を代わっていただきたいものだ、としみじみ思う。

そんな優等生の牛崎講師に、不良役人である白鳥が言う。

「さて、と。言い訳タイムはそろそろ終わり。とっとと手術検体の検索をして、自分に掛けられた冤罪を、自らの手で晴らすがいいよ」

牛崎講師はうなずくと、大小不同の標本瓶が並んだ棚に視線を走らせる。

「手術検体は概《おおむ》ね受付順に並んでいますが、切り出しのスケジュール間隔が不定のせいで、少し順番は狂っています。そこがきちんと管理されている生検材料との違いですね」

「わかってるって。要するに生検材料は技師さんが管理しているけど、手術材は病理医が片付けているってことでしょ。だってこのだらしなさは、どう見ても医者の管轄っぽい匂いがぷんぷんしているもの」

図星を衝かれた牛崎講師は苦笑する。

「まったくおっしゃる通りでして、手術材と剖検検体は病理医が片付けているので乱雑です。本当は花輪さんの仕事なんですが、彼女は滅多にやってくれません。だからたぶん、私の業務と見なされているのでは、と……。でも前後三カ月の中には間違いなくあるはずです」

「御託《ごたく》はどうでもいいからさあ、問題の手術検体をさっさと見つけ出しなよ」

「ちょっと待ってください。今探していますので……。あれ？　おかしいな」

牛崎講師は繰り返し、棚のある部分に視線を走らせる。

「この辺にあるはずなんですけど……」

とうとう牛崎講師は棚の標本を全部取り出し、ひとつひとつ戻しながら番号を確認し始める。

標本棚の標本は全部引っ張り出され、再び元の場所に収まった。

牛崎講師は途方に暮れた顔で、白鳥と俺の顔を交互に見つめて言った。

「ない、ありません。あの日、確かに標本は出たのに、その標本瓶が、見当たらない」

顔を見合わせた俺と白鳥は、言葉を失った。


「田口センセはさっきの牛崎センセの態度、どう思った？」

白鳥が俺に意見を求めてくるのは珍しい。俺はしばらく考えて答えた。

「心底びっくりして、その後、心の底からがっかりしていたのが伝わってきました」

白鳥は呆れ顔で俺を見た。

「田口センセって、ほんと進歩がない人だねえ。あの牛崎センセの反応から今の程度のことしか読み取れなかったとしたら、あのインタビューの間、表面的にしかモノを見てなかったってことになっちゃうけど、それでもいいの？」

誰でも目に見えるのは表面的なことだけではなかろうか、と反駁《はんばく》しようと思ったが、そんなことをしたらどんな反撃をされるか見当もつかないので黙っていた。代わりに白鳥に尋ねてみる。

「それじゃあ白鳥技官は何か読み取れたのですか？」

「当たり前でしょ。今回の件で、僕は田口センセの報告書と正反対の印象、というか確信だけど、牛崎センセは冤罪だと一発で思ったね」

白鳥はにいっと笑う。

それは何て望ましい展開なんだろう、と思う。三船事務長から今回の件を黙過してもらえないかと内々に依頼されていたが、そんなことは到底できっこない。だが、もしも牛崎講師の無実が証明されるのなら、その時は三船事務長の無茶な依頼にも正々堂々と対応できるではないか。

これで病院も救われる、と思った俺は喜び勇んで言う。

「それじゃあ今すぐ高階病院長のところに三船事務長もお呼びして、牛崎先生の無実を証明しましょう。二人とも喜びますよ」

すると、白鳥は首を捻りながら、冷たく言い放つ。

「お偉方のお二人がどうして、牛崎センセの無実を喜ぶのかよくわからないし、そこはかとなく自己保身の影が見え隠れしているようで気持ちが悪いね。けど、そんなことよりも田口センセのその安易な短絡性はもう少し何とかならないかなあ」

「どういう意味です？　私はただ、白鳥技官が証明した無実を、一刻も早く、病院中にお知らせして、牛崎先生の名誉を回復してあげたいと思っただけなのに」

「だからさあ、それが軽率なんだってば。牛崎センセの冤罪証明イコール、まだ見ぬ真犯人がどこかに潜んでいるということでしょ。ソイツの尻尾も摑まないで、牛崎センセの無実を言いふらしたりしたら、ソイツは巣穴に隠れて金輪際《こんりんざい》表に出てこなくなっちゃうかもしれないじゃない。そんなことになったら、東城大は体内に爆弾を抱えて生きていくようなものだよ」

俺はぎょっとして尋ねた。

「ちょっと待ってください。白鳥室長の話を伺っていると、何だか今回の件はミスじゃなくて、誰かがたくらんだ、そのつまり……」

「犯罪行為だって言いたいワケ？」

俺はうなずく。そしてうなずいてから、その同意事項に驚き、うろたえてしまう。

白鳥はそんな俺を見て、冷ややかに言う。

「今さらそんな風に田口センセがビビるのはおかしいよね。だってこれは簡単な引き算だもの。診断ミスと思われる結果がある。それが診断ミスのはずがないと病理医は強情に言い張る。スライドを作製した技師は、絶対に検体の取り違えなんてしない、とこれまたきっぱり断言する。そんな風にみんなが言っていることをひっくるめて全部正しいとすれば、真実はひとつしかない。偶然のエラーじゃなければ、そこには必然の悪意が存在したということしかないでしょ」

う、と言葉に詰まる。おっしゃる通りだが、するとこの話はすべての様相ががらりと変わる。

そんなことになったら、聞き取り調査のやり方だって変えないとおかしなことになりかねない。

俺はふと、かつて白鳥に聞かされた言葉を思い出す。

「確か、悪意とミスの境界線がはっきりしないケースの場合は、悪意であると仮定して調査しなくてはいけないんでしたね」

白鳥は満面の笑みを浮かべてうなずいた。

「Bravo！　久々に激賞したくなるような、素晴らしい発言だったね。でも、それって確か、僕が田口センセに施したファースト・レッスンだったよね」

よく覚えていやがるな、と俺はしぶしぶうなずく。白鳥は拍手をしながら続けた。

「大変よくできました。花丸あげちゃおうかな。感心感心。では、それならこの後、田口センセがやらなくちゃならないことって何か、わかるよね？」

突然そんな風に言われても、そんなのわかりっこない。そもそも俺はここまでの道標を間違えて歩いている可能性もあるが、自分では間違っていると思えないので、この先、どう振る舞えばいいのか、なんていきなり聞かれても困ってしまう。なので素直に、白鳥の前に膝を屈した。

「わかりません。白鳥導師よ、どうか無実の罪を負わされた哀れな迷い子を、その明晰《めいせき》な頭脳でお導きください」

下げたくもない頭を下げると、白鳥は動物園の珍獣を見るような目で俺を見た。

「どうしちゃったの、田口センセ。ボストンのロブスターにでも当たったかな？」

そう言った白鳥は、先ほどまでの大激賞の熱視線を、たちまち急速冷凍し、哀れむような目で俺を見た。そこから、白鳥の怒濤《どとう》のような酷評が、華厳の滝から落ちる瀑水《ばくすい》となって俺の身体に打ち付けてきた。

「だいたいさあ、〝無実の罪を負わされた哀れな迷い子〟っていうのはどう見ても牛崎センセのことなんだろうけど、本当に救済が必要なのは、単なる〝哀れな知的迷い子〟の田口センセの方じゃないのかなあ。それにね、わからないことを〝わかりません〟なんて、そのまま口にしてもいいのは幼稚園児までだよ。人に物を尋ねるのならせめて、自分なりの仮説を持たないとねえ。そんなんじゃ、田口センセは〝トリー&グッチー〟のコンビを名乗る資格を剝奪されちゃうよ」

いや、別に俺はそんな風に名乗りたいと思ったことなど一度もないわけで……。

むしろこれはコンビ解消の絶好のチャンスなのではないのか、などと心は白鳥発言の真意と反対方向に動いた。ただ、そうしたことも、このタイミングで口にしたら、単なる負け惜しみとしか思われないだろう。

やれやれ。何をどう言ったところで、結局のところ白鳥は、俺を攻撃できる体勢を常に維持し続けていないと気が済まないようだ。

白鳥はほう、とため息をついた。

「ま、不肖の弟子であることがわかりきっている田口センセを、こんな風にいじめたところで、この局面は打開できそうにないから、実質的な指示を出しておこうかな。明日、田口センセの聞き取り調査の再調査をするから、今日中にアポを取っておいてね」

白鳥は机の上でさらさらとメモを書き付け、手渡した。その名簿を見つめ、しばし呆然とする。なぜなら、白鳥が本気で俺の調査報告書を叩き潰《つぶ》そうとしているということが、鈍感な俺にも、さすがにわかったからだ。

白鳥から渡されたリストにはずらりと、俺が聴取をした病理検査室のメンバー一同の名前が並んでいたのだった。

13

10月28日（水） 午前10時
病院BF・病理検査室

俺の調査に手術検体を確認しそびれていたという大穴があったことを白鳥に痛烈に指摘され、しかもそのことを確認しさえすれば問題は一気に解決するはずのところを、肝心のその手術材が見当たらないという、あり得べからざる事態になったために、もはやその収拾のためには白鳥に恭順《きょうじゅん》を示すしかないと覚悟を決めたあの時から、丸一日が過ぎた。

居室に顔を出した白鳥に俺は言った。

「ご指示された通り、聞き取り調査のアポを取りました。最初の方とのお約束は十時ジャストです。それにしても、思い切り病理検査室に偏った調査計画ですね」

「今回は、田口センセの調査に敬意を表して、そのまま聞き取り順に再現するつもりなんだよ。ただし田口センセのやつよりも、もう少しラフで緻密《ちみつ》にね」

ラフで緻密って何だよそれ、と思ったら、ご丁寧にも白鳥は、聞く前に解説してくれた。

「気管支鏡室から病理検査室への搬送途中での検体取り違えの可能性はなかったものと決めつけつけて、再調査は病理検査室内部に限定する。これがラフって意味。緻密っていうのは田口センセが聞かなかった人にも聞きまくるってこと」

「つまり白鳥室長は、問題の所在は病理検査室にあるとお考えなんですね？」

俺が尋ねると、白鳥はため息をついた。

「あのね、田口センセ、そういうのを愚問というんだよ。田口センセの調査の再調査だと言いながら、気管支鏡検査室や呼吸器外科関連を無視しているんだから、そうに決まっているでしょ。僕は田口センセと正反対に、牛崎センセの誤診だなんて単純なミスじゃなく、根深い何かがあると思っている。まあ、これは単なる勘なんだけど」

そんな得体の知れない勘なんぞで、渾身《こんしん》の報告書をひっくり返されてはたまらないと思いつつも、現実に俺の調査の大穴を見つけてもらったばかりなので、何も言い返すことができない。

「手術材を見落としたのは落ち度でしたけど、結局それが見当たらなければ、私の調査報告書をひっくり返す物証もないわけで、やはり牛崎先生の誤診になってしまうのでは？」

白鳥はうっすらと目を開いて、俺を見た。

「そういうご都合主義的な発想が、人を真理から遠ざけてしまうんだ。ま、今の僕と田口センセは原告の検事と被告の弁護人みたいな関係だから法定以外で手の内を晒せないんだけど、ひとつだけ教えてあげられるのは、手術材の不在というその一点を以てして僕は、牛崎センセにまとわりついている怪しげな空気を感じ取ると同時に、その無実までも確信しちゃったんだけどね」

つまり同じ事象を見て、俺と白鳥は正反対の結論を直感しているわけか。二人のうちどちらかが正しいのだろうが、結果が出た時に、外れた方はダメージが大きいことは間違いない。

「確かに〝牛丼鉄人〟が、おいそれと診断ミスはしそうにありませんものね」

俺がぽつんと呟いたその言葉に、白鳥がいきなり食い付いてきた。

「なになに、何なの、その〝牛丼鉄人〟って？」

しまった、と思った時は遅かった。それからほんの五分の間に、白鳥はたちまちにして、俺のわずかばかりの知識をすべて引っ張り出していた。白鳥は机をバンバン叩きながら、言う。

「は、は、は。〝牛丼鉄人〟なんてぴったり。東城大の渾名《あだな》センスって、秀逸だよねえ」

それからくるりと俺を見ると、真顔で言った。

「こんな面白い情報を伝えないなんて、ほんと、田口センセって情報の取捨選択がなってないね」

そこまでのことかよ、と思うが、何しろコイツの思考回路は異次元配線だから、迂闊に反論もできない。白鳥は再び机に突っ伏すと、ひとり大笑いしながらぶつぶつと言う。

「もっと早く教えてもらえば、牛崎センセなんて他人行儀な呼び方よりもずっとフレンドリーな呼びかけができて、こころを開くことだってできたのに。うぷぷ、牛丼。ギュウドン」

俺は決定的にイヤな予感に包まれて、懸命に白鳥に言う。

「いいですか、牛崎先生に向かって〝ギュウドン〟なんて絶対に呼ばないでくださいよ。だって本人はまったくご存じない渾名なんですから」

「ええ？　そんな殺生な。それって、僕に死ねって言っているようなものじゃないか」

俺は情報漏洩《ろうえい》の犯人として懸命に防戦する。

「一生のお願いですから〝ギュウドン〟だけはやめてください」

すると白鳥は、考え込む。

「そんなこと言っても〝牛丼鉄人〟の字面《じづら》は最強で、ばっちり印象づけられちゃったからなあ。

会話の中でぽろっとこぼれても、僕のせいじゃないもんね」

「でも、他人が作り上げたイメージを鵜呑《うの》みにしてそのまま無批判に吐き出すなんて、白鳥室長らしからぬ安易さですよね。少しは白鳥室長の手を加えて加工しないとおかしいですよ」

絶望的な気持ちでなりふり構わず説得したら、意外にも白鳥の琴線に響いたようだ。

「ま、言われてみればそうかも。でも、どうしても牛丼の字面から離れられそうにないなあ」

腕組みをしていた白鳥は、ぽん、と手を打つ。

「そうか、ギュウドンと読まなければいいんだ。牛崎先生だからウシドン。そう言えばお笑いの世界に〝カエル君と牛ドン〟というコンビもいたよな。うん、決めた。これからは牛ドンにする」

そう言って白鳥は口の中で、ウシドン、ウシドンと繰り返す。まあ、ギュウドンよりはまだマシか、と俺は、半ば諦め顔で白鳥を見つめる。

牛丼騒ぎが一段落したところで、白鳥は、思い出したように手にした鞄《かばん》から布袋を取り出すと、目の前でひらひらひけらかす。

「さて、そろそろ調査に行かなければならない時間だけど、実は今回の再聞き取り調査にはこの秘密兵器を投入しようと思っていてね。じゃじゃーん。さて、これは一体何でしょうか？」

長さ五十センチ。布袋から取り出した中身は、すりこぎより少し長い、銀色に輝く細長い円柱状の金属棒だった。白鳥は豆電球から伸びたリード線を棒の両端にテープで貼り付けた。

「非常用の電灯、とか？」

げんなりしたものの、おつきあいで答える。白鳥はしみじみと俺を見た。

「田口センセの臨機応変のなさにはいよいよ拍車が掛かったね。なんで医療現場の聞き取り調査に非常用電灯を持っていくのさ。持参するならもっと切羽詰まったものに決まっているでしょ」

ごもっともだが、そもそも白鳥の当てっこにおつきあいする道理もないし、当たらなかったからといって、俺のプライドが打ち砕かれることもない。

というわけで素直に、それは何ですか、と尋ねると、白鳥は得々として答える。

「カレイドスコープ、万華鏡さ」

なるほど、見れば円柱の金属棒の端に、四角い小さな窓がある。非常用ライトよりも万華鏡の方が調査にはずっと役立ちそうだ。……って、そんなわけあるか。

同時に、白鳥の言葉には運命的な響きがあった。この調査では常に、万華鏡マニアの俺にカレイドスコープのイメージがつきまとっていた。だがどう考えても、万華鏡が医療事故調査と深く関係するアイテムになるとは思えない。だから今の俺は相当白々とした表情をしているだろうに、白鳥は巫女《みこ》のように、過去から下りてきた亡者を代弁するかのような口調でまくし立てる。

「この世の森羅万象はカレイドスコープの箱庭の中の出来事なのさ。一八一六年スコットランドの物理学者、ブルースター卿が発明した万華鏡は、わずか三年後の一八一九年に日本に伝来した。つまり、日本は万華鏡の先進国だったわけ。だからと言ってそんな万華鏡をくるくる回してできる虚像に騙《だま》されちゃいけないよ。万華鏡の基本構造は鏡、ケース、中身のオブジェクトのたった三要素だけで、色彩溢れる幾何学文様は中に入った小さなオブジェクトの反映にすぎないのさ。だからオブジェクトを摑みさえすればすべては理解できる。そうした結論を得るために、万華鏡の三要素のうちでも、特に鏡に相当する〝知〟を磨き上げることが大切なのさ」

いつからコイツは万華鏡の評論家になったのだろう、と思えるくらいに滔々と万華鏡の由来と構造、そしてその魅力についてまくしたてた白鳥は、にっと笑う。

「あれ、ひょっとして、ころっと騙されちゃったかな。万華鏡が聞き取り調査に役立つなんて、あるワケないでしょ。確かにこれは万華鏡だけど、用途は別なんだ」

瞬間、湧き上がった殺気が俺と周囲の空間を貫く。「それなら何だと言うんですか」と押し殺した俺の声にビビったのか、白鳥はあわてて言う。

「実は最新鋭のウソ発見装置なんだ。この棒を握った被疑者がウソをつくと発汗して、金属棒の電気伝導率が変化して豆電球がつく、という理屈さ。まだ試作段階だから、今日の調査は治験も兼ねて一石二鳥なんだよね」

「ウソ発見機の金属棒なら、なにもわざわざ本体を万華鏡にしなくてもいいのでは？」

「それがそうでもないんだよ。金属製の棒状で取りあえず手近にあったことと、中が適度に空洞なのがウソ発見機用の電気伝導率を実に程良く醸し出してくれるんだ」

疑わしそうな俺の視線に気がつくと、白鳥はその万華鏡を差し出した。

「ちょうどいいや。田口センセにも試してみよう。さ、この万華鏡の右端を両手で握ってみて」

今の俺は、白鳥導師には逆らえない。しぶしぶ金属製の万華鏡を摑むと、白鳥は言う。

「では質問です。田口センセは、あたかも僕に反感があるかのように振る舞っているけど本当は、僕のことを心から尊敬している。さあ、イエスかノーか」

ぎょっとして白鳥から目をそらし、耳を澄まさないと聞き取れないような小声で答えた。

「え？　よく聞こえなかったんだけど？」

「だから、イエスですってば」

白鳥が凝視した豆電球は点灯しない。しばらく見つめていた白鳥は、にっこり笑う。

「豆電球が点《つ》かないということは、今の答えは、ウソじゃないね」

「え？　ええ、まあ、たぶん……」

「ね、なかなかの優れものでしょ？　今のテストでも、このウソ発見機の実力が証明されたね」

その治験、どこかが間違っている気がする……。そんなんでいいのか、白鳥？

だが白鳥は気にする様子もなく、金属棒を回収し、俺が握ったところを布で丁寧に拭き取った。

「汗がつくと感度が下がっちゃうんだ。それではいざ、病理検査室の再調査へレッツゴー」

東堂と台詞がシンクロした。目の前の白鳥に、「マイボス、ずんずん行きましょう」と空港へ向かうトンネルを指さして進むべき道を示したテンガロンハット姿の東堂の輪郭が重なった。


突然の白鳥の訪問に、菊村教授は不愉快そうな表情を隠そうともしなかった。

「今日は一体、何の用だね、田口君。この件は彦根君の外部監査で完了したのではないのかね」

「そうなんですが、ことは病院の根幹に関わる事態ですので、念には念を入れて、再確認させていただこうと思いまして」

俺がそう言うと、菊村教授はちらりと隣の白鳥を見た。

「だからといって厚生労働省が出張ってくることはなかろうに」

隣で白鳥が目をきらきらさせながら言った。

「あれえ、菊村教授って僕とは初対面でしたよね。なのに僕のことをご存じなんですか？」

「当たり前だ。東城大で君のことを知らなければモグリだ。桐生《きりゅう》君の事件の時、鳴海君の過去をほじくり返すため、ここに出入りをしただろう。しかも責任者である私に挨拶もなしに、だ」

菊村教授は、ふう、とため息をつくと、白鳥はぱちん、と手を打つ。

「そうでしたそうでした。道理で見覚えがある部屋だなあ、と思ったんですよ、ここ」

「疫病神が舞い戻ってきたということは、田口先生の報告書に問題があったということかな」

「さすが教授、ご明察です。僕もこの程度の案件は弟子に一任したいんですけど、チンケな割に影響が大きいのできちんと調べ直してほしい、と高階病院長から直々に依頼されてしまいまして」

啞然として白鳥を見た。

チンケな割に影響が大きいからきちんと調べてほしい、などと高階病院長が依頼したという事実はどこにもないし、この文脈では高階病院長がこの案件をチンケと表現したかのように取れるが、高階病院長は絶対にそんな表現はしていない。だが菊村教授が、高階病院長がそう言ったと取っても不思議はない。名誉毀損的表現の発信源が誤認される可能性は高く、しかもタチが悪いことに、仔細《しさい》に検討してみると、白鳥は高階病院長がそう言ったと明言はしていないのだ。

コイツは生まれながらの誤解発生装置、冤罪の病原菌だ。

「確かに病院機構全体から見れば、こんな案件はチンケかもしれないが、それは取りもなおさず、我々病理部門が病院において果たす役割が軽視されているということの裏返しだ。そんなチンケな分野にご立派な先生方の労力を煩わせるのも申し訳ないから、とっとと済ませてもらいたい」

思った通り、菊村教授はその不適切表現に過剰な反応を示したが、白鳥はどこ吹く風だ。

「では早速。あ、いけない、その前にまず秘密兵器のセッティングをしないと」

白鳥が布製の袋からさっきの新型ウソ発見機を取り出した。改めて眺めてみても単に金属製の棒にしか見えないその新兵器を仰々しく布越しに摑むと、菊村教授に突き出した。

「それじゃあ、早速だけど菊リン、この万華鏡の右端を両手で握ってくれませんか？」

「菊リン？　何だ、それは？」

「やだなあ、この三人の中で菊リンて言ったら、菊村教授しかいないでしょ」

菊村教授はむっとした表情で言った。

「なんで私が、菊リンなどと呼ばれた挙げ句に万華鏡を握らされなければならないんだ？」

そう言いながらも、菊村教授は万華鏡をのぞき込み、くるくる回し始める。そんな菊村教授の挙動を、そっと万華鏡を摑んで押し戻して制止しながら、白鳥は言う。

「これは万華鏡であると同時に、一種のウソ発見装置なんです。発言者がウソをつくと、金属棒の電気伝導率が変わって豆電球が点く、という優れものです。ただし、これはまだ試作品なので、この結果で自供内容をどうこうしようというワケではないのでご安心を」

どう見ても納得していない表情の菊村教授だが、それでもあえて反発する理由はないと思ったのか、素直に金属棒の右端を握り直す。白鳥はにこにこして質問を始める。

「ご協力、ありがとうございます。では第一問。この病理検査室では、通常であればやってしかるべきである、診断時のダブルチェックは機能していなかったんですか？」

菊村教授は黙り込む。それまでの反感の色は消え、心なしかうつむき加減になる。

「残念ながら、そうした体制を敷くことは、もはや東城大では不可能になってしまったのだよ。理由は慢性的な人手不足だ」

「菊リンの言い方は、まるで遠い昔にはその態勢を敷いていた、というように聞こえますけど」

「その通りだ。そもそもこの規模の大学病院だと病理診断の量が多く、一人で対応するのは不可能だ。だが例の忌まわしい事件で鳴海君という優秀な人材を失ったにもかかわらず、東城大の上層部は人員補充を認めようとしなかった。なので診断者は一名減の二名になり、ダブルチェックのためには一人が全例診断しなくてはならなくなった。だからシステムは崩壊したんだ」

話の内容よりも、豆電球の方が気になる。白鳥は俺の隣で目をきらきらさせながら言った。

「すると誤診防止に有効なダブルチェックが崩壊したのは、病院上層部の判断ミスが遠因なんですね。ちなみにその時の大学病院の最高責任者はどなたですか？」

ここ数年の東城大学のスキャンダルすべてに顔出ししているコイツなら、聞かなくてもわかることだろうに、と俺は唖然とした。菊村教授はあっさり答えた。

「高階病院長、だ」

白鳥は俺を見て、言った。

「しっかり聞いたかな、田口センセ？　今回の誤診を誘発した原因は、高階センセの、病理部門に対する軽視と無理解のせいで起こった制度疲弊だと、菊リンはこう指摘しているわけだよね。こんな重要なポイントを落としていたら、この調査報告書に及第点はあげられないよね」

「まさしくその点なのだよ、私が言いたかったのは」

菊村教授のご機嫌を一気に麗《うるわ》しくさせておいてから、白鳥はおもむろに立ち上がる。

「了解です。この点は不肖の弟子に言い聞かせて、必ず報告書に反映させるようにしますので、どうかご理解のほどを。ここまでのご協力に感謝します」

「おお、よろしく頼むよ」

白鳥の評価が百八十度反転し、俺の評判は一気に地に落とされた。白鳥は菊村教授が握り締めた金属棒を袋にしまい込む。何が新種のウソ発見器だと思ったが、菊村教授が真実を言っているとすれば正しい反応なのかと思い直す。白鳥は立ち上がると、言った。

「この後、病理学教室内部の聞き取り調査をさせてもらいますが、よろしいですか？」

「ああ、遠慮なくどんどんやってくれ。私の許可があると言ってもらって構わないから」

白鳥はドアまで歩み寄り、ノブに手を掛けると振り返る。

「そうそう、牛崎センセに対する菊リンの評価はいかがですか？」

菊村教授は一瞬、苦々しい表情を浮かべたが、取り繕ったような表情になって、答える。

「優秀で、得難い人材だと思っておるよ」

「すると今回の誤診の件は、信じがたいことが起こった、というわけですね」

「それは違う。どんなに優秀でも、誤診をしない診断医はいないのだ」

「でも今回の真相が明らかになると、牛崎センセは教室にいられなくなるかもしれませんよ」

菊村教授はうなずく。

「それもやむを得ないだろう。間接的とはいえ、結果的には牛崎君の誤診が患者の生命を奪ったことにもなるのだからな」

「すると高階センセの無理解による人員不足が原因とはいえ、ダブルチェック体制を破綻《はたん》させたまま放置した菊村教授の責任も問われることになるでしょうね」

菊村教授はむっとした表情になって言った。

「診断には関与してないので、私に当事者責任はない。だが教室の主宰者としての責は免れないだろう。最悪の場合、部門の人員削減を甘受するのは仕方がないと腹を括《くく》っているがね」

「崩壊寸前の病理検査室に更なる人員削減なんかしたら、潰れちゃいませんか？」

「それも覚悟しているさ。だがさすがに病院上層部も、大学病院から病理部門が消滅してもいいとは考えないだろうから、人員は充当してくれるだろう。そこに改訂版の調査報告が重なれば、延び延びの鳴海君の後任も補充してもらえるかもしれない。その後押しも是非、お願いしたい」

頭を下げた菊村教授を見ながら、白鳥はドアノブを回し、扉を開く。

「お役に立てるよう、努力します。今後も鋭意調査を続行しますので、ご協力よろしく」

白鳥は後ろ手で扉を閉めながら、俺にウインクをした。そのやり取りを聞きながら、今の最後の部分にこそ、秘密兵器・万華鏡型ウソ発見器を適用すべきだったのではないか、と思った。

14

菊村教授の次に再聞き取り調査を行なう予定だった牛崎講師が、たまたま席を外していたため、俺はカンファレンスルームで白鳥と話をしていた。俺は自分の至らなさを認め、白旗を掲げた。

「確かに病院全体のシステムエラーの観点が欠落していたのは私の手落ちでした。本来ならば、リスクマネジメント委員会の役割とは、そうした問題の是正のための運用が第一のはずなのに、今回の問題があまりにもシンプル、かつ重大であったために、ついうっかりしてそうした視点への目配りがすっぽり抜け落ちていたんです。面目ありません」

さきほどの菊村教授への再調査の様子を見て、白鳥が監査してくれて本当によかったと納得した俺は、正直に本音を語った。すると白鳥は言った。

「相変わらず田口センセはズレてるなあ。さっきのやり取りなんてほんの刺身のツマなのに」

「どういうことですか？　私は自分の未熟さを思い知らされたと反省しているんですよ」

「反省するならサルでもできるし、田口センセはそんな反省をしている場合じゃないってことさ。さっきの菊リンの話で僕が指摘したかったことが何か、全然わかっていないみたいだね」

「ですから、インシデントの裏側にはシステムエラーが隠されていて、それを暴くことが調査の目的で……」

「僕の無能な上司が喜んで聞きたがるような、そんな空疎な言葉になんて、何の意味もないね。菊リンの本音がわからないの、と聞いているだけなんだからさ、僕としては」

「それなら、人は間違うから、牛崎先生を責めるのは間違いだ、ということですか」

白鳥は、机にぐったりと突っ伏した。そして顔も上げずに言った。

「まったくもう。菊リンは包み隠さず本音を語ったのに。いいかい、菊リンの言葉の骨格を取り出すとこうなる。ミスした牛ドンは処分されても仕方がない。すると病理学教室は人手不足なのでたぶん崩壊するけど、さすがにここまで来ると上層部が何とかしてくれるから、牛ドンの代わりの病理医が雇われ、うまくすれば鳴海先生の空席分も補充されるからウハウハだ、ってね」

かなりの意訳だが、ボストンで東堂がやった超訳よりはマシで、せいぜい〝ウハウハだ〟というあたりが、白鳥と同等の下品レベルに引きずり下ろされているくらいだろう。

「菊村教授と牛崎講師はうまくいっていないようですね。でも病理学教室は牛崎先生の尽力で、かろうじて保たれていると技師は言っていましたが」

「それも二人の不和の原因さ。自分より声望のある牛ドンが煙ったいんだろうね、菊リンは」

「でも、この医療事故報告に関しては無関係だと思いますが」

それは大学の医局ではよくある話なので、そう言うと、白鳥はうっすらと笑う。

「そだね。ただし真実が田口センセの報告書のあらすじ通りだった場合に限って、だけどね」

意味ありげな白鳥の言葉に、背筋に冷や汗が流れた。どういう意味ですか、と聞こうとして口を開いた瞬間、扉が開いて牛崎講師が顔を見せた。

「今日の牛崎センセって、何だか全体的に覇気がないねえ」

本人を目の前にマイナスの印象を堂々と伝える。無邪気なまでに苛酷《かこく》なヤツ。

その言葉に悪気が感じられないのが恐ろしい。そもそも、今の牛崎講師が置かれた状況で元気一杯だったら変態だろう。だが、そんな白鳥の挑発的な言辞に直面しても、牛崎講師の言葉はあくまでも牛の歩みのように堅実で誠実だった。

「私の誤診問題が気がかりなのはもちろんですが、それよりも昨日、あれから標本室を徹底的に探したのに、例の手術検体が見つからなかったことの方がショックで、昨晩はとうとう一睡もできませんでした」

「そりゃそうだよね。アレさえ見つかれば、一発で逆転満塁サヨナラホームランの可能性だってあったんだもんね。ほんと、惜しいことをしたよね」

牛崎講師はむっとしたように白鳥をにらむ。それから弱々しげに目を伏せた。

「もちろんその意味もありますが、それより検体が見当たらない管理不行き届きが情けなくて。これでは、先代の高本教授に顔向けができません」

うん、うんとうなずきながら、牛崎講師の告解を聞いていた白鳥は、いきなりその言葉を遮り質問を投げ掛けた。

「ところで手術検体の部屋に出入りできるのは誰がいるの？　部外者は入れるのかな？」

この白鳥ペースでのストップ・アンド・ゴーについていくのはなかなか難儀のはずなのだが、牛崎講師はあっさりとやってのけて、淡々と答えた。

「検査室のスタッフなら誰でも入れますが、部外者はダメです。手術検体を見たいという先生もいますが、そうした時には必ずスタッフと一緒に入ってもらっています。スタッフがいなければ標本の場所がわかりませんので」

「ということは、問題の手術材がどこかに紛れ込んでいる可能性もあるわけだね」

「その可能性はないわけではありませんが、昨日はあれからもう一度徹底的に探しましたから、少なくともあの部屋には存在しないということは、断言できます」

「そいつはご愁傷《しゅうしょう》さま」

白鳥は場違いな、それでいて妙にその場の空気にぴったりの言葉を口にする。

むっとした表情を浮かべた牛崎講師は、顔を上げた。

「ところで今日のご用件は何でしょう？」

「実は今、聞き取り調査の再確認をやっているんですが、牛崎センセにいくつか確認したいことがありましてね」

牛崎講師がうなずいたので、白鳥は次の質問をしようとした。

その時、机の上に鎮座している秘密兵器の万華鏡ウソ発見器に気がついた。

「いけね、つい忘れちゃうな。牛ドン、この万華鏡の左端を両手で握ってくれないかなあ」

「は？　ウシドン？　え？　万華鏡？」

ここまで白鳥は懸命にこらえていたが、ついに一線を踏み越えてしまった。

それでも牛丼、つまりギュウドンという読みにはいかずウシドンのラインで踏みとどまったのは、ヤツにしては上出来だ。

思わず反射的に問い返してしまった牛崎講師は、白鳥から回答を得る前に、すでに無理やり万華鏡を握らされてしまっていた。そして反対側にある万華鏡の覗き穴を見ようとして、さりげなく白鳥に制止されてしまう。

牛ドンと呼ばれた後の反応と、万華鏡を握らされた後の行動、諦めの表情で万華鏡を握る表情も菊村教授と瓜二《うりふた》つだった。不仲とはいえ、さすが師弟だけのことはある。

白鳥は「ご協力、ありがとうございます」と丁寧に礼を言うと、改めて尋ねる。

「ではここで牛ドンに質問です。牛ドンの誤診が、今回の問題の原因と考えられるのは、この案件が自然な流れの中にあった場合に限られます。もしもそこに牛ドンを陥れる悪意があったら、話はがらりと変わってしまいますよね」

「私に対する悪意ですって？　誰がそんなものを抱いているというのですか？」

白鳥はこほん、と咳払いをする。もったいつけて思い切り引っ張るのかと思いきや、次の瞬間あっさり言い放つ。

「ずばり、菊リンです」

牛崎講師は思い切り首を捻っている。当然だろう。

いきなり白鳥の口から、菊リンなどという聞き慣れない愛称を持ち出されても、それが一体誰なのか、ぴんと来る人間は、まずいないだろう。そこで仕方なく俺が白鳥の真意を翻訳する。

「白鳥技官がいろいろ聞き取り調査を行なった結果、菊村教授が牛崎先生の足を引っ張ろうとしているのではないか、というお考えをお持ちなのです」

牛崎講師は、相変わらず首を捻りっぱなしだ。

「確かに菊村教授が私を疎んじているということは、うすうす感じています。でもいくらなんでも、私を貶めるために患者を危険に晒すような真似は、さすがになさらないでしょう」

「でも部門の最高責任者の菊リンなら、やろうと思えば、検体のすり替えくらいは簡単にやれるんじゃない？」

牛崎講師は弱々しい笑顔になる。その表情は、もはや処置なし、とも、つきあいきれない、とも言っているようにも見えた。

「白鳥さんの再調査は、私の他に誰を聞き取りましたか？」

「菊リンの次が牛ドンになりますけど」

白鳥が胸を張って答えると、牛崎講師はきっぱりと言う。

「菊村教授には、検体すり替えは絶対にできません。ふだんは検体作製の場には顔を出したことなどほとんどなく、出来上がった標本を診断するだけですので。検体をすり替えようとしたら、不自然な行動が目立ってしまいます。そもそも菊村教授は検体のありかも知らないと思います。そのあたりの詳しいことは、技師長や技師に聞けば確認は取れますよ」

「それなら、レベルを落として、スライドのシールの貼り替えくらいならやれるかな？」

「私が診断する検体は技師と私しか触れないので、やはり教授にはシールの貼り替えはできないでしょうね。ラベルはオーダリング・システムに連動して、技師が発行することになっているので、教授が後になってこっそり貼り替えるのも不可能です」

「そのラベルって一枚の検体に一枚しかプリントされないの？」

白鳥が尋ねると、牛崎講師は首を振る。

「特殊染色の追加にすぐに対応できるよう、未染スライドを二枚作るので、標本に貼るシールも二枚印字しますが、追加オーダーがなければクラークさんがシュレッダーに掛けて廃棄します。ですので菊村教授はラベルに触れることはないので、貼り替えは不可能です」

白鳥の目がきらりと光る。

「なるほど、するとシールの貼り間違いなら、まだ可能性がありそうですね」

「そこも技師のチェックが厳しいから、まずあり得ません」

「そうすると後は牛ドンの誤診しか可能性はなくなってしまいますけど」

「ええ、おっしゃる通りです」

牛崎講師は力なく笑う。それはすべてを諦めきった笑顔だった。

「ところで肝心の、牛ドンが誤診したスライドを見せてもらえませんか？」

白鳥が言うと、牛崎講師は驚いた顔をして俺を見た。

「え？　標本は確か、田口先生のところに預けてあるはずですが」

俺はあたふたして言った。

「ご心配なく、こちらできちんと保管してます」

「何だよ何だよ、そんな大切なこと、どうして今まで黙っていたのさ」

啞然とする。そもそも白鳥が俺の作成した「報告書（案）」を見て、勝手に調査を始めたわけだし、俺だって聞かれたら包み隠さず報告しただろうが、聞かれなければ説明義務はない。

だがこの流れでは、俺が本来行なうべき説明を怠ったと思われても仕方がない。とまあこんな具合で白鳥の周囲では常に、側杖《そばづえ》を食らう可能性に満ちている。だがそんな不条理にはすっかり慣れてしまった。俺が頭を下げれば、余計なトラブルの大半は解消する。

「すみません、思い至りませんで」

俺は白鳥の隣で、どれほど頭を下げたことか。これではまるで、出来の悪い部下みたいではないか。まあ、ヤツに言わせれば「不肖の弟子が師匠に尻ぬぐいをさせている」のだろうが。

「ま、いいや。検体がこの教室内になければ証拠隠滅は起こらないからね」

牛崎講師はむっとした表情になる。今のひと言で、白鳥が自分にとって敵か味方か、わからなくなってしまったのだろう。それは仕方がない。つきあいが長い俺でさえ、時として同じ感覚に囚《とら》われてしまうのだから。だが俺は同時に、白鳥の言葉の裏にある意図に気がついてしまった。

――手術材がなくなったのは牛崎講師への悪意の発露で、証拠隠滅だと考えているのか。

白鳥はにこやかに言った。

「牛ドン、調査の再聞き取りへのご協力、ならびに新しいウソ発見器の開発協力、ありがとね」

そう言って万華鏡をしまい込む。予想通り、豆電球は一度も点滅しなかった。

15

饗場技師長がご機嫌なのは、開口一番、白鳥がこう言ったせいだ。

「技師長が作った検体作製システムは、システムエラーが起こり得ない優れものだそうですね」

「そうなんです。そのため手間を惜しまず、二重、三重の労力を掛けて再チェックします」

「そうすると検体の取り違えではなく、牛崎センセの診断ミスだったということになりますね」

饗場技師長は眉をひそめる。

「そういうことになりますが、あの牛崎先生が、結核と肺癌を間違えるなんて信じられません」

「では、不肖の弟子、田口センセの報告書で足りない部分だけお聞きしますね。あ、でもその前にお願いがひとつ。今、厚生労働省研究班で金属棒ウソ発見器の開発をしているので、協力してくれませんか。技師長なら新しい試みの重要性は理解してくれると思うから甘えちゃうんですけど」

白鳥は直前に「調査が進まなくなるからこれが万華鏡だという説明は省くよ」という妥当な判断をした。そもそも最新鋭ウソ発見機に必要なのは万華鏡ではなく電気伝導率が高い金属棒だ。これが天下の厚生労働省研究班の作品とは何ともお粗末な話だが、白鳥の手練手管の前に饗場技師長はあっけなく陥落し、指図されるがままに金属棒の真ん中を両手で握り締める。なるほど、万華鏡と言わなくて正解だ。真ん中を握らされたら、どちらを覗き込むかで一悶着《ひともんちゃく》あっただろう。

「ご協力、ありがとうございます。では質問を始めます。病理検査室での標本作製は曜日による当番制なんですか？」

「ええ、その方が各自、自由な時間が持てて効率がいいものでして」

「当番表を見ると月曜が技師長、火曜と木曜が友部《ともべ》さん、水曜と金曜が真鍋さんのようですね」

壁に貼られた古びた紙を白鳥が読み上げる。

「私は技師長で業務が多いので、週一日にさせてもらっています」

「気管支鏡は月曜と木曜で、この案件は月曜でしたから、標本を作製したのは饗場技師長ですね。一応確認しますが、饗場技師長は検体を取り違えていませんよね？」

隣で俺は呆然とし、目の前で饗場技師長は顔を真っ赤にした。

「たった今、検体取り違えが起こらないシステムだと褒めてくれたばかりでしょうが」

「そうなんですが、こっちも事情の変遷がありまして。それにほら、これは再調査ですから」

白鳥はへらりと笑うと、饗庭技師長は、ちらちらと俺を見ながら、怒気をいっそう強めた。

「これではせっかく貴重な業務時間を割いて、田口先生に病理検査の一連の作業を最初から最後まで実際に実地にお見せした甲斐がないですね」

「おっしゃる通りです。面目ない」

至極もっともな非難に、身を縮ませると、饗庭技師長は嵩《かさ》にかかって続ける。

「検体の引き継ぎからラベル貼りまで一貫してひとりの技師が対応し、取り違えの可能性がないことを、田口先生はその目でご覧になりましたよね」

「え、ええ。確かに」と俺はうなずき、白鳥に向かって言う。

「そのことは報告書にきちんと書いたつもりですけど」

白鳥は目を細めて、饗庭技師長を見ながら言う。

「ま、弟子の報告書には一応目を通しましたけどね。僕が感じた疑問をひとつ。技師長さんは、本当に他の技師さんと同じ分量の作業をしているんですか？　だってほら、よくいるでしょ？役付になった途端に威張りまくって、実地の業務を部下に振りまくる上司が」

饗場技師長はむっとした表情を押し隠して言う。

「確かに技師長は雑事が多いのですが、技師である以上は、技術を落とすわけにいかないので、ブラッシュアップのため週一回は他の技師と同じようにルーティン業務をこなしていますよ」

白鳥は目を丸くして、饗場技師長を見つめた。

「あれ、怒っちゃった？　管理職はヒラとは仕事の次元が違うから、部下と同じように働けないし、また働かないのがデキのいい上司かな、なんて思って、技師長さんもそういうタイプかな、なんて思っただけなのに」

うぐ、と饗庭技師長は言葉を呑んで押し黙る。何という性悪な対応だろう。白鳥の言葉を否定すれば上司としての資質が低いことになり、肯定すれば自分が言った言葉の否定になって、これまでの発言で築き上げてきた理想が音を立てて崩れてしまう。

恐るべし、白鳥。

だが、白鳥の追及はそこで終わらなかった。

「ところで肝心の質問にはまだ答えてもらってないんですけど。問題の検体は、技師長さんが作製したんですか？」

　すると饗場技師長はしばらくうつむいていたが、やがて首を振る。

「いいえ、その日は病院連絡会議がありまして、真鍋君に代わってもらいました」

「ふうん、そういうことってよくあるんですか？」

「まあ、月に一度か二度、ですけど」

「月に一度と二度では大違いだよ。どっちなのさ」

　饗場技師長は身を縮めて、小声で答える。

「月に二度、です」

「へえ、すると他の技師は週二日、月に八回当番があるのに、技師長は週一日、しかも月に二回しかないんですね。あ、いやいや、これは質問じゃなくてただの確認だし、さっきも言ったように技師長としての働き方はヒラと同じであってはならないというのは僕の哲学に合致しますから、もちろん褒め言葉のつもりなんですけど」

　饗場技師長は白鳥の言葉に、青くなったり赤くなったりしていた。だが白鳥はもうそれ以上、饗庭技師長を追いつめるつもりはないらしく、話をころりと変えた。

「つまり田口センセの報告書と饗場技師長の言葉を信用すれば、技師さんのところで検体の取り違えが起こる可能性はほぼゼロ、ということですね」

　饗庭技師長はほっとした口調で答える。

「完全にゼロだと断言したいところですが、残念ながらできません。人間は間違う生物ですから」

「となると田口センセの報告書通り、牛ドンの誤診という結論にならざるを得ませんね。これで技師長さんへの質問は終わります。ご協力、ありがとうございました」

白鳥は、万華鏡であることを説明しなかったため、饗庭技師長にとって単なる金属棒にすぎないウソ発見器を回収し、興味津々の様子で見守る饗庭技師長の目の前で布袋に納めた。

そんな風に白鳥を眺めていた饗場技師長は、俺に向かって言った。

「この案件が牛崎先生の診断ミスで、先生がここにいられなくなったら大学病院は危機になります。罪を憎んで人を憎まず、どうか牛崎先生への処分を軽くしてくださるように、田口先生からも高階病院長にお願いしていただけないでしょうか」

「残念ですが、それは私が決めることではないので、何とも……」

俺が語尾を濁らせ確約するのを渋っている隣で、白鳥がきっぱりと断言する。

「この僕にお任せあれ。田口センセは、真実を尊重しているようなフリをしているけど、本当は自分の立場とプライドが大切なだけで、返事が煮え切らないわけ。でも僕が高階病院長から依頼されたのは田口センセの報告書の監査と病理部門への善処の二つだから、田口センセのちっぽけな自尊心なんて粉みじんにするような真相を見つけ出し、大切な牛ドンを守ってあげますよ」

よくもまあしゃあしゃあと、と思いながらも、白鳥のでまかせの言葉が技師長を安心させたこともまた確かだった。

「そんなことより、あのマッペの山は何なんですか？」

布袋を鞄にしまい込んだ白鳥は、部屋の片隅を指さした。そこにはマッぺと呼ばれる木枠が積まれていた。その山はこの前来た時よりも更にうず高くなっている。

「診断し終えた検体です。クラークの花輪さんが片付けることになっているんですが、いつも遅れるので叱るんですけど、なかなか直りません。気はいい人なんですが、少しルーズなので」

そこにウワサの本人、花輪さんが通りかかる。饗庭技師長はすかさず声を掛ける。

「花輪さん、検体とラベルの片付けが済んでいないぞ。何回言ってもわからない人だなあ」

花輪さんはむっとした顔をして、ぷい、と部屋を出て行ってしまった。

「不出来な部下を持つと、お互い、苦労しますね。僕も使えない部下をあてがわれ苦労しているので、技師長のお気持ちはよくわかります」

「まったく、大変ですわ」

二人はわはは、と笑う。実情を知る俺は、白鳥の言葉に含まれている誤解要素を是正したいと思ったが、その部下を知らない技師長に適切に説明するのは難しいので、仕方なく黙っていた。

「本当は花輪さんは診断業務にタッチさせず、後片付け専門にさせたいんですけどね」

饗庭技師長の表情がかすかに曇る。白鳥はうなずく。

「さて、それではこの後は、その使えない部下たちのお話を聞かせてもらいますね」

一瞬、饗場技師長の顔が引きつる。この調子で好き勝手なことを言われたらコントロール不能だと恐れたのだろう。だがここまでの流れでは拒否できるはずもない。

饗場技師長は、もはや力なくうなずくしかなかった。

次は、女性陣に話を伺うことになった。真鍋技師は二年目の若手で薄切のエース、もう一人の友部技師は実地説明をしてくれた小太りの中年女性で、愛想がいい。ふたりは仲がよさそうだ。だが白鳥は女性技師二人に加え、三人目の女性にも声を掛けていた。

白鳥は、何とクラークの花輪さんまで一緒に呼んだのだった。

「あたくしのこともお呼びだそうですが、よろしいんですか？　あたくしは単なるクラークの雑用係で、田口先生の聞き取り調査の時にはお声も掛からなかった下っ端なんですのに」

いそいそとこの場に現れた花輪さんは、開口一番、そう言った。明らかに俺へ当てこすりだ。

二人の技師が気まずそうに顔を見合わせる。

この二人の技師の間に入ると、明らかに花輪さんは異分子だった。

白鳥はそんな不協和音にはまったく気付かないような満面の笑みで、三人に向けて言う。

「もちろんです。ほら、三人並ぶと〝乱れ咲き三人娘〟みたいで、なかなか華やかですし」

すると花輪さんは、ぷう、と頬を膨らませて言う。

「やだ、あたくしを技術職のお二人と一緒にしないでくださいね。子どもが成人して手が掛からなくなったので、病院の事務にお勤めの知り合いから、病理検査室を手伝ってあげてほしい、と頼まれて、お手伝いするようになってもう五年近くになります。あたくしがここに勤め始めたのは、友部さんがお見えになるちょっと前でしたわ」

話を振られた友部技師は、嫌そうな顔もせずにうなずく。どうやら友部技師は、この検査室の情緒安定剤のようだ。花輪さんは滔々と続けた。

「あたくしより古株なのは牛崎先生と饗場技師長だけです。そんなあたくしは、標本こそ作れませんけど、技師さんができないような診断に直接関わらせていただいていますのよ。ですので、そんじょそこらの駆け出しの技師さんなんかよりも教室への貢献度はずっと高いんですの」

話し方といい、話す内容といい、花輪さんが年甲斐もなく可愛子ブリッ子しているのは明らかだ。しかも同時にキャリアウーマンとしても認めてもらいたいという意欲をびんびんに感じる。要するに相当の欲張りさんであるようだ。その言葉は技術職の技師を尊敬しているように聞こえるけれど、小さな棘《とげ》があって、それは、あからさまに二年目の真鍋技師を攻撃していた。たぶん、若さでも張り合いたい、と思っているように思えた。何て無茶な女性だろう。

もちろんそんなことは面当てをされた当人が一番わかっているようで、真鍋技師の頬がほんのりと紅潮した。

その様子を見ていた友部技師が、真鍋技師に助け舟を出すように言う。

「確かに真鍋さんを一緒にしたら悪いわね。私たちと違って真鍋さんはお若いんだもの」

白々とした空気が広がる。そこに場違いに能天気な白鳥の言葉が響く。

「いやはや、みなさんの丁々発止の上昇志向には感動しました。向上心の有無こそが僕の不肖の弟子との違いですね。というわけでいくつか質問させていただくその前に、ひとつお願いが。実は今、厚生労働省の科学研究班でウソ発見器の開発をしているので、ご協力をお願いします」

三人の女性は顔を見合わせる。白鳥の意向で金属棒の実体が万華鏡であることは伏せられているが、それはたぶん正解だっただろう。もしもこの三人に、これが万華鏡だと告げたりしたら、その瞬間、さすがの白鳥も制御不能になったに違いない。

女が三人寄れば姦《かしま》しい。

それは表意文字である漢字が一目で示す、偉大なる真理である。

白鳥はいそいそと布袋を取り出すが、よく見ると先ほどの布袋とは違う。

「なんで、さっきのとは別の万華、あ、いや、金属棒なんですか？」

白鳥はまじまじと俺を見て、蝿《はえ》を追い払うような身振りをしながら答える。

「これは男性用、女性用があって、今回は女性用なんだよ。わかった？」

ほんとかよ、と思いながらも、そうやってきっぱり断言されてしまっては納得するしかない。

すると白鳥は金属棒を取り出し、女性たちに言った。

「右端を友部さん、真ん中を花輪さん、左端を真鍋さんが握ってください」

言われるがまま、三人は鉄棒を一緒に握り締める。その様子は、バレーボール部員が試合前に手を合わせてファイト、と言っているみたいにも見える。

「あれ、白鳥さん、豆電球が装着されていませんけど」

いけない、と言い白鳥は豆電球と配線を取り出し、セロテープで鉄棒の両端に接着する。

「三人同時にウソ発見機に掛けてもいいんですか？」

立て続けに質問を重ねる俺に向かって、白鳥は思いきり顔をしかめる。

「細かいことをいちいちうるさいなあ。質問に答えるのは一度に一人だから、豆電球が光ったら喋っている人がウソをついているに決まっているだろ。だから三人同時でいいんだよ。何しろこれは、厚生労働省の研究班の成果なんだからね。あんまり素人が、その場しのぎの思いつきで口を挟まないでほしいね」

白鳥のきっぱりした拒否に俺は黙り込む。どうひいき目に見ても、肝心の豆電球をつけ忘れるなんておかしいはずなのだが、これまで築き上げられてしまった力関係上、もはや仕方がない。

白鳥は、わざとらしく咳払いをする。

「さて、雑音が入りましたが、気にせず本題に行きましょう。というわけで第一問。田口センセの調査では、今回の件は牛崎センセの誤診だそうですが、ここにいるみなさんはどう思いますか」

誰も口を開かない。やがて、友部技師が遠慮がちに答えた。

「とても信じられません。だって大学の病理診断は牛崎先生おひとりの力で持っているようなものなんですから」

その言葉に、白鳥は目を輝かせた。

「ということはつまり、菊リンの診断能力は相当低いってこと？」

「菊リン？」

三人の女性は、顔を見合わせる。友部技師がぷっと噴き出しながら言う。

「菊村教授のことをそんな風に呼ぶ人なんて、初めてです」

その言葉に、菊リンが誰を指すか理解した、他の二人は対照的な表情を見せた。

真鍋技師は、くすくす笑い、花輪さんは口をへの字にして不愉快そうな表情になる。友部技師は、そんな二人の顔色を見ながら話を続けた。

「菊村先生は、診断に取りかかるのが遅いので、みんな困っているんです。おまけにパソコン関係が全然ダメだから、電子カルテの診断報告も花輪さんに打ってもらっているので、臨床の先生に結果が返るのがとても遅くなってしまうんです」

すると花輪さんが得意げに言う。

「そうなんですの。菊村教授の診断に時間が掛かるのは、誠実にいろいろと思い悩んでいるからなんだそうですわ。ですからあたくしは、そんな大変な菊村教授のお手伝いを少しでもできれば、と思いまして、息子から教えてもらったパソコンの技術を生かし、電子カルテの打ち込みという大切な業務を手伝わせていただいているんです。だから単純な後片付けとか、こまごました仕事が後回しになってしまうのに、技師長さんはあたくしが、自分よりもはるかに重要な仕事を任されているのが面白くないらしくて、いつもお小言ばっかり言うんです」

なるほど、これがさっき饗場技師長が言いかけてやめた、〝花輪さんが関わる診断業務〟というヤツか、と合点がいった。

それはちょっと違うんじゃないか、と思いながらも、俺のセンサーは花輪さんの話の中にある、システム上の問題点に敏感に反応した。

「もし菊村教授が、花輪さんがおっしゃった通り、花輪さんに診断結果の打ち込みを代行していただいているのだとしたら、電子カルテ運用マニュアル規定に抵触している恐れがありますね。

電子カルテは医師本人が記入する、という決まりですから」

思わぬところから問題点を指摘されて、花輪さんは目を白黒させ口ごもる。

「あ、いえ、これは正式に頼まれているわけではなくて、あたくしがボランティア的な気持ちからお手伝いさせていただいているだけで、そんな決まり事があるなんて、あたくしは全然聞かされていなかったので……」

俺はうなずいて、言い聞かせるように言う。

「そうでしょうね。その点に関しては、ご心配なく。これは依頼した菊村教授の問題で、依頼された花輪さんに責任が生じるということはありませんので」

俺の言葉を聞いて、花輪さんはほっとしたような表情を浮かべる。すると菊村教授に助け舟を出すように、友部技師が言う。

「その件に関しては、以前菊村教授から、この件に関しては上層部の了解をもらっているんだ、というお話を伺ったことがありますけど」

現実主義者の高階病院長なら、いかにも許可しそうなことだったので、それ以上詳しく追及はしなかった。そもそもこの件は、本来の再調査の目的とは無関係だ。

だからといって、本当にそうなのかどうかは知る由もないわけだが。

すると発言が信頼できないことでは、菊村教授のこの発言並みのレベルの白鳥が言う。

「きっと饗場技師長は、花輪さんが自分より立派なお仕事に携わるのが面白くなくって、焼き餅《もち》を焼いているんでしょう」

「そうなんですの。あたくしが関わっている診断のお仕事は、技師さんよりずっと格上のお仕事だということを、技師長さんはよくご存じのはずですから。それで思い出したんですけど以前、牛崎先生が菊村教授の代わりに電子カルテに打ち込みます、と提案したことがあったんですけど、菊村教授はきっぱりお断りになったそうです。どうしてですか、とお尋ねしたら、牛崎先生は、自分のことを叩き落として、検査室の実権を握りたがっているのが見え見えだからイヤなんだ、だからあたくしに頼みたいんだ、とそれはもう、きっぱりはっきりおっしゃいました」

それまで黙っていた真鍋技師が声を上げる。

「そんな言い方ってひどすぎます。報告が遅いから困った臨床の先生が、菊村教授のマッペから標本を抜いて牛崎先生に診断してもらっていることは菊村先生もご存じなのに」

花輪さんが皮肉な笑顔を浮かべて言う。

「そうよねえ、真鍋さんは牛崎先生のお気に入りですもんね」

真鍋技師は真っ赤になってうつむいてしまう。そんな花輪さんを、友部技師がたしなめる。

「菊村先生に頼まれたお仕事も大切でしょうけど、花輪さんは病理検査室のクラークさんなんですから、本来の業務をこなしてから、そういうボランティアをしてほしいわね」

花輪さんはむっとした顔をして、万華鏡、もとい、鉄棒から手を離して立ち上がる。

「何だかあたくしがいると、みなさん不愉快に思われるみたいですので、これで失礼しますわ。他に聞きたいことがあれば、今のうちに済ませてくださいな」

白鳥はさらりと答える。

「花輪さんに伺いたいことはあらかた聞き終えましたので、これで結構です」

花輪さんは、ばん、と音を立てて扉を閉め、控え室から出て行った。

閉まった扉を眺めながら、友部技師は苦笑する。

「花輪さんは、患者さんに説明したり教授からの依頼とか、目立つ仕事はフットワークも軽いんですけど、目立たない業務だと手抜きがひどくて」

白鳥は大きくうなずいて言う。

「うんうん、よくわかるよ。どこにでもいるよね、そういうええかっこしいって。ところでさ、菊リンがグズで、牛崎センセがその尻ぬぐいをしていて、菊リンがそのことを面白く思っていないという、友部さんが言ったさっきの話、真鍋さんはどう思いますか？」

白鳥の問いに、真鍋技師は小首を傾《かし》げて考え込む。なぜ、白鳥はわざわざ真鍋技師を名指しにしたのだろう、とふと不思議に思う。

真鍋技師は友部技師の顔をちらちらと気にしながら言う。

「菊村先生はラクをしたいというお気持ちがお強い方ですから、牛崎先生が表面に出ずに、自分の代わりに診断してくれていることは大歓迎していると思います」

同意を求めるように友部技師の顔を見る。すると友部技師も補足するように口を挟む。

「そうね。菊村教授の仕事量は、病理検査室全体の仕事を十としたら三くらいかな、ううん、たぶん二かもしれないわ」

白鳥が呆れたような声で言う。

「それじゃあ牛ドンの仕事量の五分の一じゃない。菊リンてそんなに働かない人なの？」

「ウシドン？」

友部技師と真鍋技師は顔を見合わせる。それから友部技師は大笑いを始め、真鍋技師は真っ赤になって、上目遣いに白鳥をにらみつけた。

「あれ？　お二人とも知らなかったの？　田口センセからの情報によれば、牛崎センセはみんなから、〝牛丼先生〟って呼ばれているらしいよ。早い、美味い、安いからだって。でもさすがに牛丼はひどいなと思ったんで、僕は善意で読み替えて、ウシドンと呼んでるんだけど」

また、俺のせいにしやがって。ほんとにコイツといると、流れ弾がやたら着弾する。だいたい、〝牛丼先生〟じゃなくて〝牛丼鉄人〟だろ、引用するなら正確にやれ、と罵《のの》りそうになった。

訂正しようと思ったが、どうせ深みに嵌まるだけなので、しぶしぶ俺は黙り込む。

そんな俺の隣でひとしきり大笑いした後で、友部技師が涙をぬぐいながら言う。

「それって牛崎先生が、若手の先生から人望があるって意味でいいんでしょうか。牛崎先生は若手の先生から、菊村先生の診断の遅さを何とかしてほしいと相談されたこともあったんですが、何とか穏便に、表沙汰にならずに対応していたこともあったみたいです」

俺は呆れた。そうすると牛崎講師は菊村教授にはなくてはならない、股肱《ここう》の臣《しん》ではないか。

それにしては牛崎講師に対する菊村教授の態度はあまりにも冷たすぎる。

白鳥は腕組みをしながら、大きくうなずいて言う。

「うんうん、牛ドンの立場は、僕にもよおくわかるよ。優秀すぎる部下は疎まれるものなのさ。

何しろこの僕も本省では同じ目に遭わされているからねえ」

白鳥の言葉に、心中で思い切り首を捻る。お前と牛崎講師は断じて同じではない、と確信はするが、そんなことをこの場で言っても詮無《せんな》いことだ。

「その意味では、ここにおられるお二人は、直属の上司が勤勉な技師長さんで幸せですね」

すると友部技師と真鍋技師は顔を見合わせ、くくっと小さく笑う。

「あれ？　何かおかしなこと言いましたか、僕？」

友部技師が真鍋技師をちらりと見て言う。

「これは私たちが言ったとは絶対に言わないでくださいね。実は技師長は、お客さまや先生の前では立派なことを言いますけど、仕事があまり好きでないという点では菊村教授といい勝負で、どっこいどっこいなんですよ」

思わず俺が口を挟む。

「でも、技師長は、標本当番を割り当てているのは、技師にとって技術が何よりも大切だから、常に最前線の仕事に関わっていたいからだっておっしゃっていましたけど……」

友部技師が肩をすくめる。

「それがウソとは言いませんけど、技師長の当番は毎週月曜に月二回、科長会議と病院連絡会議で必ず潰れるとわかっている上に、三連休のハッピーマンデー制度が出来て、月曜が結構休日になるとわかってから、技師長は当番日をそれまでの水曜から月曜日に替えたんですよ」

なるほど、話を聞いただけでは組織の実態は見抜けないものだ。

痛感したが、同時に俺の聞き取り調査でわからなかった事実が、白鳥のいい加減な再調査で、ぼろぼろ出てきたのはいささかショックだった。

「つまり、ここまでの話を総合すると、今回の診断ミスは、菊リンが診断すべきものを牛ドンが手助けしてあげたせいなんですか？　教授のマッペから抜き取ったり取り違えが起こる可能性は当然高くなりますもんね」

白鳥の陽気な問いかけに、真鍋技師と友部技師は顔を見合わせるが、真鍋技師が首を振る。

「その可能性はないです。呼吸器外科は菊村先生の診断の遅さを知っているから、気管支鏡検査の病理診断は全例、牛崎先生をご指名なんです」

「なるほど。これはペケ、ですか。よくわかりました。これで僕の聞き取り調査は終わりです。お忙しいところ、ご協力ありがとうございました」

推測が外れた白鳥は立ち上がると、二人が握り締めた鉄棒を回収しようとする。

すると友部技師が、あれ、と小さな声を上げる。

「ひょっとしてそれ、万華鏡でしょう？　実は私、万華鏡が大好きなんです」

「ち、違うよ。これはただの金属製の棒だよ」

白鳥はそそくさと〝金属製の棒〟を布袋にしまう。調査前に万華鏡だと説明していたら、さぞ調査が滞ったに違いない、とほっとした。

結局、今日聴取した六人の誰ひとりとして、白鳥ご自慢のウソ発見器には反応しなかった。役立たずも甚だしいが、誰もウソをついていなければ当然の結果だ、とも言える。

俺は自分の思い込みを徹底的に排除すべきだと深く反省し、部屋を出て行く白鳥の後を追う。すると白鳥は壁にもたれて俺を待っていた。

「田口センセ、先に戻ってて。僕はお煎餅を分けてもらってくるから」

部屋から出てきた真鍋技師が会釈をして通り過ぎると、白鳥技官は俺の肩を押した。

「はいはい、ぐずぐずしない」

俺はしぶしぶと歩き出すと、白鳥は踵《きびす》を返してカンファレンスルームに戻っていった。


俺が不定愁訴外来に戻ってかっきり五分後、白鳥は紙袋をひとつ提げてご機嫌で帰還した。

「友部さんって、すっごくいい人だね。こんなにたくさん、お煎餅をくれたよ」

俺に袋の口を開けて、中身をちらりと見せて急いで口を閉じる。

「あ、でも田口センセは食べちゃダメだよ。僕がもらったんだからね。それとこれ、藤原さんのロッカーにしまっておいてほしいんだけど。鍵はかかるんでしょ?」

藤原さんはうなずくと、ちくりと言う。

「いいですけど、用事を頼むんですから、当然あたしに分け前はあるんでしょうね?」

「う、あ、まあ、確かに藤原さんにはお裾分けしないとね。でも、これくらいで我慢してね」

白鳥が紙袋からごそごそと煎餅を二枚取り出し手渡すと、藤原さんはにんまり笑う。

「わかりました。責任を以てお預かりして、ロッカーにしまっておきます」

「ありがと。でも油断しないでね、田口センセや兵藤センセがつまみ食いしそうだから」

俺はむっとした。

誰がお前のお煎餅なんか盗み食いするか、と思っていたら、白鳥は突然振り返って言う。

「じゃあ今から肝心のブツを拝ませていただこうか」

「え？　何のことですか？」

「問題の検体スライドをとっとと見せろ、ということだよ。それって唯一の客観的な物証だから、一応僕もこの目で確認しておきたいんだよね」

白鳥は深々とため息をつく。

「それにしても、どうしてそんな大切なことを真っ先に話さないのかなあ。ほんと、田口センセの見識とセンスを疑っちゃうよね」

自分勝手な論理だが、ぐっとこらえて抽斗からスライドケースを取り出し、白鳥に手渡した。

「この検体の診断は、報告書を作成する前日に、菊村教授、牛崎講師と第三者である彦根先生に立ち会ってもらって確認しています。三人の診断結果は一致して結核結節でした」

白鳥はスライドをいろいろな角度から眺めた。ついには天井の電灯にかざしたりし始めたので、俺は苛立って、スライドを取り上げようとした。

ところが白鳥はスライドケースを俺に返さず、さっきの煎餅の袋に入れた。

「これもこの事案のカレイドスコープのオブジェクトだよ。ついでにコイツもひとまとめにして、藤原さんのロッカーに預かってもらおうかな」

先ほどの煎餅といいこの検体といい、そこまで俺が信用できないのかとむっとする。だがよく考えたら、藤原さんの管理下に置けば、煎餅が兵藤クンの胃袋に収まる可能性もなく、検体が紛失しても俺と白鳥、藤原さんの三者の連帯責任になるので、精神衛生上はとても好ましい。

なので一も二もなく同意すると、白鳥は勢いよく立ち上がった。

「さて、今日の業務はこれでおしまい。田口センセは朝までに今回の報告書を作っておいてね」

「今回の調査で新事実がない以上、結論は前回と同じになりますけど、それでいいんですか？」

「まあ、田口センセの報告書なんだから好きにすればいいけど、師匠としてひとつだけ忠告しておこうかな。せめて結論だけはちょっと曖昧《あいまい》にボカしておいた方がいいと思うよ」

白鳥が俺の身を案じてくれたとはとても思えなかったが、その言葉には妙な説得力があった。

さらに白鳥は人使いの荒い、もとい、部下の運用が上手な有能な上司らしく、俺にひと言かけて、忘れかけていた次の業務を思い出させてくれた。

「これから田口センセは大忙しだ。何しろこの案件の最終報告書を作成しなくちゃならないし、来月に迫った国際会議のスケジュール調整もしなくてはならないんだから」

すっかり忘れていた業務がありありと蘇り、俺の双肩に膨大な重荷がのしかかってきた。

「次に田口センセにお目に掛かるのはたぶん、ひと月後のＡｉ標準化国際会議の事前打ち合わせになりそうだね」

白鳥は、にいっと笑い、そのひと言残して部屋を出て行った。

会えないと思うと一ヶ月後という時間は短いようで長い。俺はなぜか、不安と安堵を同時に感じていた。安堵はともかく、不安の方は、俺にとって意外な感情だった。

16

11月4日（水） 午前10時
病院1F・不定愁訴外来

それから一週間、俺はＡｉ標準化国際会議のプログラム確定と発表予定者のスケジュール調整に明け暮れた。おおむね順調に事が運んだが、唯一の気がかりは、特別ゲストである米国臓器移植ネットワーク議長、サンタモニカ大のドミンゴ教授とコンタクトが取れないことだった。

東堂経由のメールによれば副議長を代理で送るかもしれないとあるのに、その氏名すら書かれていない。なのに国際会議の特別講演プログラムには自分の名前を載せておけという、虫のいいメールを寄こしたものだから、ついむっとして東堂と高階病院長にＣＣをつけて転送したら、ふたりから同時にドミンゴ教授の言う通りにしろという指示が返ってきた。

まったくもう。

放射線学会代表が島津なのは妥当に思えたが、救急部門の代表者として高階病院長が指名した人物には驚いた。俺は高階病院長の指令メールを繰り返し読み返した。

——救急分野代表として極北《きょくほく》救命救急センターの速水《はやみ》晃一《こういち》・副センター長を招聘せよ。

以前、Ａｉセンター運営連絡会議で俺が招請しようと提案した時には却下された人物。

ついに高階病院長が、北辺を守護する将軍を召還する。

ここまでアリバイ仕事のように対応していた俺は、一気に気合いが入った。

部屋に戻ってすぐ、極北市民病院に電話を掛けた。たちまち受付から副部長室につながった。滑らかな接続は、こうした問い合わせに手慣れている風だ。

極北救命救急センター、速水です、という懐かしい声を耳にして、俺は言う。

「元気そうだな」

一瞬、受話器の向こうで沈黙が流れる。やがてぼそりと答えが返ってきた。

「誰かと思ったら行灯《あんどん》、か」

いきなり学生時代の渾名で呼び返すヤツがあるか、と思ったが、手っ取り早く話を進めるために、そこにはこだわらずに応じた。

「ああ、俺だ。久し振りだな」

速水の声のトーンが変わる。

「俺がそっちを追い出されて以来だから、三年か。月日が経つのは早いもんだ」

「まったくだ。確かに年を取ってから早くなったな」

「で、今日はどうした？」

久し振りの旧友とのちょっとした無駄話も辛抱できないような性急さは相変わらずだ。

「今回、電話したのは、高階病院長からの召還命令を伝えるためだ」

速水は即答する。

「断る。俺は極北に骨を埋める。桜宮に戻るつもりはない」

「お前ならそう答えるだろうと思ったよ。今回は、召還といっても国際会議への出席要請だ」

「国際会議？　いよいよお門違いだ。臨床に関係が薄い研究には一切興味がないからな」

「それはわかっているが、そこを枉げて出てくれると助かる。Ａｉ標準化国際会議なのに現場の救急医でＡｉのことを理解していて、かつ、見栄えがする人材が見当たらなくてな」

「お前なら知っているだろ。俺はくだらない会議と同じくらい、英語が苦手なんだ」

「その点は心配するな。会議の座長は俺なんだから」

途端に受話器の向こうで速水が大笑いを始めた。

「英語の成績で俺と最下位争いをしていた行灯が国際会議の座長？　院長はとち狂ったのか？」

「実は俺も、高階先生がボケたんじゃないかと、ひそかに心配している」

受話器の向こうで大笑いが聞こえ、その後に沈黙が広がる。やがてぼそりと速水が言った。

「わかった。それなら受けてやろう。せいぜい行灯の晴れ姿を拝ませてもらうさ」

「そんな大したもんじゃないぞ」

「確かに。戦車に搭乗した時の、あの大活躍と比べたら、全然大したことじゃないんだろうな。あの時は真顔でテレビに映っている行灯を見て、笑わせてもらったからなあ」

絶句した。苦々しい記憶が蘇る。９テスラのＭＲＩモンスターマシン、リヴァイアサン運搬作戦の際に科せられた罰ゲーム。まさかコイツがあの映像を見ていたとは……。

受話器の向こうで救急車のサイレンが響き、別の電話のベルが鳴った。

「こっちはお客さんだ。スケジュールが決まったらメールしてくれ」

早口でそう言うと、速水は俺の返事を待たずに電話は切れた。

三十分後、諸々《もろもろ》の報告のため、俺は病院長室にいた。

「というわけで人選のうち、エシックスの特別講演枠の方以外の選定依頼はすべて終了し、各人の承諾も得ました」

「ごくろうさまでした。ところで院内調査の件の方はどうなっていますか？」

「白鳥室長のご指導を仰いで再調査を実施し、明朝までに『最終報告書（案）』を作成予定です」

「それはよかった。そういえばこの件で遺族への回答の期日も決まりました。二週間後ですから、国際会議の翌日です。相変わらず田口先生が絡むと、話がバタつきますね」

それはあんたが思いつきの行き当たりばったりで他人に丸投げするせいだろ、と心で毒づく。

そもそも今回の二件は片方だけでも大事業で、達成すれば一年は遊んで暮らしても許されるような案件なのに、たかだか一カ月の間に立て続けに処理しろというのは、土台無茶な話なのだ。

「内部統治と外部攻略の二本立てです。新生・東城大の真価を発揮する二週間になりそうですね」

人ごとのように言う高階病院長を、俺はげんなりして見つめた。

だがメンバーの決定後は三船事務長が仕切ってくれ、たまに来る確認事項にメールで返信するくらいしかやることがなくなった。一方、院内事故調は白鳥に丸投げ状態だ。

翌日、言われた通り第二の追加報告書を書き上げ白鳥にメールした。だがそれきりだった。

この最終報告書が決定稿になるのは間違いなさそうだ、と俺は胸を撫で下ろした。

一週間が無風で過ぎ、国際会議まで一週間を切ったある日、病理学教室のクラーク・花輪さんから、直接お目にかかってお伝えしたいことがある、と連絡があった。

胸騒ぎを覚えながら、俺は花輪さんを不定愁訴外来に招いた。

部屋に入ってきた花輪さんは、きょろきょろと周囲を見回していた。年齢を考えていないと非難されても仕方がないような、ひだ飾りのついたドレスの裾をひらひらさせながら両腕を抱いて、映画の中の貴婦人のようなポーズで佇んでいる。

「この間の不愉快なお役人さんは、今日はいらしていないんですか？」

アイツは俺とは無関係だ、とイラッとしながら、努めて穏やかな口調で答える。

「あの方は厚生労働省の偉いお役人ですから、問題がある時にしかここには来ません」

花輪さんは、ほっとしたような微笑を浮かべた。

「やだ、てっきりあたくしは、この部屋はあの方の地方出張所か何かになっているのかしら、だなんて思っておりましたのよ」

「それは完全に邪推です。そんなことは、未来永劫金輪際、絶対にあり得ませんから」

俺は必要以上に力こぶを作って発声する。

「それならよかったですわ」

花輪さんが小声で呟く。

共感を覚えにくい性格の花輪さんだが、このひと言だけには、俺も心底、共感した。

花輪さんは顔を上げると、打って変わって明るい声で言った。

「あたくしがこの病院に勤め始めてから、早いものでもう五年になりますけど、このお部屋に伺うのは初めてですわ。かねがねおウワサはお聞きしていましたけど、本当にわかりにくい場所にあるんですのね」

「まあ、患者さんの愚痴を聞くという、地味な仕事をする部屋ですから」

「やだ、それでもこちらの方が、人嫌いの方が多い病理検査室よりも居心地がよさそうですわ。あたくしって根が社交的なので、病理って暗くて肌が合わないんですの」

そう言って傍らの藤原さんをちらりと見る。まさか藤原さんの後釜狙いを、本人の目の前でこんな風にあけすけに匂わせるなんていい度胸だ。藤原さんの恐ろしさをご存じないからこその蛮行だろうが、そんな危機察知能力の低さでは、とうていここではあなたは雇えません、と言いたくなる。加えて、あなたの性格は社交的というよりも一方的と言った方が適切ではないか、などと口にしそうになる。要するに俺は心中で勝手に花輪さんに不採用通知を発行したわけだ。

だが考えてみれば、花輪さんは求人募集に応募してきたわけではない。応募前に不採用になるという不名誉な目に遭わされ、しかもそのことを本人が与《あずか》り知らないというのも不条理な話だ。

そんなことを考えていたら、何だか白鳥の思考法に浸食されているような気がした。今のなんぞ白鳥の発想そのものではないか、などと考えた俺は、我に返ると首を思い切り左右に振って、突然芽生えた恐ろしい病識を追い出した。

そして改めて花輪さんに尋ねた。

「それで、ご相談というのは何でしょう?」

俺がそう尋ねた側で、藤原さんがさりげなく珈琲を置く。棘々しい雰囲気をまき散らしているようにも思えたが、当の花輪さんは気づく様子もない。

ひょっとしたら花輪さんという女性は、藤原さんをも凌《しの》ぐ最強キャラなのかもしれないなあ、などと思い、もしもこの二人がひょんなはずみで職場の同僚になったりしたら、一体どうなってしまうんだろう、などと一人勝手に妄想を暴走させ、怯えた目で彼女を見た。

すると花輪さんも、俺を見つめ返した。そして勢い込んで話し始める。

「あたくしは診断打ち込み補助みたいなお仕事の他に、検体スライドや剖検バケツ、手術検体の後片付けといった地味な作業もしておりますの。特にスライドの片付けはカンファレンスルームの奥にあるスライド置き場の棚の抽斗に、順番にスライドをしまうという単純なお仕事です。スライドの一枚一枚は軽いんですけど、何百枚となると重くて大変なんですのよ。それなのに、そんな大変なことを技師長さんは、毎日やれって情け容赦なく言うんですの」

饗庭技師長の、花輪さんに対する叱責を思い出しながら、毎日コツコツ片付けていれば一度に何百枚になることはないでしょ、と心中で軽く突っ込みを入れてみる。

あんたの日常業務の愚痴を聞くのは業務外だから、とっとと本題に入りなさい、と教育的指導をしたいところだが、もちろんそんなことは絶対に口には出せない。

当然ながら花輪さんも、そんな俺のツッコミなど与り知らず、本能が赴《おもむ》くがままに両手を広げ、滔々と自分の仕事ぶりをアピールしている。その長広舌《ちょうこうぜつ》をげんなりしながら聞き流していると、花輪さんは突然声をひそめた。

「ところが実はつい先ほど、そうしたお仕事のひとつを、このわたくしがひとりコツコツと地道にやっておりましたら、とんでもない異変に気がつきましたの」

ここまで、うんざりさせられていたという経緯をきれいさっぱり忘れ去り、思わず俺まで一緒になって声をひそめ、「それってどんな異変だったんですか?」と身を乗り出していた。

すると花輪さんはうつむき加減でひそめた声から一転、ステージ上で山場の台詞を話す主演女優のような身振り手振りで核心を高らかに口にした。

「実は、技師長さんがあんまりにもうるさく言うので、仕方なく久々に診断が終わったスライドの後片付けをしておりましたら、何と、五人分、十枚のスライドがごっそりなくなっているのに気がついたんですの。よくよく確かめてみたら、それがなんと、なくなった検体はすべて、この間、田口先生が聞き取り調査にいらして、調べようとしていた日に行なわれた気管支鏡生検の五検体分で、しかもおまけにその中には、牛崎先生が誤診したと言われた例の患者さんの、問題のスライドも含まれていたんです」

それは大変だ、と俺も思わず興奮しそうになり、あわてて我に返る。

まったく、花輪さんは大したエンターテナーだった。だが、残念ながら花輪さんの興奮度の方が、俺の感情の動きより遥かに大きかったために却って醒《さ》めてしまい、瞬時に冷静に返って、他の可能性を思いついてしまった。

「その標本は、ひょっとして、誰かに貸し出しているのでは？」

するると花輪さんはきっぱりと首を振った。

「いいえ。確かめてみましたが、貸出ノートに部外貸出の記載はありませんでした。普通なら、そんな程度のことで、わざわざこんな風にご相談をしようとは思いません。でもこれはひょっとして内部の誰かがやったのかと思って、すぐに田口先生に知らせなくてはと思いまして」

いよいよもって、俺は興味津々になる。明らかに怪しげな匂いが漂ってくる。

「花輪さんがそのことに気がついたのは、いつですか？」

花輪さんは壁掛け時計の針をちらりと見上げてから答える。

「今からちょうど一時間前です。田口先生にご相談した方がいいのか、それともまずは菊村教授にご報告した方がいいのか、迷ってしまいまして。でもこうした問題はきっと、病院長から調査をお願いされた、田口先生に最初にお伝えした方がいいんじゃないかしら、と考えたんです。そんな風に悩んでいたせいで、お知らせするまでにちょっと時間が掛かってしまったんです」

それはひょっとして、病理の教授よりも病院長の方が偉いから、そっちになびいたという無意識の判断の賜物だったのでは、とも思ったが、証明不能なそんな仮説を口にしても時間の浪費だ。俺はできるだけ優しく聞こえるように、言う。

「花輪さんのそのご判断は、実に適切です。この問題は病理検査室での診断事故を疑われているので、そうした場合、当事者に報告するよりも、第三者的な上位機関に報告するという行為は、院内コンプライアンス上、大変優れたご判断でした」

花輪さんは、得意げに鼻の穴を膨らませて、ふんむ、という表情でうなずく。

「やだ、あたしったら、そんなコンプなんとかなんて全然存じ上げませんでしたのよ、本当に。でも、知らず知らずのうちに正しい道を選んでしまっていたんですねえ」

俺は肥大し続ける花輪さんの自意識過剰についていけず、話をシンプルに戻す。

「ところで、その前に標本を片付けたのはいつでしたか？」

「確か、一カ月より前くらいでしたかしら」

その数字は俺の記憶と一致した。最初に病理検査室に聞き取り調査に行った際、饗場技師長が花輪さんに検体を片付けるよう指示していた時、一週間分の検体がたまっていると怒っていた。こうして花輪さんの言葉の裏付けが偶然できてしまったわけだが、それはつまりあれから一カ月以上、花輪さんは技師長命令を無視し続けていた、ということでもある。

うすうす感づいてはいたけれど、どうやら花輪さんは相当な女傑のようだ。

そんな図太い花輪さんが、不安そうな表情で言う。

「今回の件では牛崎先生が誤診したスライドが唯一の物証なんですよね？　その証拠のスライドを含めた数枚がなくなっているというのは、ひょっとしたら牛崎先生か、あるいは牛崎先生に好意的な誰かさんが、証拠隠滅のためにこっそりやったのかな、なんて考えられません？」

誰かさんなどという抽象的な代名詞を使ったのは花輪さんなりの精一杯のたしなみなのだろう。だがそれが誰を指しているのかは一目瞭然だから、その配慮は何の役にも立っていない。

おまけに俺は、花輪さんのその推測は的外れだということを知っている。

何しろ問題の検体は俺が預かっているのだから。その上、第三者を交えた診断も確定しているので、今さら牛崎講師が証拠スライドを隠匿《いんとく》しても何の意味もない。どうしようか迷ったが、その事実を花輪さんに伝えることにした。花輪さんの性格を考えると、曖昧な回答にしておくとあちこちであらぬ当て推量を言いふらしかねない。それなら事実を告げた方がいい、と決断した後で、何だかこの判断は兵藤クンに対する意思決定の過程によく似ているなあ、と気がついた。

「ご心配なく。問題の検体は病院長預かりになっているんです」

花輪さんは心底ほっとした表情を浮かべた。それから眉をひそめて言う。

「それなら、同じ日に実施された他の患者のスライドが見当たらないのは、なぜですか？」

確かにそれは、花輪さんの話を聞きながら、俺の頭をずっと占め続けていた疑問でもあった。

「わかりません。でもみなさんのご協力のおかげで報告書は着々と進んでいますのでご心配なく」

「それならよかったですわ」

花輪さんは珈琲を豪快に飲み干すと立ち上がる。そして軽やかな足取りで部屋を出て行った。

その後ろ姿を見送った藤原さんがぼそりと言う。

「なんだか、自己顕示欲がすごく強そうな女性でしたねえ」

このまとわりついてきて離れない重苦しさが自己顕示というものなのか、と藤原さんの表現力に感心する。どうやら藤原さんは、花輪さんをエネミー（敵）と認識したようだ。それは彼女の居場所がこの部屋に永遠になくなったことを意味したが、それは俺との阿吽《あうん》の呼吸でもあった。

だが同じ検査日のスライドがなくなったという話は引っ掛かった。それは手術検体が見当たらないという事実と関係している気がした。医療事故と思《おぼ》しき問題が起こり、その人物の時間軸に沿う過去の手術検体と同一検査を実施された他者の検体の両方が現場から消えたとなると、単なる偶然には思えない。そのことを白鳥にメールをすると、折り返しで電話がかかってきた。

この時代、携帯を持たないヤツへの対応は難しい。ヤツに関して言えば、返事があるかどうかは時の運だが、幸い今回のレスポンスは早かった。ひと通り話を聞いた白鳥は言った。

「花ちゃんってなかなか興味深い女性だね。ちなみに彼女、僕の悪口を言ってたでしょ」

鋭いヤツめ。俺は白鳥の質問を聞こえなかったフリをして、大切な疑問だけ口にする。

「病理検査室では何が起こっているんでしょう。少なくともこのスライドの消失の一件に関わるのは、病理医のお二人と臨床検査技師の三人だけですよね」

「もうひとりいるでしょ。発見者であるクラークの花ちゃんもだよ。まあ、いずれにしても特に今さらあわてふためくようなことでもないね。肝心の患者さんは亡くなっているんだし」

白鳥が落ち着き払っているのでほっとした。確かにあわてる必要はなさそうだ。

「こういう些細なことをきちんと報告する、田口センセの態度には賛否両論がありそうだよね。報告、連絡、相談のホウレンソウはきちんとしろという基本を守るあたりは頭を撫でて褒めてあげたいところだけど、それくらい自分で判断しなよ、と尻を叩きたくもなったりもするし」

電話の向こうの白鳥は褒めているのか、けなしているのか、どっちなんだと言いたくなったがぐっとこらえて「お褒めにあずかりどうも」と言って電話を切った。

今はこの問題に関わっているヒマはない。Ａｉ標準化国際会議は今週末に迫っているのだ。

11月14日（土）　午後4時
病院1F・不定愁訴外来

17

三日後。

俺は、今回のAi標準化国際会議に特別講演の演者として登壇予定の、エシックス代表を迎えに行くため、羽田に向かっていた。

高階病院長が気を遣って病院の公用車を出してくれたのだが、気がつくと俺はすっかり公用車の常連客になっていた。いつもは高階病院長のお供で賑やかなのだが、今日はひとりぼっちの俺に気を配って、運転手があれこれ話しかけてくれた。だが、俺はひどく疲れていたのでお相手をできずに熟睡してしまった。

羽田に着きました、と声を掛けられ、目を覚まし、道中眠り込んでしまったことを謝罪する。いえいえ、運転手としてはお休みになっていただけるのも嬉しいものなんですよ、などと言われ、いささか後ろめたさを感じながら車を降りる。黒塗りの公用車を遠目に振り返り、思えばこの車に乗せてもらうたびにトラブルの種をずいぶん拾わされたな、と考える。そんな曰くつきの公用車に、今日は俺ひとりで乗っている。人生とは不可思議なものだ。

俺は乗客出口で立ち尽くしていた。とうとう前日の今日になっても、来日する特別ゲストの名は教えてもらえず、ウエルカムボードには自分の所属と名前を書くしかなかった。

　これでは俺は自己顕示欲の塊みたいではないか。おまけに相手に見つけてもらうことを祈るのみという他力本願的なお出迎えになってしまったのは実に遺憾《いかん》だった。

　だが東堂は一切の差配をしてくれたのだから、そんな恨み言は、ささやかな愚痴として封印すべきなんだろう。などと考えていると、目指す便が到着したというアナウンスが流れ、到着客が流れ込んでくる。俺は緊張し、人波に目を凝らした。すると背後から肩を叩かれた。

「田口先生、お久し振りです」

　振り返ると、甘いマスクの男性が俺を見つめていた。

「お迎えありがとうございます。ドミンゴ議長の代理として米国臓器移植ネットワークより派遣されて参りました、副議長の桐生です」

　諸般の事情でメスを置き、日本を去った天才心臓外科医・桐生恭一《きょういち》の、相も変わらぬ若々しい姿を見て、懐かしさのあまり目眩を覚えた。

「議長からジャパニーズ・セッタイがあると伺っていますので、今夜は楽しみにしております。そういえば以前、私が日本を去る際の話を覚えていらっしゃいますか。今度お目に掛かる時にはアルコール処方をしていただけるというお約束でしたが」

　桐生の穏やかな声に、俺はようやく、自分を取り戻して言う。

「もちろん、忘れてはいませんよ、桐生先生。ウエルカム・バック・トゥ・ジャパン」

桜宮へ向かう車中は、久し振りの再会のおかげで楽しいものになった。

「帰米したものの手術は当然執刀もできず、これではサザンクロス心臓外科病院を辞すしかないと思った時に、小児外科の移植ネットワークからオファーがあったのです。それは救いでした。臓器移植ネットワークに所属すれば、メスを持てない私でも小児心臓外科に関わり続けることができるのですから。そのおかげで昔からの願いも叶いました。日本の小児臓器移植が進展したのは、米国のエシックス情報を発信し続けた効果が大きかったのです」

車中で桐生の話に耳を傾けながら、その端正な横顔を盗み見る。

昔から真っ直《す》ぐなヤツだったが、年月が経過した今も、ちっとも変わっていないとわかって嬉しくなった。この夏から日本でも小児臓器移植ができるようになった、という高階病院長から聞かされたニュースを思い出す。その背景に桐生が絡んでいたと聞いて驚くと同時に、なるほど、そういうことだったのか、と納得した。

「桐生先生は長年の願いだった日本の医療改革を、米国から実現したんですね。それにしても、お見えになるなら事前に一本のメールくらい、してくださってもよかったのに」

桐生は生真面目に頭を下げる。

「申し訳ありません。実はコーディネーターの先生からの伝言で、田口先生へのサプライズにしたいから、絶対に私の来日を事前に伝えないようにと、ドミンゴ議長から厳命されまして」

脳裏に、ＨＡＨＡＨＡというローマ字の高笑いが響く。あの野郎、と心中で毒づきながらも、俺は東堂の心尽くしのサプライズ・プレゼントをしっかり受け取った。

そこへ電話が入る。ハンドフリーの車載電話から、車中に穏やかな声が流れる。

「久し振りの再会はいかがですか。田口先生に依頼された、接待の店は予約していませんので、適当に行きつけのお店に連れて行ってあげてください。費用は全額、病院で持ちますので領収書をお忘れなく」

「高階先生も桐生先生がお見えになることはご存じだったんですね」

「もちろんです。でも東堂さんからきつく口止めされていたので、お伝えできなかったのです」

高階病院長の声を耳にして、桐生が脇から口を挟んだ。

「私のような者のために、わざわざのお気遣い、ありがとうございます」

高階病院長は一瞬、沈黙する。やがて明るい声が車中に響いた。

「私は日本で桐生先生のキャリアに傷をつけてしまったことを申し訳なく思っておりましたが、今回、メスを持たずに日本の医療を治療してくださったということを東堂さんからお聞きして、嬉しく思っています」

「これもすべて、高階先生の温かいご配慮のおかげです」

俺は桐生の横顔をしみじみと見つめる。こういった言葉を、何の衒《てら》いもなく本心から言えて、しかもそれがそのまま真っ直ぐに相手に届いてしまうところが、コイツのすごいところだ。

年月が過ぎ、風格は増したが、コイツはちっとも変わっていない。病院長との電話が切れると、俺たちは再び思い出話に花を咲かせた。やがて車窓には、桜宮湾の輝きが見えてきた。

玄関で公用車を降りる。最初に不定愁訴外来を訪れたいという桐生の希望に応じたのだ。

「久し振りに藤原さんの淹《い》れてくれた珈琲が飲みたいですね」

「残念ながら土日は藤原さんはお休みなんです。ですので、代わりに私が珈琲を淹れますよ」

二階の外付けの非常階段に西日が差している。間もなく日暮れだ。夜の巷《ちまた》に繰り出す前にちらりと根城に立ち寄るにはおあつらえ向きの時間だ。愚痴外来で寛いでから夕食に行けばいい。

特別ゲストが桐生だとわかった時点で、俺の肩の荷は軽くなっていた。ヤツにとって久し振りの日本だから、どこへ連れて行っても喜んでくれるだろう。

俺は根城の愚痴外来の前に立つ。まさかこの部屋に再び桐生を招く日が来るなど、夢にも思わなかった。だが、ドアノブに手を掛けた次の瞬間、悪い予感が背筋を走った。

部屋から珈琲の香りが漂ってきたのだ。土日は藤原さんはお休みだから、あり得ないことだ。アイツが部屋にいるわけがなく、珈琲だって幻臭に違いない。そう自分に言い聞かせながら、おそるおそる扉を開ける。すると机に長い脚を載せ、長身の男性が寝そべっている姿が目に入った。

男性は身体を起こすと言った。

「遅いぞ、行灯。待ちくたびれたぞ」

俺は脱力した。

「速水、どうしてお前がここにいるんだ？」

「院長に呼び出されたんだ。実はさっき表敬訪問したんだが、えらい目に遭わされた。まったく、性悪の腹黒タヌキのクソ院長め」

速水の悪態を聞くのも久しぶりで懐かしい。だが俺は重大な疑問を思い出す。

「そんなことよりお前、どうやってこの部屋に入ったんだ？」

速水は顎で隣を指す。内開きの扉をゆっくりと閉めてみると、そこには丸椅子に座った白鳥がこくり、こくりと居眠りをしていた。

思った通り、下手人はコイツだったか。いや、だが待てよ……。

「でもコイツだって、ここの鍵は持っていないはずだが」

すると奥の扉が開き、お盆を手にした藤原さんが姿を現した。

「あら、お着きになったんですね。ちょうどよかった。今、珈琲を淹れたばかりです」

「どうしたんです、藤原さん？　今日はお休みのはずなのに」

その声に、船を漕いでいた白鳥は大きくのびをする。藤原さんは寝惚《ねぼ》け眼《まなこ》の白鳥を指さす。

「そちらの方に呼び出されたんです、高階先生も承認した休日出勤と言われたら逆らえません」

俺は桐生を振り返ると尋ねる。

「桐生先生が愚痴外来に来たいとおっしゃったのも、コイツの差し金だったんですか」

「いえ、ドミンゴ議長の指示です。でも、まさかこんな歓待になるとは聞いていませんでした。ご無沙汰しております、白鳥室長」

コイツは誰にでも礼儀正しいヤツだ、と呆れ顔で眺めていると、誰に対しても傲岸不遜《ごうがんふそん》で無礼の塊、白鳥は鷹揚《おうよう》に挨拶を返す。

「うん、久し振りだね。桐生センセも元気そうでよかったよ」

桐生は微笑する。俺は隣で棒のように突っ立っている速水を指さして言う。

「紹介します。コイツは私の同期で元救命救急センター長、現在は極北救命救急センターに出向中の速水です。明日は救急医代表として会議に出席します」

びしりと直立不動の姿勢でいた速水は、俺からの紹介が終わると桐生に言う。

「先生の手術を以前、見学させていただきました。あのメス捌《さば》きは、今でも夢に出てきます」

桐生はさしのべられた速水の手を握り返す。

「光栄なお言葉ですね。私も速水先生にご挨拶を、と思いながら、忙しさにかまけてご挨拶しそびれてしまったのが、ずっと心残りになっていました。お目にかかれて光栄です」

東城大がかつて誇った医療の二大巨頭の、歴史的な初対面の挨拶は、実に感動的だった。その余韻に浸っていた俺は、ふと思い出して、俺は白鳥に向き合う。

「一体どういうつもりですか？　国際会議前日に、演者をこんなところに集めたりして」

すると白鳥は、俺をまじまじと見つめながら、言った。

「僕の方こそ聞きたいよ。どうして田口センセは国際会議の前日に、演者を集めて予演会をやらないんだよ。その気配がなかったから師匠として、国際会議のメンバーをこんな辺鄙《へんぴ》なところにわざわざご招待するという、大切な補完をしてあげたんだから、御礼のひと言があって当然だと思うんだけどなあ」

「う、確かに……。ありがとうございました」

そう言って俺は絶句する。言われてみればＡｉセンターのこけら落としの時も、予演会をやるというオプションを失念し、彦根の強制招集メールを流されたことがあったっけ。

俺って進歩がないなあ、と思いながら、なかばいちゃもんをつけるように白鳥に食ってかかる。

「確かに予演会という重要な行事を失念していたのは私の落ち度ですが、それなら、お呼び立てしたのが速水と桐生先生だけ、というのは中途半端なのでは？」

するとそこに新たなノックの音が響く。

開いたドアから顔を出した男性は、銀色のヘッドフォンを装着している。そこから流れる音楽に身体を揺すっているスカラムーシュ・彦根は、部屋をきょろきょろと見回した。

白鳥は何も言わずに、得意げに俺を見た。これも白鳥の差配か、はいはい、あなたには降参しましたよ、と思ってげんなりしていると、彦根が白鳥に挨拶する。

「白鳥室長、予演会の設定、お疲れさまです」

そして俺に向き合うと、微笑しながら言う。

「それと田口先生、Ａｉ標準化国際会議に演者としてお招きいただき、ありがとうございます。加えてマサチューセッツでの講演会は大成功だったそうですね。やはり東堂先生はアドバイザーに曾根崎教授を起用したようですが、それは考え得る中で最高のオプションですよ」

彦根は俺の隣に佇む桐生を見て、続ける。

「かの天才が引っ張り出してきたのは天才心臓外科医、ドクター桐生だったというわけですか。なるほど、ステルス戦闘機からスーパースターとは、豪華絢爛にして派手なシーケンスですね」

その口から桐生の肖像が描かれたその瞬間を捉えて、彦根を桐生に紹介する。

「彦根先生は房総救命救急センターの病理医で、明日はジュネーヴ大のヴォルフガング教授から委任された桧山シオン先生の代理演者として、Ａｉの国際状況について話してくれます」

桐生が彦根に手をさしのべる。彦根はヘッドフォンを外すと、主賓の桐生に言う。

「初めまして。故郷に錦を飾る天才外科医が、外圧に弱い日本のアカデミズムに、華麗なる一撃を加えてくださることを期待しています」

桐生はうなずく。

「エシックス面を強調し、そこに米国のお墨付きがあれば、Ａｉの社会導入においては、かなりお役に立つはずです。そうなればワシントンの下僕たる日本の官僚たちへの説得材料としては、抜群の影響力になりますから」

一通りの受け答えを終えた彦根は、ようやく俺の隣に突っ立っている速水の存在に気がついて、頭を下げる。

「あ、速水先生も御無沙汰してます」

とってつけたような彦根の挨拶ぶりに、速水は鷹揚に答える。

「おう、久し振りだな。そう言えば世良《せら》さんの極北市民病院にはちょこちょこ出入りしていると耳にしたが、なぜ俺のところには顔を出さないんだ？」

彦根は肩をすくめる。

「こう見えても僕も元外科医ですから、速水先生の前に立つとこき使われてしまいそうで」

「その勘は当たっているな。ま、いいさ。ところでここに島津がいないのはどうしてなんだ？

ヤツが揃えば『すずめ四天王』の同窓会にもなるのに」

学生時代、大学近くの雀荘「すずめ」に入り浸っていた『四天王』は俺、速水、島津、彦根の四人で構成されている。その質問に白鳥が答えたのは、会合を設定した張本人だから当然だ。

「予演会ですからもちろん島津先生にも声は掛けたんですけど、明日のAi標準化国際会議は、島津センセにとっては正念場なので、前日の歓迎会は遠慮するとのことでした」

それにしても速水に対しては、あの白鳥でさえ敬語を使ってしまうというのは、何とも不思議な現象で、違和感がものすごい。

「昔から学業には生真面目なヤツだったからなあ。ま、会議が終わったら半荘《ハンチャン》でも打つか」

速水がそう言うと、白鳥は立ち上がり、丸椅子の下からスーパーの袋をごそごそ取り出した。

「というわけで買い出しをしてきました。今夜は愚痴外来で桐生先生のための無礼講です」

白鳥の能天気な声が響く。さっきまでは予演会と言っていたクセに、と思ったが、コイツの口から無礼講と言われると、たぶん本当にそうなるんだろうな、と納得させられてしまう。

「日本の医療を支えるスピードスター、スーパースター、トリックスターの三ツ星オリオンが、一堂に顔を揃えた晴れの日です。するとさしずめ僕は白鳥座の一等星、デネブなんでしょうね」

おい、俺はどうなっているんだ、と言いたかったが、その前に速水が反射的に吐き捨てる。

「あんたはデネブじゃなくて、ただのデブだろ」

一瞬、場が静まり帰る。次の瞬間、大爆笑の渦に包まれた。

さすが東城大が誇るスピードスター、ジョークの切れ味も超音速だ。

奥の控え室に藤原さんが桐生のための歓迎会場、もとい、明日の国際会議の予演会会場兼懇親会会場を急ごしらえしてくれた。白鳥が準備した品は柿ピーナツやスルメ、チーズかまぼこなどの乾き物がメインで、明らかにツマミの類に偏っていたが、肝心のアルコールが欠けていた。

白鳥の気の利かなさを詰問しようとした時、電話が鳴った。

電話を受けた藤原さんが、受話器口を押さえて俺に言う。

「休日受付からで、不定愁訴外来にお届け物があるとのことですけど」

しばらくすると、扉をノックする音がした。事務の人に先導されて、段ボール箱を抱えて部屋に持ち込んできた酒屋さんが帽子を取って頭を下げた。

「まいどあり。ビール三ダース、日本酒一升瓶二本、焼酎十本でよろしかったですか」

「あの、こんなの頼んでいませんけど」

「院長先生からの注文で、お代も頂戴しております」

俺たちは呆然と膨大なアルコールを眺めた。

「こんなに沢山寄越すなんて、まったく何を考えているんだろう」

俺が言うと、白鳥は軽蔑したような表情で俺を見て言った。

「久し振りの桐生先生の来日なんだから、しみったれた歓迎会なんてできないでしょ。いやあ、さすが古狸《ふるだぬき》、ツボはしっかり押さえてくるね」

俺だってしみったれた歓迎会にするつもりは毛頭なかったが、言い訳はせずに藤原さんと一緒に酒瓶をテーブルの上に並べ始める。その様子を見ながら、速水が顔をしかめる。

「焼酎の瓶が乱立しているのを見ていると、古傷がうずくな」

コイツにも色々あるんだろうなと思う。俺はふと、鼻を鳴らした。

「そう言えば、お前、何だか生臭いぞ」

速水はクンクンと自分の袖を嗅《か》いだ。

「さっき、病院長室に、北海道土産に新巻鮭を届けたんだ。その後で、ここに顔を出すようにと指示されたんだが、こんなことになるんなら、アレはこっちに持ってくればよかったな」

彦根がうなずく。

「まったくです。事前に教えてもらえれば、僕だって九州の辛子《からし》蓮根《れんこん》を持って来られたのに」

事前の連絡不行き届きを責められているように感じたのか、白鳥は突然向きを変えると、桐生に向かって言う。

「桐生先生も久し振りの日本だから、スタンダードな乾き物は懐かしいでしょ」

「ええ、こういうのは大好きです。でもね白鳥さん、今では米国のスーパーでも、こういう品は手に入るんですよ。まあ、あちらはすべてがキングサイズですが」

桐生は微笑する。白鳥は肩をすくめると、突然、宣言する。

「とにかく今夜は久し振りの再会で、はるばる来日した桐生先生の歓迎会だし、明日のAi標準化国際会議の前祝いの予演会でもあるから、細かいことは気にせずに徹底的に飲み明かそう」

国際会議の予演会と徹底的に飲み明かすという文脈は、どう考えても同居できる類のものには思えない。でも、そんな細かいことを気にしていたら、コイツらとはつきあえない。

なので俺は黙ってビールの栓を抜いた。

コップにビールが注がれると、なぜか白鳥が立ち上がり、勝手にグラスを高く掲げた。

「それでは、東城大の旧友たちが一堂に会したことを祝して、乾杯」

東城大関係者でも、明日の国際会議の演者でもないお前が、どうして乾杯の音頭を取るんだ、などというツッコミは、グラスを合わせる華やかな音の前に雲散霧消してしまった。


桐生の歓迎会は節操のない飲み会に堕するのではないかという予想に反し、酔うほどに会話は明日の検討会の内容に集中していった。それはまさしく予演会そのもので、これなら島津もこの会に参加した方がよかったのではないかと思えるくらいだった。

つまり白鳥の設定は、その本来の主旨はともかくとして、いつの間にか中身はきわめて誠実な企画に成り果ててしまった、というわけだ。

口火を切ったのは彦根だった。トリックスター・彦根は、スーパースター・桐生に対し敵愾《てきがい》心を持っていたようで、無謀にも突然の論戦を挑んだのだ。

「Ａｉを倫理で論じる必要はありません。遺体損壊行為である解剖が受容されているのだから、Ａｉを問題にするなら、解剖もエシックスの俎上《そじょう》に上げるべきです。けれどもそんなことをしたらＡｉは社会の同意を得られるけれども、解剖はコンセンサスを得られず、社会制度から抹消されるなどという、逆転状況さえ出現しかねません。ですから明日は桐生先生にはたったひと言、Aｉはエシックス・フリーだと言ってもらえればそれでゲーム・オーバーです」

ビール一杯で、彦根はすでに酔っていた。もともとコイツは下戸なので、挑発的な言葉を抑制できない状態になっている。だが対する桐生はずっと大人だった。

「その意見には賛成です。でも新しい概念に臆病になるのが世の常、特に日本社会の本質です。小児移植の領域でもＡｉは重要な役割を果たしますが。現代社会での死の定義に関与することになるＡｉは、社会における死の定義を考え直させるきっかけになるでしょう」

彦根は驚いたような顔で桐生を見た。

「Ａｉは単なる死亡時画像診断で、死亡時医学検索のひとつにすぎません。積極的に推進してきた僕でさえ、そこまでの深い意義はないと考えているんですが」

言い返す彦根に、桐生は穏やかに笑いかける。

「現代では死の境界線が曖昧になっています。脳死は、医学が進歩し昔なら生存不能な人が、機械の補助で生き永らえるという状況が出現し、新しい死の定義が必要になったため、新たに生み出された概念です。しかも脳死を設定した本来の目的は、移植に新鮮な臓器を提供するためです。死の三徴は呼吸停止、心停止、瞳孔《どうこう》散大で、そのうち呼吸と心臓の機能は機械で代行できますが、瞳孔散大で代表される脳機能だけは機械補助ができません。そのため新しい死が出現したわけですが、そこで考えてみてください。脳死判定の前にＣＴ撮影をしたら、それはＡｉですか？」

「違います」

彦根が即答すると、桐生は質問を重ねる。

「では、脳死と判定された後では、その画像はAiになりますか？」

ここまで来て、俺にもようやく桐生が問題提起したいことが理解できた。脳死判定に画像診断が組み込まれると、Aiは死亡を判定する画像になってしまうので、Aiを読影した瞬間に死が確定されるという、SFもどきの事態が出現してしまうわけだ。

「医学が進歩し、人工授精という技術が生まれたため生命の起点が前方に遡《さかのぼ》り、受精卵が生命個体の発生点になりました。また、人工呼吸器や人工心臓が出来たため、死は後方に延長された。その新しい終点が脳死です。こうした概念の転換時に基本になる医学文法がエシックスです。新しい医学、医療を一般大衆に呑み込ませるには、エシックスは必要不可欠なのです」

彦根と桐生の会話に耳を傾けていた速水が、我慢ができなくなったように、言葉を挟む。

「あんたが言うともっともに聞こえるが、世の中みんなが純粋にエシックスを用いているわけではないだろう。俺は救急現場でいつもエシックスに足を引っ張られ続けてきた。生死の狭間で、いちいちコンセンサスを得ていたら助けられる命も助からない。それは俺にとっては罪なんだ」

俺と速水が同じ人物を脳裏に思い浮かべていることは百パーセント確実だ。

「外科医や救急医がそう考えるのは当然です。外科医とは個人被災という戦場で瀕《ひん》死《し》の重傷者に対応する軍医です。戦場では倫理は成立しません。文明とは戦場を減らし、平和の中で哲学することにある。そして平和な世界の憲法こそがエシックスだと考えます」

速水は黙り込む。それは速水の考えとは相容れない回答だった。だがすべてを知り、その上ですべてを凌駕《りょうが》する神の視点でもあった。

エシックスとは、神が手にした時には最強の兵器になるのだと、俺は悟った。だが反対に、政治臭が強い俗物が手にすると、腐臭の耐え難い代物に堕し、素直に呑み込めなくなってしまう。そしてこの社会では往々にして、そっちのケースの方が多い。東城大に棲息《せいそく》しているエシックスの権化と同じような言葉でも、桐生のような人物が口にすれば、無敵の説得力が生まれる。

こういうのを人徳というのだろう。

「桐生先生は少し変わりましたね。昔はもっと直情径行《ちょくじょうけいこう》な方でした」

俺の言葉に、桐生は微笑する。

「それは仕方ありません。メスを持てなくなった外科医は、哲学者になるしかないんです」

怒れる救急の血まみれ将軍・速水が黙り込んだ傍らで、彦根が酔眼で桐生をにらみつけている。議論でねじ伏せられたことが我慢できないという表情だ。議論の場で自分の論理を真正面から否定されるなどということは、口達者なヤツにとっては滅多にない経験だったに違いない。

剣呑《けんのん》な空気を漂わせた彦根は、再び桐生に挑みかかる。

「脳死判定にAiは必須ではありませんので、社会的に脳死判定後の検査をAiと定義すれば、矛盾は生じません。そう考えれば桐生先生が指摘した矛盾撞着《どうちゃく》は解決するじゃないですか」

彦根が再び議論を戻すと、桐生は微笑して答える。

「でも脳死判定にAiが必須になれば、その時はAiの再定義が必要になりませんか？」

「そうかもしれませんが、単にそんな設定にしなければ済むことなのでは？」

「こういう議論では、あらゆる前提を事前に検討することが重要だ、とエシックス・エリアでは考えられています。加えて世の流れは、そのような設定が導入される趨勢《すうせい》にある。そのトレンドの源は小児臓器移植にあります。日本の立法では小児臓器移植の脳死判定の際、死亡原因が虐待だと判明すると除外要因になる。では虐待を診断するにはどうすればいいのでしょう？」

彦根は呻くように言う。

「虐待の診断はＡｉを実施しないと不可能です。虐待の診断基準には陳旧性の多発性骨折という項目があり、その所見の検出は、解剖では不可能で、画像診断が必須ですから」

桐生はうなずく。

「お気づきになったようですね。Ａｉを実施しなければ小児の脳死患者の移植判定はできないわけです。するとＡｉを実施し虐待所見を発見したら、脳死判定自体を停止してしまうかもしれません。経過観察していた昏睡患者に脳死判定をしようとするモチベーションは、臓器移植のためだからです。すると同じ撮影でも、臓器移植が可能なら脳死と判定され、そうでなければ延命が続けられるというパラドキシカルな状況も出現し、その時撮影された画像はＡｉになったりＡｉでなくなったりする。これは医学の範疇《はんちゅう》を逸脱した、論理破綻した状況です」

桐生が淡々と積み上げるロジックを懸命に追い、彦根の頭がぐらぐらと揺れる。必死に考え続けているようだが言葉が出ない。平易な言葉を重ねる桐生に、論客の彦根がじりじり押し込められていくのが端《はた》で見ていてもわかる。

彦根の反論を待った桐生は、言葉がないので続ける。

「医学は科学に属しますので、論理的一貫性を以て構築することができるはずです。けれどもそうした一貫性は、人間社会ではたいていどこかで崩されてしまう。そうした破断点のひとつとして、人工物である法律が挙げられます。自然の哲理を人工物の法律に凌駕させようとするから、歪《ひず》みが生じるのです。でも、自然を人工物の上位に据え、序列を正せば、それは是正できます。明日の講演で、私はこうしたロジックを中心に、日本の脳死関連法の不備を問題提起することで、その時に生じるであろうＡｉの蓋然《がいぜん》性についてお話ししようと思っています」

彦根は酔った頭で懸命に反論を考えているようだ。

「つまりＡｉを生と死の境界線を引くための必須の検査だと規定するわけですね。でもそれは、人工物であるＡｉを、自然の哲理である死の判定において上位に置くことになりませんか」

桐生の論理に一撃を加えようとした彦根の言葉に、桐生はあっさりうなずく。

「さすがはＡｉの精神的支柱という方だけあって、問題の把握が早くて明晰な上に、お言葉には含蓄がある。医学が高度に発展した現代社会においては、生と死の狭間はグレーゾーンの幅広い緩衝帯になり、人工的な境界線としてしか存在し得ない、という真理を示しているわけです」

黙って柿ピーナッツをぽりぽり食べていた白鳥が顔を上げる。

「今のやり取りはまさに新しい知が世界に産み落とされた瞬間だね。そんな歴史的場面を目撃できるなんて、すごいよ。おまけにこれで解剖とＡｉの相克も解消したね。Ａｉは生と死の境界線を引くために医療が必要とする検査。解剖は死亡した原因を調べるため行なわれる医学の土台。これで解剖におとしめられ続けてきたＡｉにも、ようやく居場所ができたわけだ」

白鳥は酔ったように、滔々と続ける。もっともヤツは自分の言葉に酔っていたわけではなく、単純にアルコールそのものに酔っぱらっていたわけだが。

「Ａｉは医療現場でのフレキシブルな情報で、死後の医学検査である解剖とは次元が異なる。解剖と同様の側面を持ちながら、非破壊検査の特性から、Ａｉは患者の死を客観的に確定できる境界領域の検査になるのさ。だから市民社会に適応する医療の基礎に置かれるだろうね」

最後は、白鳥が綺麗にまとめて、おいしいところを持っていってしまった。だが桐生も彦根も素直にうなずいていたので、議論の傍観者だった俺がとやかく言うことでもない。

白鳥は立ち上がると、各々のメンバーが手にしているコップに焼酎をどばどばと注《つ》ぎ回る。全員のグラスを満たすと、自分のコップを高く掲げた。

「これで明日のＡｉ標準化国際会議は、大成功は間違いなしだね。前夜祭を祝して乾杯しようよ」

前夜祭ではなくて予演会だろうと思いながらも、黙って杯を掲げた。白鳥の朗らかな声が響く。

「Ａｉの未来を祝して、乾杯」


それ以降は泥沼のような飲み会になった。

ふと時計を見ると三時を回っていた。日付けが替わるまでは、桐生をホテルに案内しなくてはという義務感が頭の隅に引っ掛かっていたものの、今では完全に消滅してしまっている。これではホスト失格だが、桐生当人が楽しげに過ごしているからまあいいか、という気になる。

彦根はとっくにダウンしている。白鳥も目をしぱしぱさせ、ノックダウン寸前だ。

だが見上げたことにヤツは、最後の力を振り絞って俺の側に寄ってくると、こう言った。

「田口センセは、今は明日の国際会議の運営のことで頭が一杯だろうけど、忘れないでね。日付の上ではもう明日になるけど、国際会議翌日の月曜日、例の宿題のケリをつけるから」

その言葉を告げた直後、白鳥は俺の目の前で轟沈《ごうちん》した。俺の中で酔いが一気に回っていく。

目の前では速水と桐生がハイピッチでコップを空けている。隣で藤原さんも平然とそのペースについていっている。俺の頭がぐらぐらし始め、周囲の世界がぐるぐると回り始めた。

三人の酒呑童子《しゅてんどうじ》を前にして、俺の世界は暗転した。


朝。目覚めると机に突っ伏した俺に毛布が掛けられていた。目をあけると、隣で白鳥が同じような姿勢で机に突っ伏している姿が目に入り、ぎょっとする。顔を上げて周囲を見回すと、三つあるソファには速水と桐生と彦根が眠り、それぞれ毛布が掛けられていた。

藤原さんの姿はなかったが、机の上の大皿には、おにぎりが並べられていた。酔いつぶれた悪ガキたちのために藤原さんが作ってくれたのだろう。その真っ白な握り飯がずらりと並べられた光景はなかなかに壮観で、この呑み比べの真の勝者が誰だったのかを雄弁に物語っていた。

時計を見ると朝八時。会議開始は午前十一時で、事前打ち合わせ開始は十時半だからちょうどいい時刻だ。ずきずき痛む頭を抱えながら他のメンバーを起こし始める。

ある者は生あくびを嚙み殺し、また別の者は頭を抱えながら目を覚ました。

さあ、ついに本番、Ａｉ標準化国際会議がいよいよ二時間後に開幕する。

その日の夕方、Ａｉ標準化国際会議は大盛況のうちに幕を閉じた。

前夜に徹底した無礼講、もとい、前夜祭、いや、もとい、予演会を実施したおかげで、発表者はそれぞれ役割をきちんと理解していたため、各々の発表だけでなく、それらを有機的に再構成できた。おかげでとてもエキサイティングな会議になった。

英語面でも国際会議の運営面でも、心強いサポートをしてくれたのは放射線科代表の島津だ。俺の拙《つたな》い講演を英訳してくれ、中心になってシンポジウム会議をまとめてくれたおかげで、特に最後にシンポジスト一同を壇上に集めて行なったオープン・ディスカッションでは、客席からも積極的に質問が多数出て、Ａｉの理念と実際の状況について有意義で活発な議論が行なわれた。

だがこの国際会議の成功の最大の立役者は、この場にいないコーディネーター・東堂であることは間違いない。エシックス代表のゲストに英語を使う必要のない絶妙の人材を配置するなど、英語が苦手な俺のことを親身に考えてくれていることが、じんわりと伝わってくる。

国際会議の最後に設定された俺の特別講演では、マサチューセッツ医科大学（ＭＭＳ）での、臨時特別講演の経験が如実に生かされ、最後まで落ち着いて発表することができた。最前列で傍聴していた師匠の白鳥からは終了後に「いやあ、田口センセの男前がすごく上がったね」などという過分なお褒めの言葉を頂戴したくらいだった。

俺自身も内容に満足していたが、壇上に立っても舞い上がることがなかったのは、ＭＭＳでのスプーン・オペーション（ＳＯ）の洗礼を受け、ステルス・シンイチロウからの奇襲攻撃を自力で凌《しの》ぎきったという二つの経験が、何よりも自信になったからだ。

ああした出来事以上に突飛で過激でシビアなことなんて、そうそうは起こらないであろうと、俺は端《はな》から高を括っていたし、実際、まったく思った通りになった。

大会運営委員長としてステージに立ち、最後に閉会の挨拶をした俺の耳に、〝ＨＡＨＡＨＡ、マイボスを千仭《せんじん》の谷に突き落としたミーの忠誠心を、ようやく理解してくださったようですね〟という東堂の得意げな言葉が耳に響いたような気がした。

唯一、心残りがあるとすれば、島津の無念だろう。この国際会議は島津のメインフィールドなので心置きなく大車輪の活躍をしてもらえたまではよかったのだが、会議が終わった後で俺たちが、会場で行なわれた議論よりも昨夜の無礼講、もとい、前夜祭、いやいやもとい、予演会でのディスカッションの方が百倍は濃くて面白かった、などと口々に言い合っているのを聞いて、歯がみをして悔しがった。まあそれは自業自得と言えないこともないのだが。

とにかく俺は、大きな肩の荷が一つ下りてほっとしていた。だが、これで終わりではない。

明日、誤診問題にケリをつけると白鳥が宣言したからだ。

会議が終了した時、白鳥は彦根を引き連れて一瞬姿を消したが、二人ともすぐに戻ってきて、俺たちに合流した。俺たちは卓を囲み、桐生、白鳥も交えて麻雀をした。

久し振りにすずめ四天王が顔を合わせた上に、スペシャルゲストが加わった麻雀が、前夜の打ち合わせとはまったく違う意味で白熱したバトルになったことは言うまでもない。

18

11月16日（月）午後1時
病院BF・病理検査室

月曜午後一時。病理検査室には、今回の件で白鳥が再事情聴取した関係者が集められていた。レクチャー・スコープが設置された検鏡室には菊村教授に牛崎講師、饗場技師長、友部技師と真鍋技師、クラークの花輪さん、そして俺と白鳥という合計八名が顔を揃えた。

「お忙しいところお集まりいただき、誠にありがとうございます。実は患者さんへの調査報告をする前に、僕の不肖の弟子が作成した報告書の内容が妥当かどうか、改めて検証します。この件は病理検査室の存続を揺るがしかねない大問題ですので、こうしてお時間を頂戴したわけです」

菊村教授が不愉快そうな表情で言った。

「この件は牛崎君の誤診という結論で決着がついたのではなかったのかね」

「確かに田口センセの報告書ではそんな結論になっています。でも僕はへそ曲がりなので、鉄板に見えることでも、まずは疑ってみるんです。ほんの一時、お時間をいただけばケリがつきます。医療安全向上のためですので、ご協力くださいね。お詫びと言ってはなんですが、みなさんに美味しいお煎餅をご馳走しますので」

白鳥は鞄から紙袋を取り出す。藤原さんに預けていた煎餅の袋だが、もともとは病理検査室のカンファレンスルームにあったものだから、それって単なる返却だろ、と心中で毒づく。

そのせいか、誰も煎餅には見向きもせず、紙袋はぽつんと机の上に置かれたままだった。

「まずはお二人の病理医の診断能力を確認するため、テストします」

そう言った白鳥は、袋をごそごそと漁《あさ》って、黒い小箱を取り出した。そして蓋を開け、箱の中にあったスライドグラスを、鼻歌を歌いながらマッペに並べ始める。

菊村教授が顔を真っ赤にして、言う。

「失敬な。我々の診断能力を疑っているのか」

「確認できる部分を一歩一歩進めていくだけです。今から解答用紙をお渡ししますから、五検体分の診断名を記載してください」

「くだらん。実にくだらん」

そう言いながらも菊村教授は五枚のスライドグラスをステージに載せ、次々に診断をしていく。同じ像を見ながら牛崎講師も黙々と解答を連ねていく。二人のその姿は妙に似ていて、いろいろあっても、やはりこの二人は師弟なんだなあ、と妙なところで感心してしまう。

「終わったみたいですね。それじゃあ田口センセ、解答用紙を回収して」

まるで期末試験の試験官補佐だな、と思いながら、言われた通り二人の解答用紙を集めて、白鳥に手渡す。白鳥は二枚の答えを見比べ、読み上げる。

「①腺癌、②結核結節、③腺癌、④小細胞癌、⑤扁平上皮癌。いやあ、お見事です。おふたりとも全問大正解、満点です。まあ、初歩的な問題ですから当然でしょうけど」

「当たり前だ。このレベルなら医学生でも診断できる、初歩的な検体だ」

菊村教授が憮然《ぶぜん》として言うと、白鳥はうなずく。

「ですよね。病理医なら誤診しようがないと、僕の専任の病理アドバイザーも言っていました」

昨日の国際会議の終了後、麻雀大会前の一瞬、白鳥が姿を消したのは、彦根にこの病理診断の確認を取っていたわけか、と合点した。白鳥は続けた。

「さて、この五検体がどういう素性か、たぶんもうおわかりですね」

牛崎講師がぼそりと答える。

「ラベルを見ればわかります。問題の日に採取された気管支鏡の生検ですね」

「これまた大正解。これは本年八月二十日、病理検査室で受けつけた気管支鏡生検検体で、病理番号２００９―３９９７から４０００１番までの五検体のスライド標本です。でもって牛ドンは、この初歩的な二例目の結核結節、『３９９８』を扁平上皮癌と誤診したんですよね」

「自分でもいまだに信じられない思いですが、その通りです」

牛崎講師はうなだれる。白鳥は集まった人々の顔を、順番に見つめながら言った。

「さて、問題をおさらいしましょう。本年九月七日に実施された気管支鏡生検五件のうち二件目、小栗さんの本来の診断は結核だったんだけど、扁平上皮癌と誤診され、誤った手術が適用され、患者は死亡した……とまあ、こんな感じですかね」

白鳥が周囲を見回す。菊村教授が咳払いをして、答える。

「まあ、概ねその通りだ」

すると白鳥はにっこり笑って続ける。

「ご承認ありがとうございます。では次に行きます。この病理検査室のミスは二つ可能性がある。1．診断した病理医の誤診。2．標本を作製した技師の検体取り違え。さて、いかがでしょう」

牛崎講師と饗場技師長が顔を見合わせ、しぶしぶ「間違いありません」とうなずく。

白鳥は大きくうなずく。

「幼稚園児に言い聞かせるみたいに逐一確認を取ったのは、この後の証明がややこしいからです」

「そんなに難しい問題なんですか、この件は？」

俺が反射的に質問すると、白鳥はげっそりした顔で俺を見る。

「やれやれ、今さらそんな質問をするなんて、不肖の弟子から無粋なお荷物に格下げだよね。いいかい、僕はややこしい、と言ったけど、難しいなんてひと言も言ってないよ。問題は簡単なんだ。だけど、ちょっとごちゃごちゃしていて、理解力が乏しい人だと途中で放り出してしまいそうだから、こうやって親切心であらかじめ説明してあげているってわけ。わかった？」

なんでささやかな質問をしただけなのに、ここまで言われなくてはいけないのか、という不条理に耐えることができたのも、一刻も早く、白鳥が摑んでいる真相とやらを知りたい一心だった。

俺が押し黙ってしまったのを、自分の言葉を理解したのだと見なした白鳥は、改めて牛崎講師を見た。それからポケットからスライドケースを取り出した。

「次に、新たに追加する検体をもう一枚、診断してもらいます。レクチャー・スコープはこちらで操作しますのでお二人とも、よくご覧になってくださいね」

すると菊村教授は、今度は反発せずに、興味深そうに白鳥に尋ねた。

「あんたに顕微鏡操作ができるのかね」

「こう見えても本省で干されていた時、病理専門医や法医専門医の資格を取りまくりまして。ですから最低限の診断くらいはできます。ちなみに今の五検体は、僕でも診断がつきました」

「ほう、厚生労働省のお役人にしては大したもんだな」

菊村教授が感心したように言う。白鳥は慣れた手つきでスライドを顕微鏡の台に載せる。

二人の病理医はしばらく黙っていたが、やがて牛崎講師がぽつりと言った。

「ごくありふれた、扁平上皮癌です」

「そうですね。でも僕ってムダが嫌いで、特に無意味なリピートなんて耐えられないんです。ですからそのことを前提にして、もっとよく見てください。他に気づいたことはありませんか？」

二人の病理医はスコープをのぞき込み続ける。やがて牛崎講師が「あれ？」と声を上げた。

「どうしました？」

「先ほどの五番目の検体を見せてもらえますか。それも低倍で」

白鳥は指定された検体を取り出し、顕微鏡に載せる。

「やっぱりそうだ。この二枚はまったく同じ検体です」

「何だと？　これは一体、どういうことだね？」

菊村教授が怪訝そうな表情で尋ねると、白鳥はあっさり答える。

「これは、牛ドンが誤診したとされる日に作製された未染スライドを染色したものです。病理検査室では生検検体に、緊急の特殊染色用に未染スライドを二枚作るそうなので、余った一枚をお借りして、知り合いの施設で染色してもらいました」

菊村教授は、くわっと目を見開き、白鳥を睨みつけた。

「そんな話はまったく聞いていないぞ。病理検査室の最高責任者である私が知らないのに、一体誰が未染標本をあんたに貸し出したんだ？」

「貸し出してくれたのは友部さん、検査の許可をくれたのは高階病院長です」

白鳥が即答すると、友部技師は目を白黒して白鳥と菊村教授を交互に見つめた。

「え？　だってこの方が、後で必ず菊村教授の許可をもらうからと言われたので……」

白鳥はへらりと笑う。

「ごめんごめん、高階センセの許可はもらったんだけど、菊リンの事後承諾はもらい忘れていたんだ。でも検査室内には友部さんの他に、未染スライドがごっそりなくなっているという件に、いち早く気づいていた人がいたはずなんだけど、菊リンには報告しなかったんだね」

「気づいていた人、だと？　誰だね、それは」

菊村教授は饗場技師長と真鍋技師を交互に見つめた。ふたりとも静かに首を振る。

「あれえ？　いつもなら、真っ先にしゃしゃり出てくる花ちゃん、今日は妙におとなしいですね」

白鳥はにやにやして告げ口を敢行した。うろたえた花輪さんは目を左右に泳がせて、言う。

「確かにあたしは、その辺の検体がごっそりなくなっていることに気がついて、田口先生にお知らせしましたが、調査中だからときつく口止めされていたので、黙っていたんです」

「へえ、今の話って本当なの、田口センセ？」

白鳥は疑わしそうな表情で尋ねた。そんな記憶にはなかったが、善意で知らせてくれた花輪さんをあまり追い詰めたくなかったのと、自分の記憶違いかもしれないので、曖昧に答えた。

「デリケートな問題ですから、無意識に口止めみたいな言い方をしてしまったかもしれません」

「田口センセは相変わらず優しいね。でもその優柔不断さが真実をねじまげ、結果的に人を真実から遠ざけてしまうんだけどなあ。それよりもとにかくまず、牛ドンの誤診のケリをつけてしまいましょうか」

白鳥は二人の病理医の解答用紙を並べた。そして読み上げる。

「というわけでこの未染標本の病理診断によって、小栗さんの本当の診断は実は癌だったので、牛ドンが誤診したというのは誤解だったと判明したのです」

「どういうことだね。彦根先生の立ち会いの下、私と牛崎君も一緒に検鏡した小栗さんの検体は結核結節だったではないか。その件はどうなるのかね」

菊村教授が憤然と質問する。白鳥は先ほどの、不当な手続きで拝借し勝手に染色した未染スライド、いや、もとい、元未染スライドで現在は染色されたスライドをずい、と差し出す。

「ぎゃあぎゃあ喚《わめ》く前に、このスライドと病理検査室の正式スライドをよく見比べてみてよ」

その場に居合わせた人々が、一斉に白鳥が指さしたマッペに置かれた一枚のスライドに歩み寄る。そして触れ合いそうになるのを気遣いながら、不当スライドを見つめる。

未染スライドを染めただけなのでシールは貼られていない。鉛筆で殴り書きされた番号が、妙にざらついて見える。全員の視線が集中する中、真鍋技師の声が上がる。

「あら？　この『３９９８』って、確か小栗さんの検体の病理番号です」

「お気づきになりましたか」

白鳥はマッペに並べられた正式スライドのラベルを指さす。「２００９―３９９８」という番号が、殴り書きの鉛筆書きと打ち出されたラベルで確かに一致している。

菊村教授が尋ねる。

「これは一体、どういうことだね。さっぱり話がわからんぞ」

すると牛崎講師が声を上げた。

「ちょっと待ってください。この標本の顕微鏡像をもう一度見せてもらえませんか」

白鳥はレクチャー・スコープの前に座る。菊村教授と牛崎講師が顕微鏡をのぞき込む中、白鳥が顕微鏡を操作する。牛崎講師の興奮した声が、室内に響いた。

「間違いありません。この検体はさっきの⑤と同じものです。つまり②の『３９９８』は、ラベルが貼られた公式スライドでは⑤の『４００１』と入れ替わっていたんです」

饗場技師長が震える声で何かを言いかけて、言葉を呑む。白鳥が滔々と言う。

「これで判明したことは三つありますね。１．小栗さんの本来の診断は扁平上皮癌だったので、牛ドンの誤診ではなかった。２．薄切標本を作製するまでは、すべて正しく受け付けられていた。３．最後にラベルの貼り違えがあったらしい、です」

牛崎講師が検査技師の三人を見ながら、おずおずと尋ねる。

「そうなると今回の件は、技師さんのラベルの貼り違えだったんですか」

「未染標本と正式標本を比較すれば、そういう結論になりますね。実際、桜宮科学捜査研究所で正式標本を透過光検査してもらったら、ラベルの下に書かれた受付番号とラベルの番号は違っていました。つまりシールの貼り違えは科学的に立証されたのです」

白鳥があっさりとそう言うと、真鍋技師が悲鳴のような声を上げる。

「そんなこと、絶対ありません。マッペにスライドを番号順に並べて、シールと番号が一致していることを一検体ずつ確認しながら貼っていくので、間違えるはずがないんです」

真鍋技師はすがりつくような視線を俺に投げながら言う。だが白鳥は首を振る。

「真鍋さん、人は間違える生き物です。〝絶対ない〟ということは絶対に言えませんよ」

白鳥に断罪されて、真鍋技師は唇を噛んで黙り込む。救いを求めるような真鍋技師の視線を、牛崎講師は受け止めたが、すぐにうつむいてしまう。真鍋技師の顔は蒼白《そうはく》になった。

「なるほど真相はラベルの貼り違えだったのか。この件ではいずれ誰かが、責任を取らなくてはならないと思っていた。残念だが、真鍋君には辞めてもらうことになるかもしれないな」

菊村教授が言うと、真鍋技師は唇を震わせて何かを言おうとしたが、言葉にならなかった。

「でも、変ですね。ラベルの貼り違えだとしたら、二つの検体の間に別の検体がはさまっているのはおかしくありませんか？」

「私も真鍋君がこんなミスをするとは信じられないのですが。ただ現実にはスライドが……」

助け舟のつもりだった俺の言葉は、あっさり饗場技師長に打ち消され、俺は黙り込む。

すると白鳥は携帯用スライドケースから、シールのないスライドを取り出し、顕微鏡に載せ、にこやかに言う。

「さて、話が煮詰まってきたところで、もう一枚。牛ドン、コレを診断して」

スコープを覗いた牛崎講師は、マッペ上にあるラベルつきスライドと見比べながら即答する。

「結核結節です。未染スライドの受付番号は『4001』、つまり⑤ですが、ラベル付きの正式スライドでは『3998』で小栗さんの検体②となっています」

「ご名答。僕から付け加えることは何もないよ。僕の出番を奪わないでほしいなあ」

白鳥がご機嫌で言う。饗場技師長は吐息を漏らして、言う。

「残念ながら真鍋君が②と⑤のラベルを貼り違えたことが、これで裏付けられたわけですね」

真鍋技師は黙って肩を震わせている。すると白鳥は両手を広げて、言った。

「ご心配なく。こう見えても僕はフェミニストなので、美しくて誠実な女性が、悲嘆の涙に暮れるままにはしませんから」

啞然として白鳥を見る。何を言っているんだ、コイツは？

「さて、と。それじゃあ、迷える子羊たちのレスキューを始めることとしますか」

いよいよ、その言動の意味が混沌としていく中、白鳥は、部屋の隅のホワイトボードの前に立ち、ペンを手に取ると、二枚の長方形のスライドの絵を描き、②、⑤と番号を打った。

「実は問題の日に真鍋さんが受け付けた五件の気管支鏡生検を全部、正式標本と未染標本で見比べてみました。すると①、③、④に違いはなかったので、②の『3998』と⑤の『4001』に問題は集約されます。ここまではよろしいですね」

怪訝に思いながらも、俺たちは一斉にうなずいた。白鳥は続ける。

「ラベル検体の診断は②は結核結節、⑤は扁平上皮癌です。一方、ラベルなしの未染検体では、検体が入れ替わっているので②は癌、⑤は結核となる。どちらが真実かと言えば、たぶんラベルの貼り間違えがあったようなので、未染検体の診断結果が正しいわけです」

俺たちは一斉にうなずく。これのどこがややこしいというのだろう。

すると白鳥は、まるで読心術を操ったかのように、言った。

「今、みなさんの中に、最初に僕がこの問題はややこしいだけだ、と申し上げたのを思い出し、どこがややこしいんだよ、と心中でツッコんだ人が若干名います。さ、該当者は挙手して」

白鳥がそう言った途端、菊村教授と牛崎講師は、俺と同時に目を伏せた。三人の技師と花輪さんはきょとんとして白鳥を凝視している。なるほど、白鳥の憶測的中率は七名中三名、五割弱とは当てずっぽうにしてはまずまずの数字だろう。ただし当然ながら誰一人、挙手した者はいない。

「ややこしくないと思っているなら、今の話がおかしいことに気がついてもよさげなんだけど、そうじゃないってことは、すでにややこしさのジャングルの中で惑っている証拠だよね」

白鳥はうっすら笑ってややこしい説明をすると、牛崎講師を凝視した。

「ねえ、牛ドン、今回の件を真鍋さんのラベル貼り違えってことにしちゃって、本当にいいの？それで牛ドンので良心は痛まないの？」

牛崎講師は、唖然として白鳥を見た。

「なんで私の良心が痛むんですか？　真鍋君がそんな初歩的なミスをするなんて、私だって信じられません。でも、その事実を私たちに突きつけたのは、あなたの調査結果なんですよ」

白鳥は深々とため息をついた。

「ほら、やっぱり。牛ドンはこんがらがった迷い道の三叉路《さんさろ》で、完全に真実を見失っているよ。いいかい、真鍋さんがラベル貼り違えをしていたら、牛ドンも誤診したことになるんだよ」

「はあ？　どうしてそうなるんですか？」

まことにごもっともな疑問を、当然のように牛崎講師は即座に口にする。

白鳥はうっすら笑う。

「では、ここでクイズです。ラベルが貼られた正式スライドの②と⑤の診断を、述べよ」

大昔の口頭試問を突然思い出し、俺の古傷がうずいた。質問された牛崎講師は、むっとした表情を浮かべたが、次の瞬間、即答する。

「②が結核結節、⑤が扁平上皮癌です」

「正解です。では第二問。それぞれに牛ドンがつけた、公式の診断結果を述べよ」

「②は扁平上皮癌、⑤は結核結節……あ」

「ほらね、牛ドンは誤診しているでしょ」

「でも未染標本でわかった真実は、私の診断が正しいと……」

「その通りだけど、そのことがわかったのは僕が未染標本を染色して確認したからだよ。でも、牛ドンはラベルを貼られた正式な病理標本を診断したんだから。やっぱり誤診したわけでしょ。つまり真鍋さんのラベル貼り違えは、牛ドンの診断とはまったくの無関係なんだよね」

「そんなバカな、だって私の診断は結局真実だったと……」

牛崎講師の肩が震えている。ムリもない。たった一例の誤診ですら許容範囲を超えているのに、二例も初歩的な診断を誤診したと指摘されたら、堪忍袋の緒も切れるだろう。

「ほら、やっぱり牛ドンは、ややこしさの迷い道で迷子になっていたみたいだね。それなのに、自分ではお家に帰りついていたと、勝手に誤解してたんでしょ」

俺は啞然としながらも、白鳥の明快なロジックにうなずかざるを得ない。

その場に充満した疑問符に答えるかのように、白鳥の能天気な声が響く。

「みなさん、どうかご心配なく。牛ドンの誤診疑惑を晴らしたら、次は真鍋さんのラベル貼り違えの冤罪を解消して、真相を明らかにしますので」

一同、驚いて白鳥を見た。真鍋技師のラベル貼り違えを科学的に立証した張本人のくせして、一体何を言い出すつもりなのだろう。

白鳥は腕組みをして、ゆっくりと歩き回りながら、話し始める。

「そもそも、この案件に常につきまとっている違和感は、容易にはぬぐい難いものでした。ここまで明らかになった真相を復習してみると、起こったミスは全部で三つあることがわかります。まず一つ目は、真鍋さんがやったと思われる検体②と⑤のラベル貼り違えです。そして二つ目は牛ドンがやらかした検体②の小栗さんの誤診。これが現在の大問題を引き起こすきっかけとなったわけですが」

聴衆がきょとんとしているので、俺は尋ねた。

「なるほど。その二つはわかりました。それじゃあ三つ目のミスは何なんですか？」

俺の問いかけに、白鳥はうっすら笑う。

「実は牛ドンはもう一件、誤診しているはずなんです。それが受付検体⑤『４００１』です。検体は扁平上皮癌なのに、牛ドンは結核結節と誤診している。これは看過し難いミスです。悪性疾患の見落としは、病理で一番やってはいけない誤診ですからね」

牛崎講師は懸命に言い返す。

「ですが未染標本の診断で、結局は正しく結核と診断したことになるから問題ないのでは？」

「おっしゃる通りです。すべてが明らかになった今、それは誤診ではなく正しい診断となるので、訂正の必要はない。おまけにそこにあった二つのミスも同時に消滅している。真鍋さんのラベルの貼り違えと牛ドンの誤診がペアになり正しい結論にたどりつくというアクロバット的病理診断はちょうど、マイナスとマイナスを掛け合わせるとプラスになるようなもので、もはやこうなると啞然とするのを通り越し、感動的でさえありますよ」

白鳥のロジックに誤りはなさそうだ。それにしてもどうにも釈然としない。

美しい和音を奏でようとするのを、不協和音になって邪魔しようとする雑音が混じり込んでいるような……。

「一日一件の誤診だけでも耐え難いのに、この私が一日に二件も誤診をして、しかもそれが医学生レベルでも間違えないような、扁平上皮癌と結核結節だったなんて、絶対にあり得ません」

牛崎講師の震える声での必死の訴えに、白鳥は大きくうなずく。

「そんなに興奮しないでよ、だから一番最初に言ったでしょ、僕は牛ドンの味方なんだってば。おっしゃる通り、牛ドンは正しい。ついでに言えば、真鍋さんもエラーなんてしていない」

牛崎講師は真鍋技師と顔を見合わせる。

言われてみればもっともだ。二人とも自分の業務には絶対の自信を持っている。その二人が同時にミスをするという事態なんて、起こり得るのだろうか。

俺は我慢しきれなくなって、質問した。

「つまり、白鳥室長の推理だと、真相はどういうことになるんですか？」

白鳥は淡々と答える。

「この件をラベル貼り違えとすると、牛ドンの誤診がペアになる。でも病理検査室の真面目なお二人が揃って、偶然同じ検体にラベル貼り違えと誤診を重ねるなんて、落下した隕石《いんせき》をキャッチするくらいの確率の偶然です。しかも二つのミスが重なって、最終的に患者さんにとって正しい診断に到着している。そんな偶然は通常は絶対にあり得ないんです」

次第に熱を帯び始めた白鳥の言葉が、次のひと言でクールに突きぬける。

「でもね、実は一本の補助線を引けば、すべてが丸く収まる風景が見えてくる。そして丸く収まるというのは、たいていは真実なのです」

「もったいぶらずに、さっさと結論を言いたまえ」

じれたような菊村教授の声に、白鳥はにまりと笑う。

「誤診は患者一人分のミスですが、検体の取り違えになると二人分のミスになってしまいます。

でもこのケースは取り違えであるにもかかわらず、なぜか診断ミスは一人分しか起きていない。このことが示している真実はただひとつ。牛ドンの誤診も真鍋さんのラベル貼り違えもなかった。すべてはフェイクだったのです」

菊村教授がマッペ上のスライドを指さし、気色《けしき》ばんで言う。

「君の言っていることは理解し難い。ならば一体、このスライドは何なんだ？」

白鳥は黙って菊村教授を見つめた。咳払いをすると、厳かに言った。

「悪意です」

白鳥はホワイトボード上のスライドの流れを延長し、ひとりの人型から矢印を引っ張る。

「一見矛盾に満ちたすべての事象を、矛盾なく説明できる真相はこうです。ラベルの貼り違えは、診断の過程が全て終わった段階で起こったのです。そう考えるとすべてのつじつまが合う。標本作製から診断報告まできちんと行なわれ、すべてが終わった後、標本を片付ける段階でラベルが貼り替えられた。そうすれば表面上は誤診が訴えによって明らかになった一件分しかないことも納得できる。そして、そんなことができる人は、この中には一人しかいません」

白鳥がびしりと人差し指を突きつける。

「それはあなたです」

白鳥の指が指し示した先には、クラークの花輪さんの、凍り付いたような微笑があった。

19

　白鳥に指さされて、花輪さんは目を見開く。周囲をきょろきょろ見回したが、みんなの視線が自分に集中していることに気がつくと、きいきいと甲高い声を上げ始める。

「ええ？　あたくしが犯人ですって？　やだ、信じられない。何か証拠はあるんですか？」

「もちろんです。証拠があるから名指ししたんですよ」

「それなら今すぐ見せて。証拠なんてあるはずがないわ。だってあたくし、悪いことなんて全然、何もしていないんですもの」

　白鳥は耳を塞いで、顔をしかめながら言う。

「すぐに済みますから、そんなにきゃんきゃん喚き立てないでくださいね」

「やだ、これって名誉毀損よ。訴えてやる。知り合いに凄腕《すごうで》の弁護士さんがいるんですからね」

「それって医療訴訟の専門家で今をときめく、有名な音松潔《おとまつきよし》弁護士のことですよね？　花ちゃんのお家のお隣にお住まいで、昔から家族ぐるみで懇意にされていらっしゃるとか」

　白鳥の指摘に、急ブレーキを掛けたみたいに花輪さんは黙り込む。白鳥は続ける。

「たぶん、真相はこうです。まず、花ちゃんが茶飲み話で音松弁護士に今回の術死の話をした。そうしたら音松弁護士に、たとえ遺族が納得されていたとしても、誤診が原因なら絶対に勝てる裁判になるのに、と言われた。そこであなたは、検体をすり替えれば医療事故にできると思いついた。そして花ちゃんは、その思いつきをそのまま実行に移したわけです」

「一介の検体の片付け屋さんのあたくしに、そんな診断がわかるはずないでしょう？」

白鳥は不思議そうに首をひねる。

「おや？　この間の聞き取り調査で花ちゃんは、菊リンの診断報告の手助けをして、電子カルテの記載を打ち込んでいるんだ、と得意満面だったじゃないですか。だとしたら患者の診断名なんて一発でおわかりでしょ？」

「あれは……、でも素人のあたくしに、診断の中身まではわかりませんわ」

白鳥は首を振る。

「いくら医療の素人だからって、癌と結核の区別くらいつくでしょ。癌が悪性で手術が必要で、結核なら今は手術にならないなんてことは、一般的な常識ですしね」

「やだ、そんなの全部、白鳥さんの思いつきじゃないの。証拠なんてないわ」

白鳥はにやにや笑って、ポケットから一枚の紙を取り出した。

「実は僕は、ご遺族にお目に掛かり、内部告発の手紙を見せてもらったんです。そこにはご丁寧にも、音松弁護士にご相談ください、と書かれていました。内部告発ですから手紙を書いたのは病院関係者です。その中で音松弁護士と接点がある人は花ちゃん、あなたしかいないんです」

手紙のコピーを白鳥が回覧すると、友部技師が小声で言う。

「あら、確かに花輪さんの筆跡にそっくりだわ」

友部技師の言葉に、真鍋技師だけではなく、饗庭技師長や牛崎講師もうなずく。ただひとり、菊村教授だけが顔をしかめている。花輪さんはちらりと手紙を見たが、平然と言う。

「だからって、あたくしがその手紙を書いたという証拠にはならないわ」

「何でしたら知り合いの桜宮市警の鑑識官に筆跡鑑定してもらってもいいんですよ」

花輪さんはぐっと詰まるが、次の瞬間、きっと顔を上げて言う。

「たとえ筆跡鑑定をでっちあげたとしても、それは手紙を書いたのがひょっとしたらあたくしかもしれない、という可能性が高くなっただけで、あたくしがラベルの貼り替えをやったという証拠にはならないですわよね」

「おっしゃる通りです。この手紙を書いただけでは罪には問えません。でも検体をすり替えたということが立証されれば、その時には威力業務妨害罪が適用され、刑事告訴の対象になります」

「白鳥さんのお話って何だかミステリー小説みたい。でもさっきからずっと言っていますけど、直接の物証はありません。その上、あたくしには動機すらないんですから」

花輪さんはすっかり居直った様子で言う。その様子は、着飾った七面鳥婦人とでも形容するしかないような、仰々しさだった。

「いやいや、動機ならあるでしょ？　花ちゃんの仕事ぶりはあまり芳しくなくて牛ドンに辞職を勧告されたこともあったそうで。それを菊リンがなだめすかして、ようやく今日に至ったとか。まあ、花ちゃんはパソコン音痴の菊リンの代わりに電子カルテの記載の代行をしてくれて、自分の手足となってくれる大切な人ですから、擁護する理由ははっきりしている。でも菊リンだってじきに定年、その先はどうなってしまうかわからない。万一、牛ドンが教室の責任者になったら、次に教室から追い出されるのは自分。そんなことを考えていた花ちゃんにとって、今回の件は好都合この上ない。うまくいけば診断をした牛ドンを逆に追い出せる。そのアイディアに取りつかれた花ちゃんは、リスクが少ないからその思いつきを実行してしまったんです」

花輪さんはうつむいた。それからきっと顔を上げて言う。

「それが動機だと言えば、裁判員あたりは納得するかもしれませんわ。でも実際にやったという証拠があるはずがありません。だってあたくし、そんなことは絶対にしておりませんもの」

「僕には桜宮科学捜査研究所に鑑識官の知り合いがいるんですってば。ふつう、科捜研の捜査と言えば、何を思い浮かべますか？」

「ＤＮＡ検査や指紋検査ですか？」

誰も答えないので饗場技師長が答える。

すると白鳥は手を打って言う。

「ご名答、さすが技師長、人の上に立つ方はレスポンスがビビッドだなあ」

それって全然この件と無関係なのでは、とも思ったが、白鳥は淡々と続ける。

「実はスライドの指紋を調べてもらったら面白いことがわかりました。何と、問題の検体のラベルから花ちゃんの指紋が検出されたんです」

「やだ、いつの間に、あたくしの指紋なんて採取したんですの？」

花輪さんの憮然とした抗議めいた問いに、白鳥はへらりと笑う。

「聞き取り調査をした時、最新式のウソ発見装置の実験で鉄棒を握ってもらったでしょ？　あの時にみなさんの指紋を採らせてもらったんです。そう、これでえす」

白鳥は煎餅の袋から、ごそごそと万華鏡入りの布袋を取り出して、花輪さんとみんなに見せた。なるほど、使用後に、大切そうに布の袋にしまい込んだのはそういうわけだったのか。道理でウソ発見器の豆電球が点灯しなくても平然としていたわけだ。

「騙したのね。ウソ発見機のテストだなんてウソをつくなんて、卑劣だわ。でもラベルに指紋がついていても不思議はありませんわ。だってあたくしはスライドの片付け係なんですから」

「でもね、それでもやっぱり、どう考えてもおかしいんです。だってそのラベルには、本来あるべきお二人の指紋、牛ドンと真鍋さんの指紋がなかったんですから」

「それはたまたま、お二人がラベルに触らなかっただけじゃないんですか」

反論する花輪さんの声が震えた。白鳥はじわじわと獲物を追い詰めるように、続けた。

「他の検体も調べましたが、同じ日に作製された他の三検体のラベルにはすべて、花ちゃんの指紋の他に牛崎センセと真鍋さんの指紋がしっかりついていました。それなのにラベルの貼り違えがあったとされる二検体には、花ちゃんの指紋だけしかついていなかったんです」

俺は、二人の業務を見学した時の様子を思い出す。

真鍋技師はシールを貼った後、シールの番号を小指で触り、診断書の番号を撫でて確認していた。牛崎講師は診断結果を打ち込む時に手元に置いたスライドの番号を人差し指で触っていた。

もしもラベルに二人の指紋が揃って欠落しているのであれば、診断が終わった後でラベルがすり替えられたとしか考えようがない。けれども花輪さんは懸命に反論する。

「でも、ラベル発行ができるのは技師さんだけで、あたくしにはできません」

「悪あがきはやめましょうよ。花ちゃんはすべてのラベルを思うがままに貼り替えることができたはずでしょ。検体が作製される際、ラベルは二枚作製され、その処分は検体標本を片付ける時に、あなたがシュレッダーに掛けることになっています。でもあなたは片付け仕事が大嫌いで、一ヶ月くらい平気で置きっぱなしにして、何ヶ月かに一度、まとめて片付けているそうですね。ほら、その証拠にその片隅に、マッペと使用していないラベルが山のように置かれているし」

白鳥が指さした先に、花輪さんがやり残した仕事が重ねられていた。

白鳥は歩み寄ると、片付けられていないマッペの山の中から、診断が終わったスライド、それとペアになる未染のスライド、そして一枚おきに剝がされたラベルのシートを持ってきてテーブルの上に並べて、その場にいた全員に見せた。

なるほど、白鳥の言う通り、ここには、今回の件でラベルの貼り替えを後で故意にやろうとすれば、その材料一式が簡単に揃う。しかも悪用しようとすれば、ここの教室員であれば誰でも簡単にやれるということを、白鳥はあっさりと証明してみせたのだった。

花輪さんはすとん、と椅子に座る。周囲を見回すが、誰も花輪さんと目を合わせようとしない。花輪さんは深々とため息をつくと抽斗からメモ用紙を取り出し、何か書き始めた。

「どうせ、次はあたくしの筆跡鑑定をしたいから、何か書けと言うんでしょ？　だったら今から書類を書きますから、ご随意にお使いになればいいわ」

そして書き上げた書類を菊村教授に手渡した。

「あたくし、こんな侮辱を受けてまで、こんな安月給のところで働きたくなんてありませんので、今日で辞めさせていただきます。何よ、みんなして人をコキ使った挙げ句、悪者扱いして。あたくしが辞めたら菊村教授は電子カルテに対応できなくなるわ。でも自業自得よ。それと白鳥さん、あなたが示したのは全部、間接証拠だから裁判になったらあなたは絶対に勝てないわ。あたくしには音松弁護士という敏腕の弁護士さんがついているんですからね」

立ち上がり、部屋を出て行こうとした花輪さんの背中に真鍋技師が声を掛ける。

「花輪さん、ほんとに、こんなことをしたんですか？」

花輪さんは背を向けたまま、答えた。

「あたくしはやっていません。でも、ここで働くのはもううんざりだからちょうどよかったわ。これで踏ん切りがつきましたから」

扉が開き、花輪さんの小柄な姿を呑み込むと、扉は閉じた。

一堂、深々と吐息をついた。やがて、菊村教授が言う。

「まったく何という女性だろう。あれほど目をかけてきたのに、後足で砂を掛けるとは」

白鳥は菊村教授をじっと見つめる。そして言う。

「菊リンは、今回の件を全部花ちゃんのせいになさるおつもりですか？」

「どういうことだね」

「僕は高階病院長から全権委任を受け、病院内部のことも同時に調べてみたんです。病院長のお墨付きがあるものですから、みんなこころよく協力してくれて、ありのままの事実を、そっくりそのまま話してくれました。実は菊リンは、花ちゃんがやったことを、うすうす勘づいていながら、黙認していたんじゃないですか？」

「バカな。そんなことをしたら病理検査室の存亡に関わるではないか」

「だから、それこそが狙いだったとか」

菊村教授は目を見開いて白鳥を凝視した。それから咳払いをひとつすると、俺に向き合う。

「田口先生、この方は、田口先生の師匠だと言っていたようだが、本当かね」

俺は途方に暮れる。

もちろんノーと答えたいが、もともと俺の事故調査報告書の監査のために派遣されたわけで、しかも俺の報告書が提出されていたらとんでもないことになるところを救ってくれた恩人にもなる。なので、正直な心情をそのまま吐露するわけにもいかなかった。

そこで俺はできる限り精一杯の誠意ある回答をした。

「ええ、私の古い記憶によれば、確かそういうことになっていたかとも思いますが……」

「ならば、師匠の無礼は弟子が償いたまえ。こんな無礼な物言いはとうてい許し難い」

俺が口を開く前に、白鳥は言い放つ。

「今さら何を取り繕っているのさ、菊リン。僕が言った通りでしょ。菊リンは以前、鳴海センセが辞めてから、新たな人員補充がされないと嘆いて、このままでは病理診断部門は潰れてしまう、と騒いでいたとか。でも菊リンは、そのために何もしようとはしなかったんだよね」

「それは、病院の上層部の、病理部門に対する無理解があってだな……」

「三船事務長は、牛崎センセを准教授に昇格させれば新しい講師を、昇格させないのなら新しく准教授を雇用する予算はあるので、書類を提出するようにと毎年催促しているのに、菊リンが反応してくれないってこぼしていましたよ。ついでに言えば、饗場技師長から提出された技師増員も、クラークさんを減らせば対応可能だと昨年末に連絡してあるということでしたけど」

饗場技師長は驚いた顔で菊村教授を見つめた。菊村教授はあわてて両手を左右に振る。

「誤解だ。そんなことをしたら病理部門は縮小され、何ひとついいことがないではないか」

「それが菊リンの目的でしょ。僕は厚生労働省にいるから、業界情報が集まってくる。菊リンが病理診断の外注業者数社にコスト見積もりを提出させたのは最近ですよね」

菊村教授は黙り込む。白鳥は滔々と続ける。

「菊リンのシナリオはこうです。今回の不祥事を利用すれば牛ドンをクビにできる。業務を支えてくれている部下を切るのは自殺行為ですが、部門全体の撤退を目指していた菊リンには願ったり叶ったり。菊リンの任期は残り二年、部門廃止になっても、どこかに居場所は作ってもらえるだろうと踏んだのでしょう。外注で委託診断すれば、少数例を診断するだけで居座れますから。そんな青写真を実行するには、この部門を支えている牛ドンの存在が邪魔だから、こんな対応をしたんです。違いますか？」

「言いがかりだ。すべては間接証拠だ。そもそも動機が弱すぎる」

「花ちゃんとそっくりの反論の仕方ですね。似た者同士のお二人はさぞ息の合う名コンビだったんでしょうね。でも今、この場できっちりと、僕の指摘に対する反証義務を果たさないと、次は僕が集めた間接証拠がモノを言うことになりますよ。ここまで来たら、いっそこの際、事務に勧められた牛ドンの准教授昇進を希望しますか？　何なら僕が高階センセに掛け合ってあげます。今回の調査を終えたら、高階センセは何でもひとつ、僕の願い事を聞いてくれることになっているんです」

「いや、それは……ちょっと考えさせてくれ」

ぽろりとこぼれたひと言で、白鳥の仮説が真相になってしまった。返事をしてからそのことに気づいた菊村教授は息を呑むと、部下たちの冷たい視線に耐えきれず、うつむいてしまった。

「どうやらここに至っても菊リンは、絶好の人員増員のチャンスカードを使うつもりはないようです。こうした状況もひっくるめて、高階病院長にご報告しておきますね」

菊村教授はしばらくの間、唇を噛んでうつむいていた。だが、やがて顔を上げると、場に居合わせた全員が見つめているのに気がついて、うっすらと笑う。

「そんなことになったら、私へ辞職勧告が出るかもしれんな。そうしたら私は潔く辞表を提出する、と病院長に伝えておいてくれ。実は日々増大する業務と責任の重さに、そろそろ限界かな、と感じていたからちょうどよかった。昔はルーティン業務の大半は大学院生がこなしてくれたので、私たち病理医のプロパーは最終チェックだけで済んだ。だが臨床研修制度が変わり、臨床から基礎にやってくる大学院生が激減した。このままでは病理部門はとても保《も》たない」

それから牛崎講師を見つめて言った。

「牛崎君、私は君が大嫌いだった。君が誠実に大量の仕事をこなすのを見せつけられるたびに、自分が惨めに思えてな。もちろん逆恨《さかうら》みだ。それはよくわかっている。だが、出藍《しゆつらん》の誉《ほま》れが高い君に、師として最後にひとつだけ言い残しておこう。君のような人が頑張って、問題ある組織を延命させ、悪化していく側面がある。そうしたことを君自身が、いつかきっと思い知らされることになるだろうよ」

菊村教授はそう言って、弟子を見つめた。牛崎講師は口を開こうとしたが、言葉は出てこない。

菊村教授のその言葉はどう考えても理不尽だった。だが、牛崎講師が言い返せなかったのは、そこに一片の真理が含まれていたからだろう。

側で見ていた俺は、喉元に上がってきた苦いものを呑み込んだ。

そんな二人の様子を黙って見つめていた白鳥は、ふいに立ち上がる。

「僕が頼まれたのは不肖の弟子、田口センセの調査報告書の監査だけで、その件は一件落着ですのでこれで失礼します。後はみなさんで話し合って善後策を考えてください。大学病院の土台を支える病理部署が崩壊したら、大勢の患者が泣かされる。みなさんの話を聞いていると、何だかそういった、一番大切なところがすっぽり抜け落ちているみたいに思えますけど」

問題はトップの菊村教授の意識だと思ったが、口にはしなかった。トップは組織を代表するのだから、トップの意識イコールその部署の意識と見なされるのは当然だ。つくづく、菊村教授の部下が不憫《ふびん》に思える。

「さ、田口センセ、高階病院長に報告に行こう。こんなところに長居は無用だよ」

白鳥は部屋を出て行った。後を追おうとした俺だが、扉のところで振り返る。

菊村教授は顔を伏せ、牛崎講師、饗場技師長、友部技師、真鍋技師は、俺を見つめていた。

俺は立ち止まり、一人一人の目を見ながら、言った。

「みなさんがこんな大変な状況にあることを、恥ずかしながらこれまで存じあげませんでした。私たち臨床医が医療を実施できるのは、診断部門が支えてくれているおかげです。病院上層部はそうしたことにあまりに無関心すぎました。幸い私には病院長とのパイプがありますので、今後、何かありましたら言ってください。微力ながら、できるだけのことはしたいと思います」

これではまるで院長の訓辞だな、と思いつつ、東城大が破綻寸前になった際、高階病院長が俺に託そうとしたのはこういうことだったのかもしれない、と思う。であれば高階病院長の考えも、あながち的外れではないかもしれない。それは究極の後始末であり、この病院で他の誰よりも後始末に長《た》けているのは、この俺なのだから。

果たして病理検査室の面々に、俺の言葉がきちんと届いたのかどうかはわからない。

だが気がつくと、部屋からは張り詰めた緊張感が消えていた。

部屋を出ると、廊下の壁にもたれて待っていた白鳥がパチパチと投げやりに拍手をした。

「ご立派な演説だったよ。すっかり腹黒院長の立派な後継者になったねえ、田口センセ」

俺は拳を握り締める。ぶん殴りたい気分だったが、懸命に感情を抑えた。それも仕方がない。

いくら癪《しゃく》に触っても、今やコイツは東城大の大恩人になってしまったのだから。

20

11月16日(月) 午後3時
病院4F・病院長室

病院長室に帰還した白鳥から、滔々とした事情説明をひと通り聞き終えると、高階病院長は、俺と白鳥の顔を交互に見ながら言った。

「白鳥さん、いろいろご苦労さまでした。さて、今後の善後策はどうすればいいでしょうか」

「そんなこと、わかっているクセにいちいち僕に聞かないでよ」

「そんなこと言わずにご教示ください。花輪さんへの対応はどうすればいいでしょう」

白鳥は肩をすくめる。

「放置プレイにするしかないよね。威力業務妨害で訴訟を起こしても、この件がオープンになればダメージを受けるのはむしろ東城大の方だから、泣き寝入りするしかないだろうね。でも幸い、激情型の人だったから、少し煽ったら自分から辞めてくれたんで、大助かりだったけど」

「あの挑発は、花輪さんに辞表を出させるためだったんですか?」

白鳥は呆れ顔で俺を見た。

「当たり前でしょ。あんな風に悪意を持った人物が院内を徘徊《はいかい》していたら、病院は崩壊しちゃうもん。だから排斥するしかないんだけどさ、それには花ちゃんが言う通り、確証がない。だからああして挑発して、自分から退出するように仕向けたわけさ。その意味では花ちゃんはこっちをやり込めて逃げおおせたつもりかもしれないけど、それこそこっちの思うつぼだったってわけ」

啞然とした。すべては白鳥の描いた絵図の通りになったわけか。

「彼女が播《ま》いた悪意の種は育ち続けているんですから、何も解決していないのでは？」

白鳥は深々とため息をついて、高階病院長に向かって言う。

「今回の未熟な報告書作成の件といい、今の思慮不足の発言といい、田口センセにリスクマネジメント委員会の委員長を任せ続けるのは、考え直した方がいいかもしれませんよ、高階センセ」

「なぜでしょうか？」

高階病院長は、いつものロマンスグレーの微笑を浮かべて尋ねる。

白鳥が憤然とした口調で答える。

「だって、ここまでの僕の動きを見たのに、こんな鈍い反応しかできないんだもの。いいかい、僕は遺族と直接接触して、内部告発書まで見せてもらったんだよ。それって僕は遺族から信頼されているってことでしょ。何しろ中立的第三者機関うんぬん、という厚生労働省の担当官の名刺を出したんだもの、当然さ。相手が中立的で、しかもおカミなら一般庶民なら平伏するでしょ。そんなこともわからないなんて愚鈍すぎるもの」

自分の肩書きをうんぬん、というのはおかしい、少なくとも自分自身の所属する部署なんだからきちんと言え、というツッコミは、ここでは口にできない。

く、悔しい。

唇を嚙んだ俺の隣で、高階病院長が静かに言う。

「ということはつまり、白鳥さんはすでに遺族対応まで済ませてくださっているんですね」

「そだよ。花ちゃんの関与は伝えず、単に内部の思い違いに基づいた中傷文書だと説明したら、理解してもらえた。呼吸器外科の先生の術後の説明が誠実だったことと、死亡時にＡｉを実施し、客観的医学情報を丁寧に説明してあったという信頼の土台があればこそ、なんだけどね」

「でも医療訴訟の手前まで行き、弁護士に相談していては、話は簡単ではなかったのでは？」

「訴訟について説明してあげたんだ。裁判で負けても、弁護士費用はきっちり取られますよと教えてあげたら、納得してくれたよ」

「裁判になれば、勝とうが負けようが弁護士は報酬にありつけるわけですからね」

高階病院長が言うと、白鳥はうなずく。そのやり取りを聞いて、俺は違和感に囚われる。何か不自然だ。だが充分に煮詰めないまま、そのもやもやを白鳥にぶつけてみる。

「でもやっぱり遺族から訴えがあった以上、状況をきちんとお伝えしないといけないのでは？」

俺がそう言うと、白鳥は俺を哀れむような視線で見た。そしてへらりと笑う。

「相変わらず田口センセはご立派だね。でもこの件では、医療事故は起こっていないんだから、説明責任はないんだ。必要のない義務を遂行するほど、東城大はヒマじゃないでしょ。だいたいさ、今回の件は患者が手術後の経過が思わしくなくて亡くなったわけでしょ。でも手術に関しては遺族も納得している。そこで診断ミスがあったという内部告発があったから問題になったけど、内部調査で誤診はなかったことが判明した。すると患者は肺癌で手術し、術後に亡くなった不幸な症例だけど、医療ミスではない。だから最終報告書にはただ一行、こう書けばいいのさ。

遺族の訴えには根拠がまったくない、とね」

俺は唸った。確かにその通りだ。肺癌患者を肺癌と診断し、手術して治療した。結果的に不幸な転帰になったが、それはミスではない。問題の本質は、現場への悪意ある中傷行為だ。

「ね、だからさ、最初から言ったでしょ。あんな報告書を作った時点で弟子失格だって」

白鳥はこほん、と小さく咳払いする。

「診療関連死の調査モデル事業も同じようなものさ。あんなもんを作ったら医療の自殺行為だと、口を酸っぱくして言っているのに、学会の上の方はオバカ連中ばかりで、ウチの別働隊が用意したハシタ金に目がくらんでほいほい従っちゃう。問題症例の医学情報を自分たちでレビューさせ、後は医療訴訟専門の弁護士がその情報を使い遺族を焚きつけ医療事故裁判の一丁上がり。弁護士連中からしたら調査しないで済むからウハウハさ。だからモデル事業に関わる弁護士なんて、医療事故裁判専門の連中ばっかなのに、そんな制度制定に協力しようとする医者がいるんだから驚きだよね。ほんとバカばっか。盗人に自分の家の鍵を渡そうとするようなものなのに……」

その仕組みを仕切っているのはお前だろ、と喉元まで出掛かった言葉を呑み込む。そうした白鳥の存在こそ、医療の守護神になっているというアンビバレンツな状況に気がついたからだ。

白鳥に石を投げると、自分に跳ね返ってきてしまうわけだ。ということはつまり、白鳥のレゾンデートル・イコール・俺の存在意義、ということになりかねないではないか。

呆然とした。そんなバカな。

押し黙った俺を見た高階病院長は、改まった口調で言った。

「田口先生、この一ヶ月間、東城大を守るために獅子《しし》奮迅《ふんじん》、八面六臂《はちめんろっぴ》の大活躍で、内外の喫緊《きっきん》の諸問題を解決に奔走していただき、ありがとうございました」

そんな風に言われて俺は、この一ヶ月の忙殺された日々を振り返る。

院内の診断ミスから起こった術死と、関連する部署への聞き取り調査。

Ａｉへの反動勢力を抑え込むため機先を制して実施したＡｉ標準化国際会議の準備と開催。

ボストンの美しい季節、打ち鳴らされるスプーンの金属音、天窓から降り注いだ天啓。

旧友との再会と嵐のような宴会、そして一夜のギャンブル。

親指を立てて俺をサポートしてくれたアングロサクソン系ジャパニーズ、ノーベル賞候補の最右翼にして俺の忠実なる部下。ヤツにご馳走になった分厚いステーキと巨大ロブスター。

ジェットコースターに乗っているような日々が、走馬灯のように頭をよぎっていく。

高階病院長が言う。

「ところで今後の病理部門はどうしたらいいでしょうか、院長代行の田口先生？」

その肩書きには異論があったが、今はそんなことを混ぜ返しているヒマはない。なぜなら、高階病院長の問題提起はまさに適切だったからだ。俺は静かに答える。

「二通りの対応が考えられます。ひとつは菊村教授からのアクションを待つこと。もうひとつは病院長名で菊村教授に退職勧告を出すこと。どちらも一長一短です」

「その一長一短とやらを、説明していただけますか」

「菊村教授のアクションを待つと、何も起こらないという可能性もあります。すると有為な人材

が腐ってしまいます。一方、病院長名で辞職勧告を出すと、最悪の場合今回の件が表沙汰にな
り、病院長の汚名になってしまう可能性があります」

「それなら簡単です。明日、菊村教授をお呼びし、辞職勧告をしましょう。一長一短と言いまし
たが、私の悪名の上乗せ程度なら、それは一短にすらなりません」

そして立ち上がると、高階病院長は俺に握手の手をさしのべてきた。

「ここ一ヶ月、ご苦労さまでした。やはり私が頼れるのは田口先生しかいないようですね」

すると俺と高階病院長の握手している間に割り込むようにして、白鳥が言った。

「あれ？　それじゃあ僕の功績はどうなるんですか？　そもそも未熟な田口センセの調査結果を
是正したのも僕だし、国際会議のメンバーの事前検討会の潤滑油を用意したのも僕なんですけど」

高階病院長は眼を細めて白鳥を見た。

「そうですね。功績が大きすぎて、うっかり忘れていました。白鳥さん、右手を挙げてください」

白鳥は、ぴかぴかの一年生が学級参観日に手を挙げるようにして、勢い込んで右手を挙げた。

高階病院長はその手と自分の手を合わせ、ぱちんと打ち鳴らす。白鳥は怪訝な表情で尋ねる。

「何ですか、今のは？」

そこで俺が、高階病院長に成り代わり、ここぞとばかりに解説する。

「ご存じないんですか？　マサチューセッツで最高の称賛を示す、ハイタッチですよ」

白鳥はすごすご手を下ろしながらぶつぶつと言う。

「そこまでして僕と握手をしたがらないなんて、あんまりだなあ」

高階病院長からの握手をやんわりと拒絶され、がっくり肩を落とした白鳥と二人、連れ立って不定愁訴外来に戻った。俺は白鳥を慰めるフリをして、尋ねる。

「さすが白鳥室長、快刀乱麻を断つが如くの収束でしたね。ところでひとつだけ、どうしてもわからないことがあるのですが、教えていただけますか？」

「ああ、いいよ、もう勝手に何でも聞いてよ」

白鳥は、ぼそりとそう言ってうなずく。

「そもそも花輪さんが怪しいということを、いつ思いついたんですか？」

白鳥はげんなりした顔で俺を見た。

「そんな初歩的なところから説明しなくちゃならないなんて、ホントに田口センセって、進歩というソフトのインストーラーのお届けメールを着拒してるヒトなんだねえ」

俺はむっとしたが、じっと我慢する。教えを乞うときには謙虚であるべきだ、というのが俺のモットーだ。それは一般常識でもあるはずなのだが、白鳥を前にするといつも、そんな常識人としての俺の心構えが乱されてしまう。

それでも白鳥は、事件が解決して少しはご機嫌なのか、親切に説明してくれた。

「しょうがないなあ。じゃあ僕の推理の秘密をちょっとだけ大公開しちゃおうか。不肖の弟子の未熟な質問に答えるためだけどね」

む、むかつく。だが、我慢だ、我慢……。

白鳥は立ち上がると歩き始める。

「僕だって超人じゃないから、さすがに最初から花輪さんが怪しいだなんてわからなかったよ。ただ、手術材があればゲームオーバーだから、ちょっとだけ田口センセの調査にちょっかいを出してみようかな、なんて思ったのが運の尽きだったわけ。その手術材が見当たらなかったあの瞬間、この事件には裏で糸を引いている悪者がいるんだ、とわかっちゃったんだよ。そしたらその悪人の候補者は四人しかいない。菊リン、真鍋さんに友部さん、そして花ちゃんさ」

「つまり、病理検査室一同ですね。どうして牛崎先生は除外したんですか？」

白鳥は虚空をにらみつけて、かっと目を見開く。

「田口センセ、本気でそんなことを言っているなら、即破門だよ。ねえ、本気じゃないでしょ？お願いだから、本気じゃないって言って」

俺はうつむいて言う。

「……本気ではありませんでした」

白鳥はほっとした顔でうなずく。

「ああ、よかった。いくら田口センセがボンクラでも、この件で悪意の標的になっているのは牛ドンだから、牛ドンだけは犯人候補から除かれるなんてことに気がつかないほどのドボンクラだなんて思いたくなかったんだ。おかげで安心したよ」

……そうでした、白鳥導師。あなたのおっしゃる通りです。

それにしても、ボンクラの最上級であるドボンクラなんて言葉は生まれて初めて知った。

考えてみれば確かに、〝派手〟の最上級は〝ド派手〟ではあるが……。

「するとあの問題の患者の手術材が見当たらなかったのは、ただの偶然だったわけですね」

俺が話を先に進めようとすると、白鳥は呆れ果てたという表情で俺を見た。

「バカだなあ。そんな偶然、あるわけないでしょ」

「だとしたら、手術材が見当たらなかったのも、犯人は花輪さんなんですか」

「今となっては、百発百中、間違いないね」

〝百発百中、間違いなし〟、というのは、何だかむやみやたらな当てずっぽうに思えてしまうが、それでいいんだろうか、と思いながら、俺は尋ねる。

「それなら花輪さんは、その手術材を仕事にかこつけて、廃棄してしまったんでしょうか」

白鳥は人差し指を立てて、左右に振りながら、ちっちっち、と舌打ちをする。

「捨てるなんて、ありえないね。たぶん病理検査室全体を徹底的に家探《やさが》しすれば、きっとどこかから手術検体は出てくるはずさ」

「でも、花輪さんはあんな悪意ある行動を取れるような悪人ですよ？　自分の身の安全のため、手術材の完全消滅を考えたかもしれませんよ」

白鳥は首を振る。

「まさか。花ちゃんは小悪党だから、手術検体を捨てるだなんて大それたことはできないさ。物を捨てるのと隠すのとでは、精神的なストレスの次元全然が違うんだもの。だいたいさあ、あの事件で花ちゃんがやったことは、告げ口の手紙を書いたことと、生検検体のラベルを二枚、貼り替えただけのことで、行為としては全然大したことじゃないんだもん」

なるほど、と俺は白鳥の説明力に感心させられてしまう。

「すると、手術時の臓器の瓶は一体どこに隠したんでしょうね」

「これは当てずっぽうだけど、大方、解剖の臓器バケツを保存してある部屋の片隅あたりにでもこっそり隠してあるんじゃないかな」

そういうと、白鳥は立ち上がって伸びをする。

「あーあ、田口センセと話していたら、ヘコんでいるのが、何だかばかばかしく思えてきたよ。こんなアリんこみたいな田口センセだって、悩まずに健気《けなげ》に生きているんだもの。優秀な僕が悩む必要なんて全然ないよね」

こら、俺を能天気の塊みたいな言い方をするな。俺だって人知れず悩み事はあるわけで。だが白鳥は、俺の心の中でのクレームを聞く耳など持たないように、軽やかなステップを踏みながら部屋を出て行った。そして俺は、窓から見ている景色の中、白鳥の姿が遠ざかっていくのを、いつまでも眺めていた。

後日。白鳥の予見に従って病理検査室の徹底した捜索が実施され、剖検室の片隅から小栗さんの手術検体の標本瓶が見つかり、検査の結果、扁平上皮癌であったことが確認された。

こうして、白鳥の仮説の正しさを、誰もが認めることとなった。これを以て、一件落着だ。

一ヶ月半後。新年を迎え、病院機構の改革があった。

菊村教授が任期前に退職し、付属病院の病理検査室が閉鎖されることになったのだ。

その知らせを兵藤クンから聞かされた俺は、急いで病理検査室に向かった。

教授室はもぬけの殻だった。饗場技師長を捕まえると、菊村教授はたまっていた年休を消化すると称し、出勤しなくなったのだという。

それは正当な権利なので、誰も文句は言えない。

「病理部門が閉鎖されたら、饗場技師長さんたちはどうなるんですか？」

意外なことに饗場技師長の表情は明るかった。

「今後のことは牛崎先生に聞いてみてください。牛崎先生が私たちの新しいボスですから」

俺は講師室の扉をノックした。明るい声が、どうぞ、と俺を部屋に招き入れた。

「病理部門が大学医学部付属病院から撤退したら、医療業務が立ち行かなくなってしまいます。高階病院長は、先生方を慰留しなかったのですか？」

病理部門を閉鎖するのだから当然、牛崎講師は辞職願いを提出したのだろうと思った俺はそう尋ねた。すると牛崎講師は笑顔で言った。

「東城大の病理検査部門は閉鎖しますが、病院長からの提案で、この場所をお借りして病理診断のブランチを立ち上げることになりました。付属病院から独立した組織として、東城大の病理検査依頼を外注で引き受ける形態にするのです。同時に近隣の病院の病理医を集め、桜宮市全体の病理診断を一手に引き受ける独立採算性の施設を創設することにしたんです」

「桜宮病理診断センター、というわけですか」

牛崎講師はうなずく。

「そういう形なら部分的には協力してもいい、と菊村教授も約束してくれました。教授は肺病変のスペシャリストですから、とても助かります」

経緯を知っている俺は、牛崎講師の度量の大きさに感心する。ひょっとしたら、牛崎講師なら衰退著しい病理部門の立て直しも可能かもしれない。

「解剖はどうするのですか？」

「病理解剖からは撤退します。経済的にペイしませんので。検査料が設定されていない検査をやれるほどの余裕は、今の東城大にはありません。まあ、法医学教室に頑張ってもらいましょう。あそこには国費から解剖費が出ていますから」

「そうしたら、病院の死因究明制度はどうなってしまうんですか？」

俺の質問に、牛崎講師はきっぱりと答える。

「東城大にはＡｉセンターがあります。医療現場での死因究明制度は、今や完全にＡｉにシフトしています。それは時代とマッチした流れでもあるんです。何しろ病理解剖はピーク時の四分の一に激減してしまった、衰退一途の検査なんですから」

牛崎講師の吐息に、俺は気になって仕方がないことを告げてみる。

「でもＡｉは解剖の代替検査にはならず、解剖が控えてくれてこそのＡｉであって……」

牛崎講師はうなずく。

「仕方ないんです。人口の減少に伴い、あらゆる社会領域が収縮している現代では、これまでと同じ制度は維持できないと諦めるしかありません」

「だからといって、病理解剖を縮小、撤退などして、大学病院が成立するのでしょうか？」

俺が食い下がると、牛崎講師は泣き笑いのような顔になる。それは長年連れ添った人との別れを決意した人の表情に似ていた。

「病理解剖は司法領域でも証拠として認められない、信頼性の低い検査だと社会から断罪されています。最高裁判例で病理解剖所見が証拠採用されなかったのは、医療ミスを引き起こした施設で実施された主観的な検査だからは、客観的な証拠にならない、という理由です。しかも病理医の地位はもはや昔ほど高くありません。そうなったら困るのは現場の医療に関わる人たちのはずなのですが、特に抵抗も努力の跡も見られない現状では、そうなってしまうのもやむを得ない流れなのでしょう」

その表情とはうらはらに、牛崎講師の言葉はどこまでもクールだった。それは新時代の病理部門を率いる、新しいリーダー像なのかもしれないな、と俺は思う。

誤診疑惑問題に端を発した医療事故疑いの案件も結局、こうしてなにごともなかったかのように無事に収束した。事件が無罪で終わったからよかったものの、もしもこれがギルティだったら、東城大は再びメディアにもみくちゃにされ、今度こそ命運が尽きていたに違いない。

東城大は不祥事や事故が相次ぎ、患者が激減したため経営困難に陥っていて、限界水域に達している。次に何かがあれば、今度はもう二度と立ち直れないだろう。

そんな問題を解消するために五ヶ月前、高階病院長は桜宮市から病院施設の撤退を発表した。

そうして俺たちは、自分たちが上げたSOSの声に対して、市民社会からの木霊が返ってくるのを、ただひたすら耳を澄ませて待った。

直後に「東城大学医学部付属病院を桜宮市に守り続ける会」という市民団体ができて、署名を集めてくれたおかげで、東城大学医学部付属病院は少しだけ延命された。それは期せずして昨年十月、奇《く》しくもこの病理検査室のトラブル、カレイドスコープ・プロブレムが解消した直後のことでもあった。

だが健気な市民のひよわな情を集めたところで、経済的な困窮は解消しない。であれば不採算部門を切り離し、本体の存続を模索するのは妥当な判断だ。そこに一抹のさみしさと不安を覚えるのは、新しい世界へ一歩足を踏み出す際の、未知の世界に対する恐怖心のせいだろう。

やりきれない気持ちを抱えたまま、病理検査室を辞そうとした俺を、牛崎講師が呼び止めた。

振り返ると、布袋に包まれた短刀のようなものを俺に差し出していた。

「この間の謎解きの時に、白鳥さんが忘れていった万華鏡型嘘発見器です。田口先生は白鳥さんとお会いする機会があるでしょうから、お手数ですけどお返ししてくれませんか」

俺はうなずいてその万華鏡を受け取ると、今度こそ本当に、旧病理検査室、そして今日からは新生病理診断ブランチとなる部署を後にした。

地下の病理検査室から中央階段を上り、一階に出る。

冬真っ盛りで木枯らしが吹き抜ける中、陽差しはうららかで、春のようだ。このまままっすぐ愚痴外来に戻るのも芸がない。俺は陽射しに誘われるようにして、ふらふらと玄関を出た。

牛崎講師を始めとして、残されたスタッフたちの未来を考えると、暗澹《あんたん》たる気持ちになる。

だが俺は彼らの表情の明るさを信じてみたい、と思う。

いつの世も、顔を上げた前に道は広がる。

うつむいてしおれた人間に未来は拓《ひら》けない。

今回のようにささやかな悪意を持ち合わせた人間がそれなりの立場にいて、悪意を増幅させた時に、病院のスタッフがその悪意を排除することは難しい。

それでも俺は医療に携わる人々の善意を信じたい。

世の中は善意の人ばかりではない。とかく人の世は、善悪が入り乱れた万華鏡の箱庭の世界だが、それでも善意と悪意を天秤《てんびん》にかければ、ほんのわずかながら善意に傾く人が多いはずだ。

そう言えばカレイドスコープの語源はギリシャ語で〝美しい模様を見る〟ということだという。かつては錦眼鏡とも呼ばれたらしいが、人のこころの錦を見る、という意味であれば、まことに美しい名前の道具だと思う。

そんな万華鏡を嘘発見器に転用するなんて、と呆れながら、手の中の布袋から白鳥ご自慢の万華鏡を取り出して、両端を両手で握り締める。そしてぼそりと呟く。

「こんなことするから、あんたは信用出来ないんだよ」

すると装着されたままになっていた豆電球が、うっすらと光った。
俺は呆然として、その、かすかな光を見つめた。
しばらくして、俺はくすくす笑い出すと、大空を見上げた。
抜けるように青い空を悠然と、一羽の鳶《とんび》が気持ちよさそうに滑空している。
輝ける空の一画を、一陣の寒風が吹き抜けていった。

World

海堂尊ワールド

「田口・白鳥」シリーズのスピンオフ、
『ジェネラル・ルージュの伝説』刊行から5年。
15作品だった桜宮サーガはさらに広がった。
全登場人物や年表、人物関係図など、
当時のデータを更新した完全保存版!

Kaidou
Takeru

海堂尊ワールド

作品相関図

海堂作品は、どの作品も密接に関わりあっている。
それぞれ、どの時間軸で繋がりあっているのかみてみよう。
※番号は単行本の刊行順

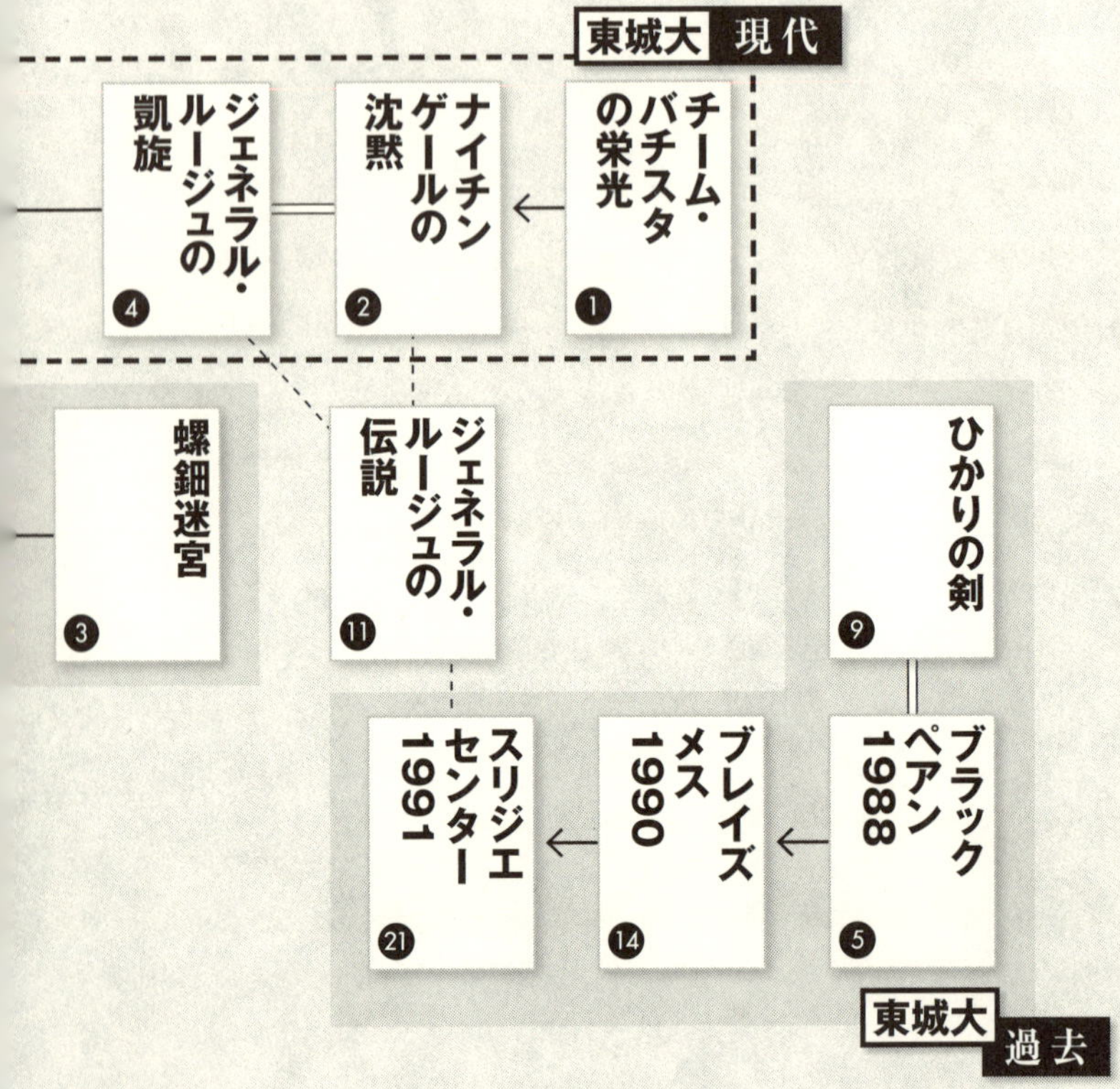

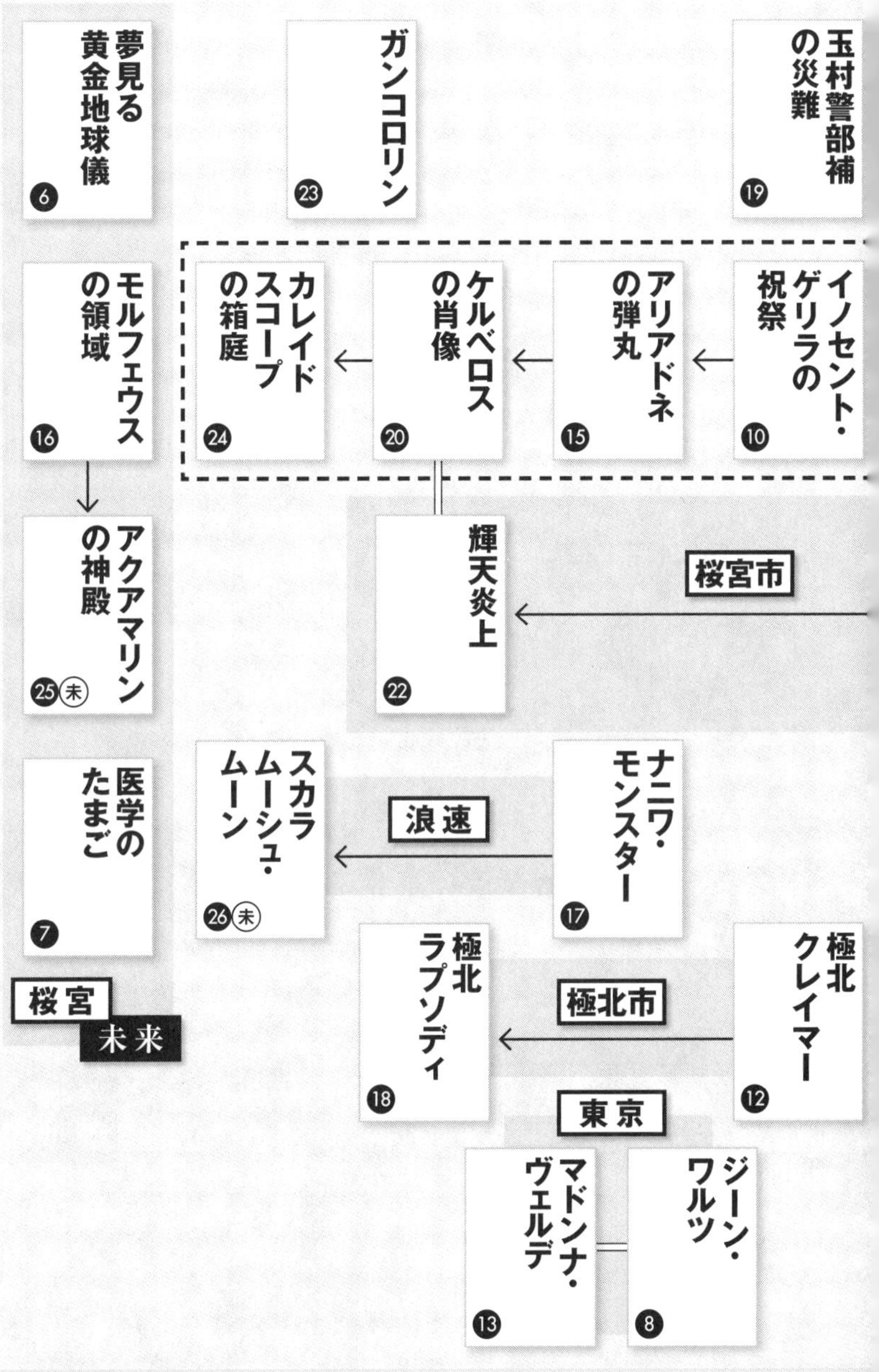
夢見る黄金地球儀 6
ガンコロリン 23
玉村警部補の災難 19
イノセント・ゲリラの祝祭 10
アリアドネの弾丸 15
ケルベロスの肖像 20
カレイドスコープの箱庭 24
モルフェウスの領域 16
アクアマリンの神殿 25 未
桜宮市
輝天炎上 22
医学のたまご 7
ナニワ・モンスター 17
浪速
スカラムーシュ・ムーン 26 未
極北クレイマー 12
極北市
極北ラプソディ 18
東京
ジーン・ワルツ 8
マドンナ・ヴェルデ 13
桜宮
未来

登場人物相関図

海堂尊ワールド

「過去」「現在」「未来」と3つの時代ごとに、主な登場人物たちの関係を表した。複雑に入り組んだ人間関係や、その移り変わりを探ろう。

1988~1991 過去

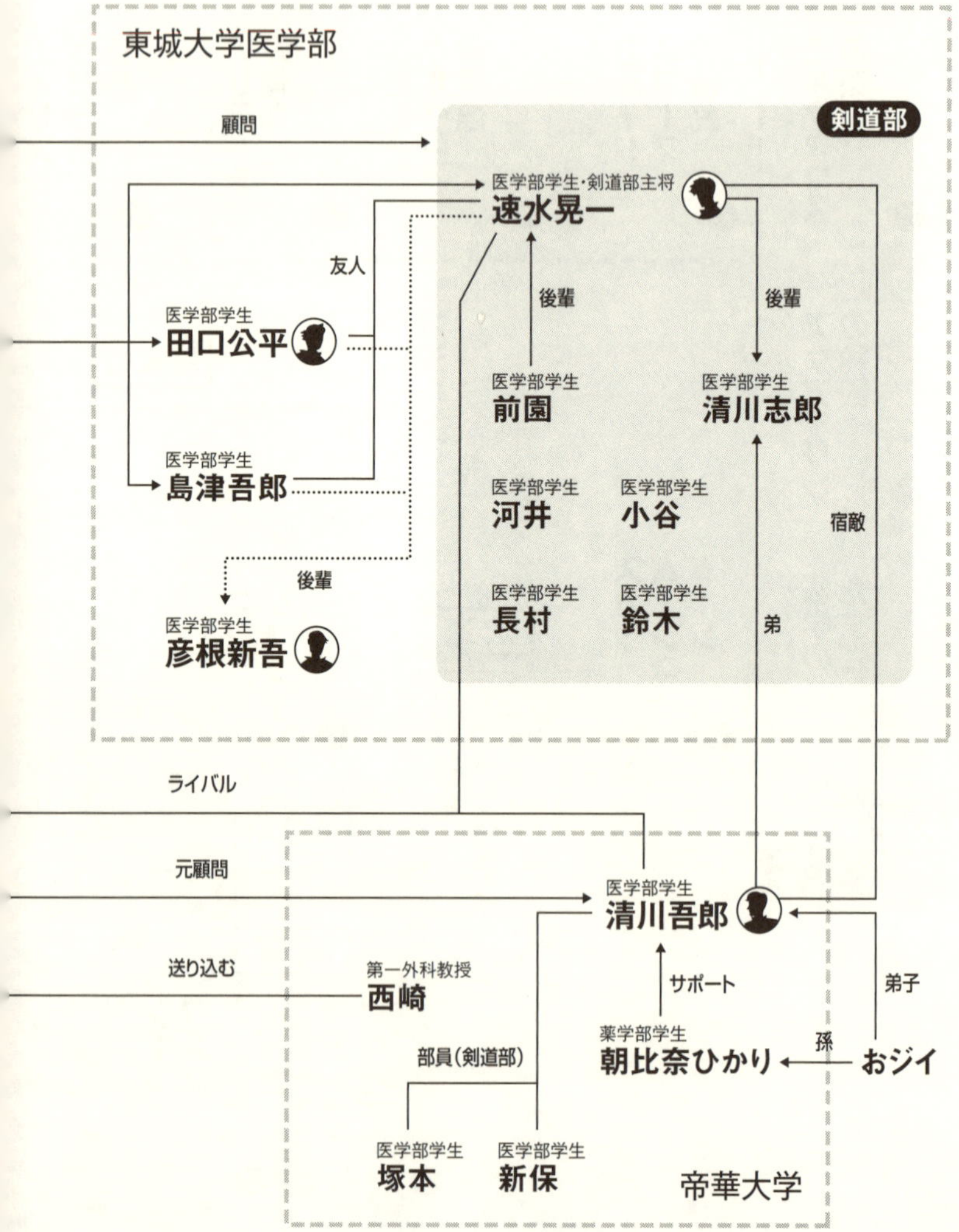

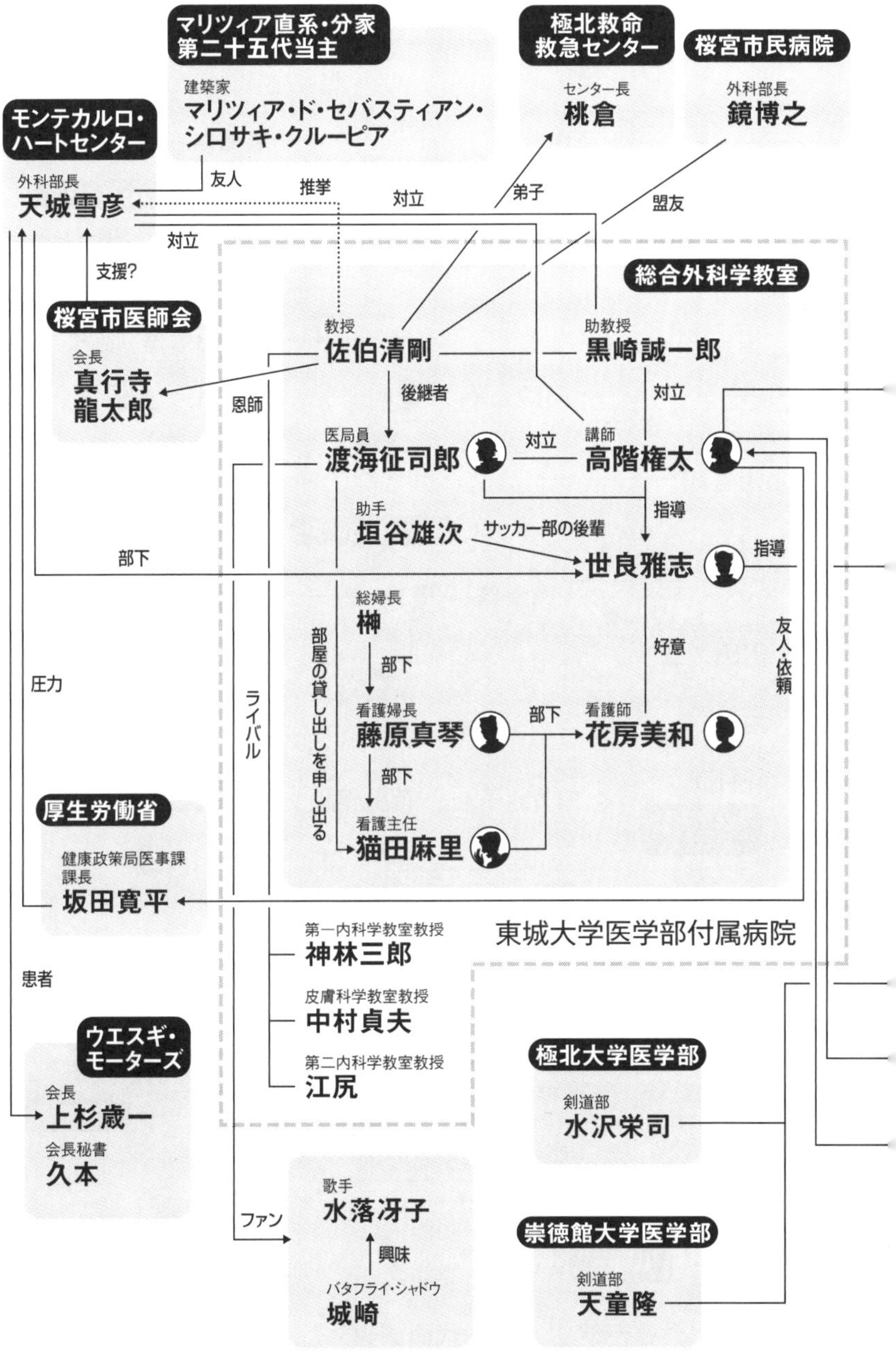
マリツィア直系・分家
第二十五代当主
建築家
マリツィア・ド・セバスティアン・シロサキ・クルーピア
極北救命救急センター
センター長
桃倉
桜宮市民病院
外科部長
鏡博之
モンテカルロ・ハートセンター
外科部長
天城雪彦
友人
推挙
対立
弟子
盟友
対立
支援?
桜宮市医師会
会長
真行寺龍太郎
総合外科学教室
教授
佐伯清剛
助教授
黒崎誠一郎
恩師
後継者
対立
医局員
渡海征司郎
対立
講師
高階権太
助手
垣谷雄次
サッカー部の後輩
指導
部下
世良雅志
指導
総婦長
榊
部下
部屋の貸し出しを申し出る
ライバル
好意
友人・依頼
圧力
看護婦長
藤原真琴
部下
看護師
花房美和
部下
看護主任
猫田麻里
厚生労働省
健康政策局医事課
課長
坂田寛平
東城大学医学部付属病院
第一内科学教室教授
神林三郎
皮膚科学教室教授
中村貞夫
第二内科学教室教授
江尻
患者
ウエスギ・モーターズ
会長
上杉歳一
会長秘書
久本
極北大学医学部
剣道部
水沢栄司
歌手
水落冴子
ファン
興味
バタフライ・シャドウ
城崎
崇徳館大学医学部
剣道部
天童隆

2006~2009 現代

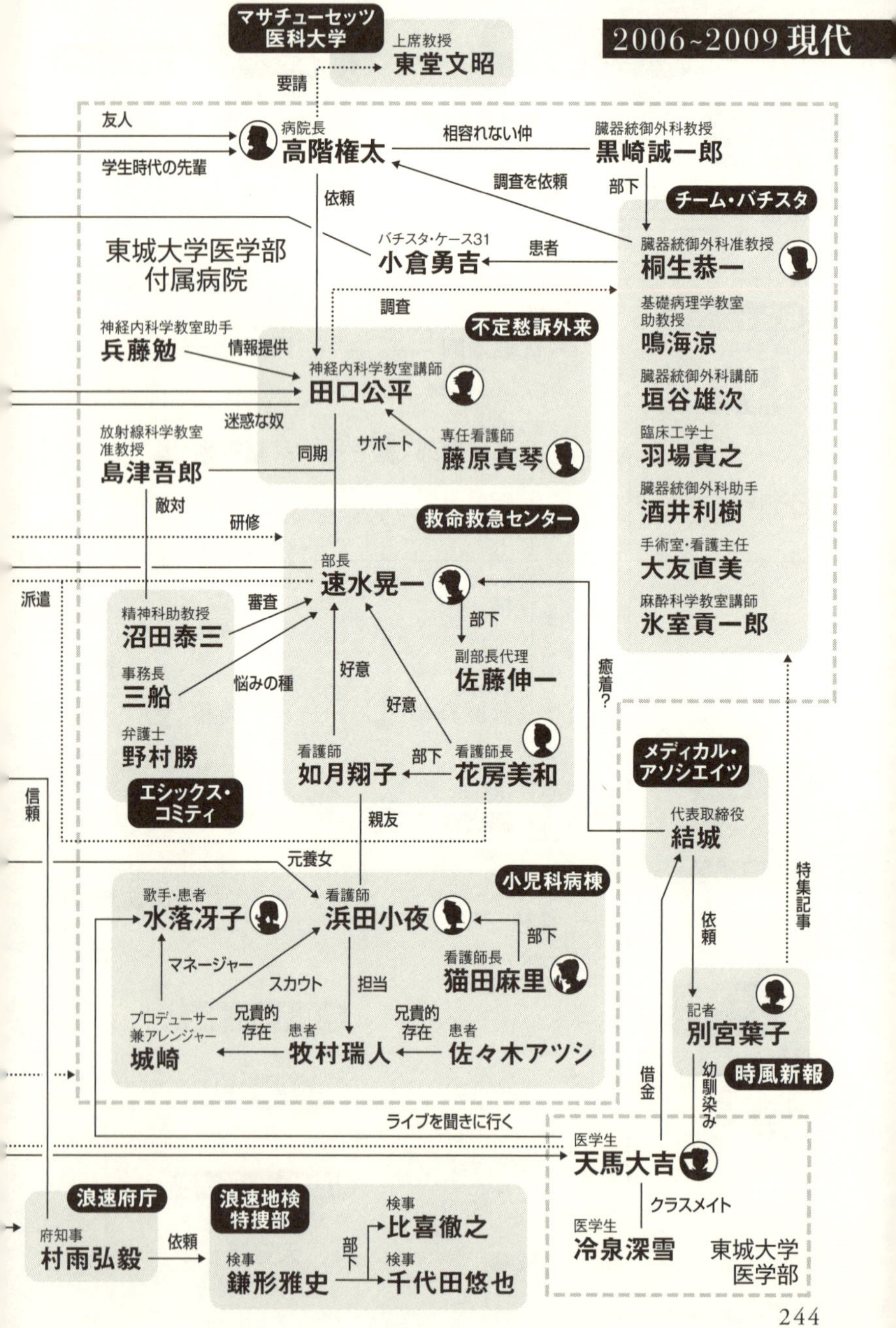

マサチューセッツ医科大学
上席教授
東堂文昭
要請
友人
学生時代の先輩
病院長
高階権太
相容れない仲
臓器統御外科教授
黒崎誠一郎
調査を依頼
部下
依頼
チーム・バチスタ
東城大学医学部付属病院
バチスタ・ケース31
小倉勇吉
患者
臓器統御外科准教授
桐生恭一
調査
基礎病理学教室助教授
鳴海涼
神経内科学教室助手
兵藤勉
情報提供
不定愁訴外来
神経内科学教室講師
田口公平
臓器統御外科講師
垣谷雄次
迷惑な奴
放射線科学教室准教授
島津吾郎
同期
サポート
専任看護師
藤原真琴
臨床工学士
羽場貴之
臓器統御外科助手
酒井利樹
敵対
研修
救命救急センター
手術室・看護主任
大友直美
部長
速水晃一
派遣
麻酔科学教室講師
氷室貢一郎
精神科助教授
沼田泰三
審査
部下
事務長
三船
悩みの種
好意
副部長代理
佐藤伸一
癒着?
好意
弁護士
野村勝
看護師
如月翔子
部下
看護師長
花房美和
メディカル・アソシエイツ
エシックス・コミティ
信頼
親友
代表取締役
結城
元養女
小児科病棟
特集記事
歌手・患者
水落冴子
看護師
浜田小夜
部下
依頼
マネージャー
看護師長
猫田麻里
スカウト
担当
プロデューサー兼アレンジャー
城崎
兄貴的存在
患者
牧村瑞人
兄貴的存在
患者
佐々木アツシ
記者
別宮葉子
借金
幼馴染み
時風新報
ライブを聞きに行く
医学生
天馬大吉
クラスメイト
浪速府庁
府知事
村雨弘毅
依頼
浪速地検特捜部
検事
比喜徹之
部下
検事
鎌形雅史
検事
千代田悠也
医学生
冷泉深雪
東城大学医学部

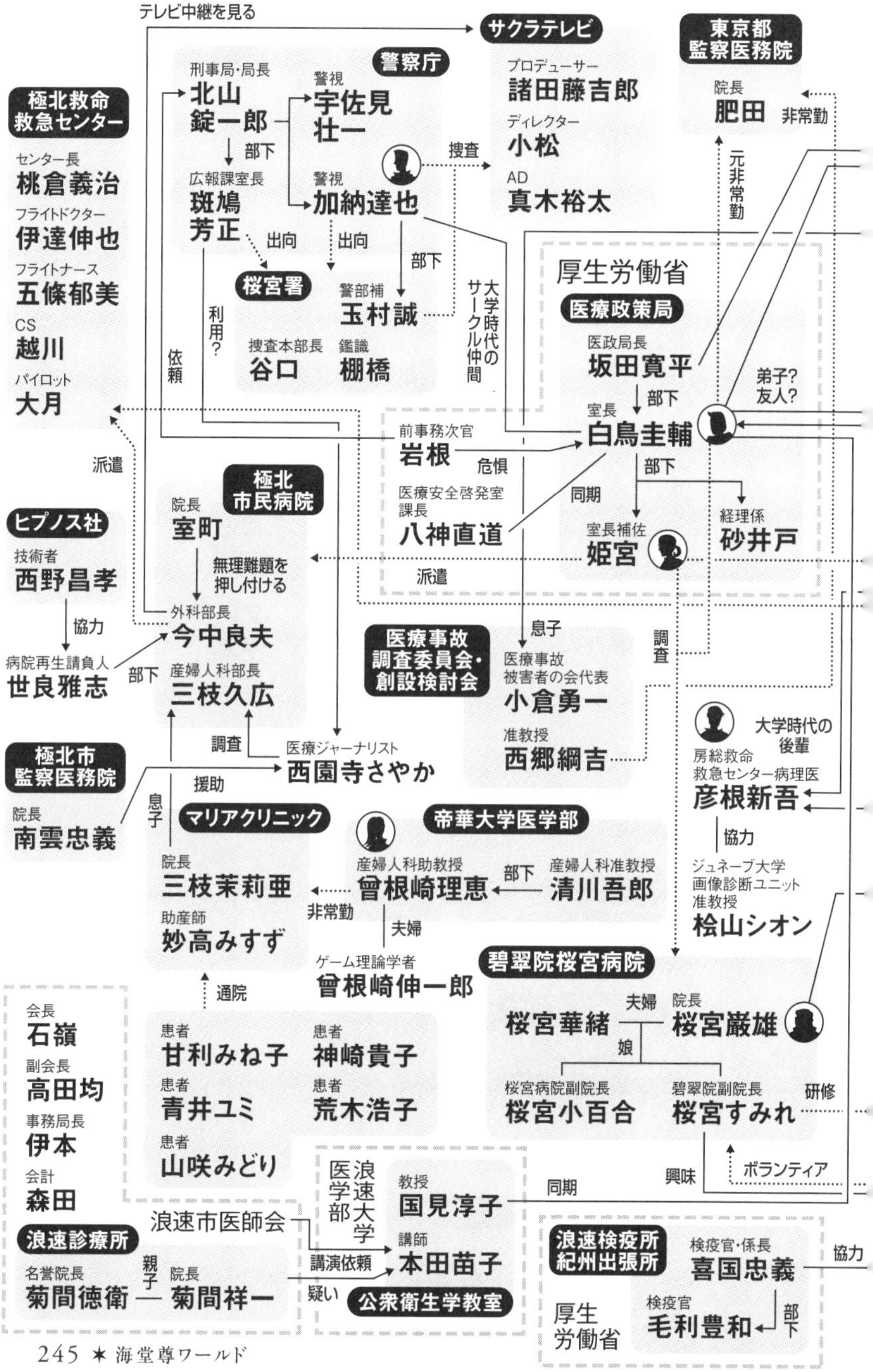
テレビ中継を見る
サクラテレビ
プロデューサー
諸田藤吉郎
ディレクター
小松
AD
真木裕太
東京都
監察医務院
院長
肥田
非常勤
元非常勤
警察庁
刑事局・局長
北山
錠一郎
部下
広報課室長
斑鳩
芳正
警視
宇佐見
壮一
警視
加納達也
捜査
出向
出向
部下
桜宮署
警部補
玉村誠
捜査本部長
谷口
鑑識
棚橋
利用？
依頼
大学時代のサークル仲間
極北救命
救急センター
センター長
桃倉義治
フライトドクター
伊達伸也
フライトナース
五條郁美
CS
越川
パイロット
大月
派遣
厚生労働省
医療政策局
医政局長
坂田寛平
部下
室長
白鳥圭輔
弟子？
友人？
前事務次官
岩根
危惧
医療安全啓発室
課長
八神直道
同期
部下
室長補佐
姫宮
経理係
砂井戸
派遣
極北
市民病院
院長
室町
無理難題を
押し付ける
外科部長
今中良夫
産婦人科部長
三枝久広
ヒプノス社
技術者
西野昌孝
協力
病院再生請負人
世良雅志
部下
医療事故
調査委員会・
創設検討会
息子
医療事故
被害者の会代表
小倉勇一
准教授
西郷綱吉
調査
大学時代の
後輩
房総救命
救急センター病理医
彦根新吾
協力
ジュネーブ大学
画像診断ユニット
准教授
桧山シオン
調査
医療ジャーナリスト
西園寺さやか
極北市
監察医務院
院長
南雲忠義
援助
息子
マリアクリニック
院長
三枝茉莉亜
助産師
妙高みすず
帝華大学医学部
産婦人科助教授
曾根崎理恵
部下
産婦人科准教授
清川吾郎
非常勤
夫婦
ゲーム理論学者
曾根崎伸一郎
碧翠院桜宮病院
夫婦
院長
桜宮華緒
桜宮巌雄
娘
桜宮病院副院長
桜宮小百合
碧翠院副院長
桜宮すみれ
研修
通院
患者
甘利みね子
患者
神崎貴子
患者
青井ユミ
患者
荒木浩子
患者
山咲みどり
会長
石嶺
副会長
高田均
事務局長
伊本
会計
森田
浪速市医師会
浪速診療所
名誉院長
菊間徳衛
親子
院長
菊間祥一
講演依頼
疑い
浪速大学
医学部
教授
国見淳子
講師
本田苗子
公衆衛生学教室
同期
興味
ボランティア
浪速検疫所
紀州出張所
検疫官・係長
喜国忠義
協力
検疫官
毛利豊和
部下
厚生
労働省

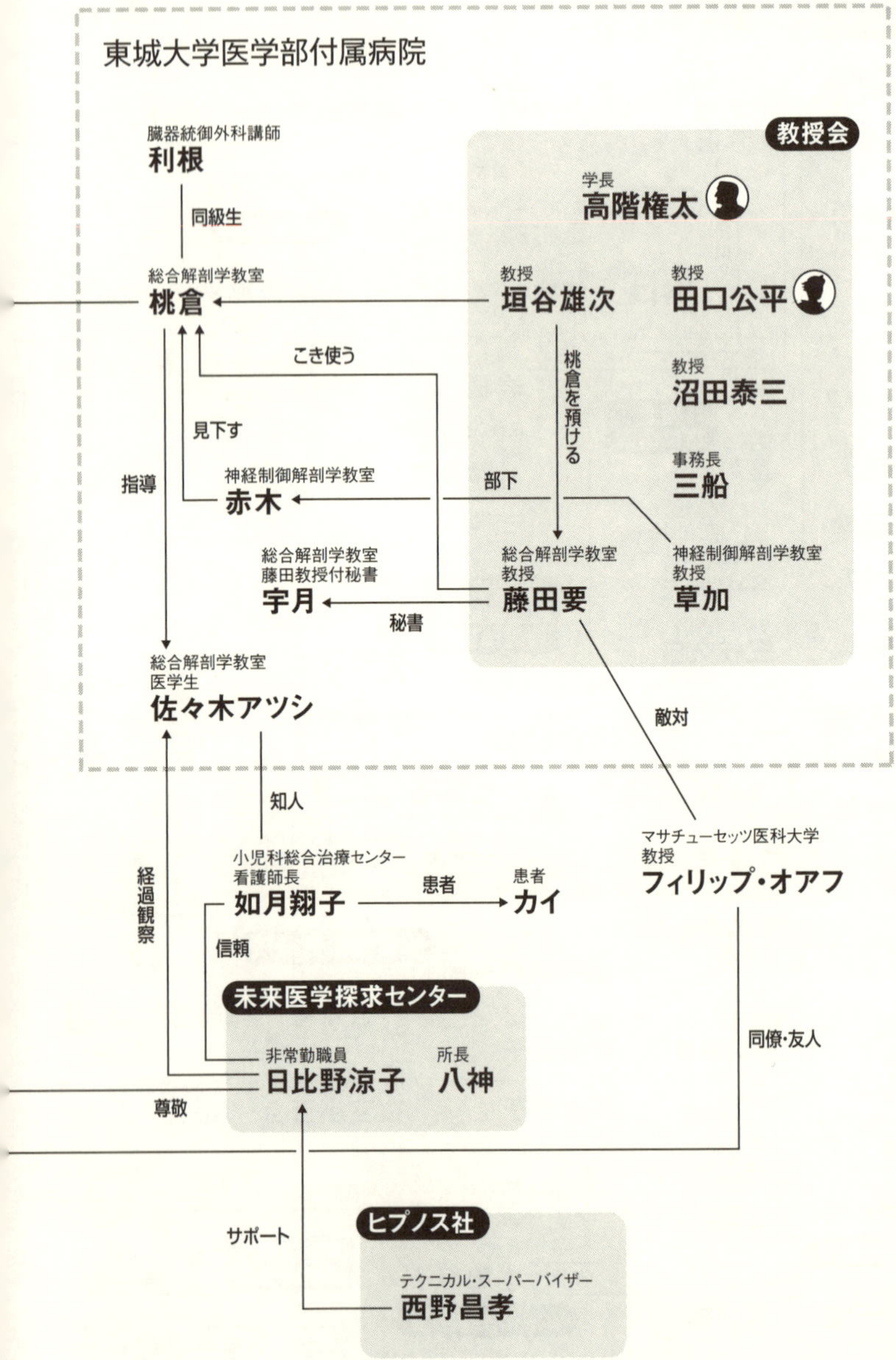
東城大学医学部付属病院
臓器統御外科講師
利根
同級生
総合解剖学教室
桃倉
教授会
学長
高階権太
教授
垣谷雄次
教授
田口公平
教授
沼田泰三
事務長
三船
こき使う
見下す
桃倉を預ける
指導
神経制御解剖学教室
赤木
部下
総合解剖学教室
藤田教授付秘書
宇月
秘書
総合解剖学教室
教授
藤田要
神経制御解剖学教室
教授
草加
総合解剖学教室
医学生
佐々木アツシ
敵対
知人
マサチューセッツ医科大学
教授
フィリップ・オアフ
小児科総合治療センター
看護師長
如月翔子
患者
患者
カイ
経過観察
信頼
未来医学探求センター
非常勤職員
日比野涼子
所長
八神
尊敬
同僚・友人
サポート
ヒプノス社
テクニカル・スーパーバイザー
西野昌孝

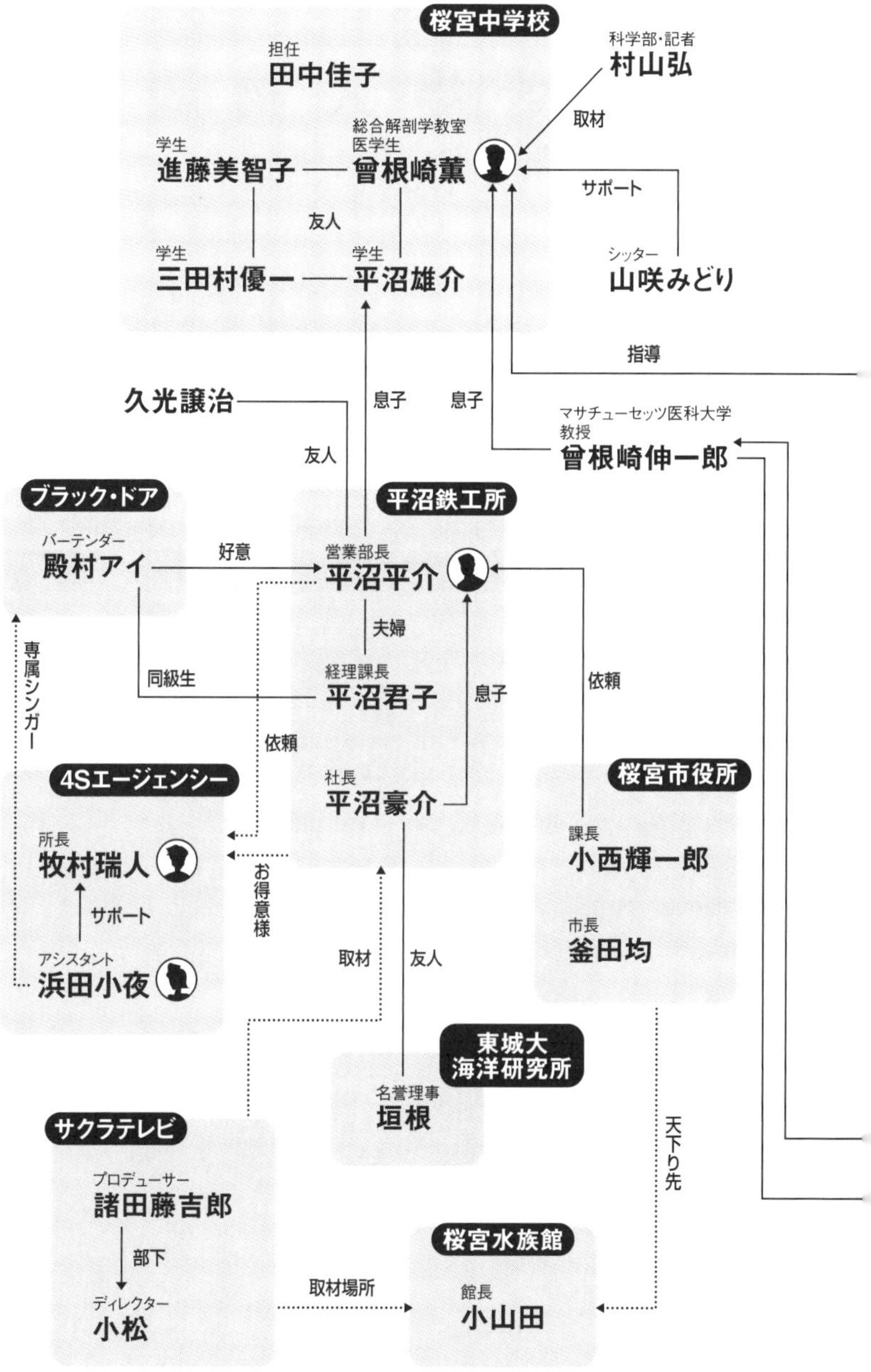

桜宮中学校
担任
田中佳子
学生
進藤美智子
総合解剖学教室
医学生
曾根崎薫
友人
学生
三田村優一
学生
平沼雄介
科学部・記者
村山弘
取材
サポート
シッター
山咲みどり
指導
久光讓治
友人
息子
息子
マサチューセッツ医科大学
教授
曾根崎伸一郎
ブラック・ドア
バーテンダー
殿村アイ
好意
同級生
専属シンガー
平沼鉄工所
営業部長
平沼平介
夫婦
経理課長
平沼君子
息子
社長
平沼豪介
依頼
依頼
お得意様
4Sエージェンシー
所長
牧村瑞人
サポート
アシスタント
浜田小夜
桜宮市役所
課長
小西輝一郎
市長
釜田均
取材
友人
東城大
海洋研究所
名誉理事
垣根
天下り先
サクラテレビ
プロデューサー
諸田藤吉郎
部下
ディレクター
小松
取材場所
桜宮水族館
館長
小山田

海堂尊ワールド

全登場人物表

魅力的なキャラクターが活躍する海堂ワールド。
全登場人物総勢593人をリスト化した。お気に入りのキャラクターはどこにいる?
※ネタバレを避けるため、一部登場作品を省略しています。なお、不統一だった名前は以下の表で統一しました。

書名略号

バ…『チーム・バチスタの栄光』、**ナ**…『ナイチンゲールの沈黙』、**螺**…『螺鈿迷宮』、
凱…『ジェネラル・ルージュの凱旋』、**ブ**…『ブラックペアン1988』、**夢**…『夢見る黄金地球儀』、
23…「東京都二十三区内外殺人事件」(『玉村警部補の災難』)、**医**…『医学のたまご』、
極…『極北クレーマー』、**ジ**…『ジーン・ワルツ』、**ひ**…『ひかりの剣』、**イ**…『イノセント・ゲリラの祝祭』、
青…「青空迷宮」(『玉村警部補の災難』)、**モ**…『モルフェウスの領域』、
伝…「ジェネラル・ルージュの伝説」(『ジェネラルルージュの伝説』文庫)、
疾…「疾風」(『ジェネラルルージュの伝説』文庫)、**残**…「残照」(『ジェネラルルージュの伝説』文庫)、
メ…『ブレイズメス1990』、**ス**…『スリジエセンター1991』、**マ**…『マドンナ・ヴェルデ』、**輝**…『輝天炎上』、
ラ…『極北ラプソディ』、**ア**…『アリアドネの弾丸』、**ケ**…『ケルベロスの肖像』、**浪**…『ナニワ・モンスター』、
四…『四兆七千億分の一の憂鬱』(『玉村警部補の災難』)、
エ…「エナメルの証言」(『玉村警部補の災難』)、**不**…「不定愁訴外来の訪問者」(『玉村警部補の災難』)

あ行

名前 かな	所属	備考	登場作品/セリフ有	セリフ無
相川太一 あいかわたいち	日本医師会	常任理事	イ	
青井タク あおいたく		ユミの息子		ジ、マ
青井ユミ あおいゆみ	マリアクリニック	患者	ジ、マ、輝	
青木 あおき	東城大学	総合外科学教室	ブ、メ、スリ	
赤井 あかい	浪速保健所	所長	浪	
赤木 あかぎ	東城大学	神経制御解剖学教室	医	
アガピ・アルノイド	東城大学	患者(バチスタケース31)		バ
秋月 あきづき	毬藻市	市長		ラ
浅井貞吉 あさいさだきち	帝華大学	心臓外科教授	イ	
浅田真菜 あさだまな		女優	ケ	ア
浅沼岳導 あさぬまがくどう	東城大学→神々の楽園	患者→教祖		ブ、イ
朝比奈ひかり あさひなひかり	帝華大学	薬学部/剣道部マネージャー	ひ	
東美知 あずまみち	極北市民病院	外科看護師	極	
天城雪彦 あまぎゆきひこ	モンテカルロ・ハートセンター→東城大学→スリジエ・ハートセンター	外科部長→共同研究者→センター長	メ、ス	輝、ケ
甘利みね子 あまりみねこ	マリアクリニック	患者	ジ、マ	
アユミ		ユミの友人		マ
荒井 あらい	極北市役所	市長秘書	極	
新垣 あらがき	東城大学	放射線科教授		ナ、螺、ア
荒木浩子 あらきひろこ	マリアクリニック	患者	ジ、マ	
有園 ありぞの		コメンテーター	浪	
アントニオ	オックスフォード医科大学	講師		メ
飯田 いいだ	東城大学	総合外科学教室		ス
飯沼 いいぬま	医療事故被害者の会	事務局	輝、ケ	
飯沼達次 いいぬまたつじ	東城大学	クローン病患者		ブ、輝、ケ
五十嵐 いがらし	東城大学	ICU病棟部副部長		凱

名前 かな	所属	備考	登場作品/セリフ有	セリフ無
斑鳩芳正 いかるがほうせい	警察庁刑事局新領域捜査創生室/桜宮市警	広報課室長	イ、極、輝、ア、ケ、浪、四	エ
石田 いしだ	帝華大学	教授/剣道部顧問		ひ
石橋 いしばし	サンザシ薬品	医学情報担当者（MR）	浪	
石嶺 いしみね	浪速市医師会	会長	浪	
板野 いたの	神威村診療所	患者	ラ	
井出 いで	極北保健所	課長	極	
糸賀 いとが	舎人町	先代町長		浪
糸田 いとだ	東城大学	生化学教室教授／剣道部顧問	ひ	
稲村 いなむら	極北消防署	極北支署長		極
井上 いのうえ	東城大学	助教授		メ
猪熊 いのくま	桜宮市警	玉村の同期	エ	
今井 いまい	帝華大学	医学部/剣道部	ひ	
今井 いまい	東城大学	総合外科学教室		ブ
今中良夫 いまなかよしお	極北大学→極北市民病院	第一外科学教室→極北市民病院外科部長/非常勤医/病院環境改善検討委員会委員長/リスクマネジメント委員会委員長/院内医療事故調査委員会設立委員委員長/サーベイランス院内調整委員/非常勤外科部長兼病院長代行→極北市民病院副院長/外科部長	極、ラ	
伊本 いもと	浪速市医師会	事務局長	浪	
岩根 いわね	厚生労働省	事務次官	イ	
植草 うえくさ	東城大学	総合外科学教室		ブ
上杉歳一 うえすぎとしかず	ウエスギ・モーターズ	会長	ス	メ
植田 うえだ	捜査班	班長		ア
植田 うえだ	国土交通省		浪	
宇佐見壮一 うさみそういち	警察庁	特別監査官/初動遊撃室警視	ア	輝
牛島 うしじま	東城大学	看護婦		ス
宇田川 うだがわ		解説委員	極	
内山聖美 うちやまきよみ	東城大学	小児科病棟医長	ナ	
宇月 うづき	東城大学	総合解剖学教室藤田教授付秘書	医	
有働 うどう	東城大学	神経内科学教室助教授→神経内科学教室教授	ケ	バ、凱、ス
宇野 うの	東城大学	渡海一郎の上司		ブ
漆間 うるま	極北地検	検事正	極	
江尻 えじり	東城大学	第二内科学教室→第二内科学教授→循環器内科教授/副病院長→病院長	伝、メ、ス	ケ
悦子 えつこ		真奈美の母	凱	
榎戸 えのきど	東城大学	小児外科		ス
遠藤 えんどう	東城大学	薬局長		メ、ス
大垣 おおがき	読掛新聞社会部	社会部記者	浪	
大久保リリ おおくぼりり	サクラテレビ	レポーター	医	
大河内 おおこうち			浪	
大谷 おおたに	病理学会	理事長		イ

名前 かな	所属	備考	登場作品/セリフ有	セリフ無
大月《おおつき》	極東航空	パイロット	ラ	
大友直美《おおともなおみ》	東城大学	手術室看護主任	バ	
大野《おおの》	サンザシ薬品			四
大林《おおばやし》	東城大学	総合外科学教室教授		ブ
大道《おおみち》	帝華大学	第一内科教授		ケ
大道幸広《おおみちゆきひろ》	帝華大学	医学部大三内科学教室教授/日本内科学会理事長	輝	
大村景子《おおむらけいこ》	極北タイムス	記者	ラ	イ、極
大森《おおもり》	国交省	室長		浪
オールド・ジョー	神奈川県警灯籠署		23	
緒方《おがた》	東城大学	事務長	メ	ス
女将《おかみ》	牡丹灯籠	女将	23	
奥寺隆三郎《おくでらりゅうざぶろう》	東城大学	小児科教授	ナ、凱	
小倉勇一《おぐらゆういち》	医療事故被害者の会	代表	イ、輝、ケ	
小倉勇吉《おぐらゆうきち》	東城大学	患者		バ
おジイ	薬殿院	住職/朝比奈ひかりの祖父	ひ	
織田《おだ》	極北大学医学部	第一外科教室准教授	極	ラ
小原《おはら》	文部科学省	事務官→室長		医、イ、モ
小俣《おまた》	極北救命救急センター	研修医		ラ
小山田《おやまだ》	桜宮水族館	桜宮市役所課長→桜宮水族館館長	夢	
か行				
カール・ハイゼルベルグ		博士	メ	
カイ	小児科総合治療センター	患者	医	
加恵《かえ》	スーパー海の幸	レジ/宏明幼馴染	極	
楓《かえで》	サクラテレビ	アナウンサー	浪	ア
加賀《かが》	碧翠院	患者	螺	
鏡博之《かがみひろゆき》	東城大→桜宮市民病院→東城中央市民病院	佐伯外科助手→外科部長	ス	ブ、輝、ケ
香川テル《かがわてる》	極北市民病院	外科看護主任	極	
垣谷雄次《かきたにゆうじ》	東城大学	総合外科学教室助手→総合外科学教室講師→臓器統御外科講師→教授	バ、ブ、医、メ、ス	
垣谷雪之丞《かきたにゆきのじょう》		垣谷の息子		バ
垣根《かきね》	東城大学理学部海洋研究所	名誉理事		夢
角田サキ子《かくたさきこ》	極北市民病院	外科看護師長	極、ラ	
梶谷孝利《かじたにたかとし》		年子の息子	ス	
梶谷年子《かじたにとしこ》	東城大学	患者	ス	
梶村《かじむら》	土佐県	知事		浪
ガスコス	モンテカルロ・ハートセンター	副院長		メ
片岡徹《かたおかとおる》	厚生労働省	審議官	イ	
片山《かたやま》	極北市民病院	内科看護主任	極	
加藤《かとう》	東城大学	看護婦		伝
加藤《かとう》	東城大学	カルテ係	バ	
加藤《かとう》	浪速市医師会	開業医	浪	
加藤寅雄《かとうとらお》	極北市役所	市民安全課課長	極、ラ	
カナ		ユミの友人		マ

名前 かな	所属	備考	登場作品/セリフ有	セリフ無
蟹江 かにえ	極北市民病院	事務員	極、ラ	
金古 かねこ	太宰市	市長		浪
金田 かねだ	帝華大学	医学部/発生学生徒	ジ	
カネダキク	東城大学	患者	バ	
金村 かねむら	東城大学	神経内科学教室准教授⇒外部へ教授として転出		バ、ケ
加納達也 かのうたつや	警察庁	警視正/刑事局刑事企画課電子網監視室室長→桜宮署	ナ、23、イ、青、四、エ	ア、ケ、不、浪
ガブリエル	オックスフォード医科大学	心臓外科ユニット教授	メ、ス	
鎌形雅史 かまがたまさし	東京地検特捜部→浪速地検特捜部	検事→副部長	浪	
釜田均 かまたひとし	桜宮市役所	桜宮市市長	夢	メ、ス
鎌本寛 かまもとひろし	さくら新聞	医療専従班		イ
紙谷 かみや	桜宮市警	課長	エ	
亀井 かめい	浪速保健所			浪
亀井敏子 かめいとしこ	極北市民病院	外科看護師	極	
鴨下正夫 かもしたまさお	厚生労働省	老健局局長	浪	イ
加代 かよ	桜宮病院	患者	螺	
河井 かわい	東城大学	医学部/剣道部	ひ	
川田 かわだ	東城大学	総合外科学教室		メ
神崎貴子 かんざきたかこ	マリアクリニック	患者	ジ	マ
神田宏樹 かんだひろき	東城大学	放射線科主任→放射線科技師長	ナ、凱、ア	
神林三郎 かんばやしさぶろう	東城大学	第一内科学教室教授	ブ	
木内 きうち	東城大学	循環器内科医局長、第二内科学教室医局長	ス、伝	
菊江 きくえ	東城大学	患者	ア	
菊池日菜 きくちひな	碧翠院	教師/患者	螺	輝
喜国忠義 きくにただよし	厚生労働省	浪速検疫所紀州出張所検疫官/係長	浪	
菊間祥一 きくましょういち	浪速診療所	院長	浪	
菊間誠一 きくませいいち		祥一の息子		浪
菊間徳衛 きくまとくえ	浪速診療所	名誉院長	浪	
菊間帆波 きくまほなみ		祥一の娘		浪
菊間美佐江 きくまみさえ	浪速診療所	徳衛の妻	浪	
菊間めぐみ きくまめぐみ	浪速診療所	祥一の妻	浪	
木崎 きざき	みちのく市民病院	外科部長		ブ
如月翔子 きさらぎしょうこ	東城大学	ICU看護師→ICU看護主任→小児科総合治療センター看護師長	ナ、凱、医、モ、残	
木島 きじま	東城大学	医学部/柔道部	ひ	
喜多 きた	捜査班			ア
木田 きだ	東城大学	理論物理学教室		マ
北島 きたじま	東城大学	総合外科学教室	ブ、メ、ス	
喜多野守 きたのまもる	喜多野産婦人科医院	院長		極
北山錠一郎 きたやまじょういちろう	警察庁	刑事局局長→Aiセンター副センター長	イ、ア、ケ	輝、浪
木下 きのした	神奈川県警灯籠署		23	
木下 きのした	サンザシ薬品	社員	ブ	

名前 かな	所属	備考	登場作品/セリフ有	セリフ無
君塚 きみづか	東京	都知事		浪
木村 きむら	極北署	警察署長	極、ラ	
木村 きむら	東城大学	総合外科学教室助手→肺外科学教室教授		ブ、ス
木村 きむら	浪速保健所	保健師	浪	
木村 きむら	バタフライ・シャドウ	キーボード	伝	
木村 きむら	東城大学	佐伯外科新入医局員		ス
キヨ		冷泉家家政婦		輝
清川吾郎 きよかわごろう	帝華大学医学部→帝華大学	帝華大医学部剣道部→産婦人科学教室准教授/不妊学会理事	ジ、ひ、極、マ	ラ
清川志郎 きよかわしろう	東城大学	医学部/剣道部→公衆衛生学教室教授	ひ、輝	
桐生恭一 きりゅうきょういち	サザンクロス心臓疾患専門病院→東城大学	臓器統御外科助教授	バ、メ	凱、イ
草加 くさか	東城大学	神経制御解剖学教室教授	医	
草野 くさの	経団連	会長		ス
鯨岡 くじらおか	竜宮組	組長	エ	
久世敦夫 くぜあつお	神威村診療所	医師	ラ	
工藤 くどう	東城大学	精神科講師	凱	
国見淳子 くにみじゅんこ	浪速大学	公衆衛生学教室教授	輝、浪	
久保 くぼ	帝華大学	医学部/剣道部	ひ	
久保 くぼ	バタフライ・シャドウ	ドラム		伝
久保圭子 くぼけいこ	東城大学	ICU病棟看護主任→看護副師長	凱、残	
熊田 くまだ	句会「あらたま」	メンバー/俳句仲間	マ	
久美 くみ	キャンディドロン	お笑い芸人	青	
雲井 くもい			浪	
倉田 くらた	財務省		浪	
栗岡誠 くりおかまこと	厚生労働省	参事官	イ	
栗田 くりた	ホーネット・ジャム	歯科医	エ	
クリフ・エドガー・フォン・ヴォルフガング	ジュネーヴ大学	画像診断ユニット教授	イ	ア
黒崎誠一郎 くろさきせいいちろう	東城大学	総合外科学教室助教授→臓器統御外科教授/臓器統御外科学教室教授/リスクマネジメント委員会副委員長	バ、ブ、凱、伝、メ、ス、ア、ケ	ナ、イ、23、モ、輝
黒サングラスの男	ホーネット・ジャム		エ	
剣崎太郎 けんざきたろう	厚生労働省→参議院議員		イ	
小池恵美子 こいけえみこ	小池花店	清美の娘		浪
小池加奈子 こいけかなこ	極北市民病院	外科看護師	極	
小池清美 こいけきよみ	小池花店	恵美子の母		浪
コージ		青井ユミの恋人	ジ、マ	
小暮 こぐれ	埼玉県	知事		浪
越川 こしかわ	極北救命救急センター・極東航空	コミュニケーション・スペシャリスト	ラ	
五條郁美 ごじょういくみ	極北救命救急センター	救命救急部初動班フライトナース	ラ	
五條健太郎 ごじょうけんたろう	俳優			ア

名前 かな	所属	備考	登場作品/セリフ有	セリフ無
小谷《こたに》	東城大学	医学部/剣道部副部長	ひ	
後藤継夫《ごとうつぐお》	みちのく大学→極北市民病院→神威村診療所	内科/医長/研修医	極、ラ	
小西輝一郎《こにしきいちろう》	桜宮市役所	桜宮市役所主査→管財課課長	夢	
小林《こばやし》	バタフライ・シャドウ	マネージャー	伝	
小堀《こぼり》		冴子のマネージャー	伝	
駒井亮一《こまいりょういち》	薩摩大学→東城大学	総合外科学教室	メ	
小松《こまつ》	サクラテレビ	キャスター／ディレクター	夢、青、輝、浪、残	
小柳昭一郎《こやなぎしょういちろう》	経済産業省		浪	
小山兼人《こやまかねと》	東城大学	患者	ブ	
小山の妻			ブ	
コンジロウ		元「パッカーマン・バッカス」メンバー	青	
近藤《こんどう》		教授		イ
権堂昌子《ごんどうまさこ》	東城大学	小児科看護主任	ナ、凱	残

さ行

西園寺さやか《さいおんじさやか》		医療ジャーナリスト	極、輝、ア、ケ	
西郷綱吉《さいごうつなよし》	上州大学/東京都監察医務院	法医学教室教授/非常勤職員	イ	ア、ケ、輝
斉藤《さいとう》	桜宮署		凱	
斉藤《さいとう》	薩摩大	教授		ブ
斉藤《さいとう》	東城大学	総合外科学教室→小児科学教室教授		ブ、ス
佐伯清剛《さえきせいごう》	東城大学	第二外科教授→総合外科学教室教授→病院長	ブ、ナ、伝、メ、ス	凱、ひ、イ、モ、ケ、輝
三枝久広《さえぐさひさひろ》	極北市民病院	茉莉亜の息子/産婦人科部長	極	ジ、マ、ラ、イ、輝
三枝茉莉亜《さえぐさまりあ》	マリアクリニック	院長	ジ、マ、輝	
酒井利樹《さかいとしき》	東城大学	臓器統御外科助手	バ	
榊原雄馬《さかきばらゆうま》	東城大学	患者(バチスタケース28)		バ
榊佳枝《さかきよしえ》	東城大学	総看護婦長→総婦長	メ、ス	
坂田寛平《さかたかんぺい》	厚生労働省	室長→健康政策局医事課課長→医政局長	螺、イ、ス、ケ、浪	バ、凱、ブ
坂部《さかべ》	帝華大学	医学部/剣道部	ひ	
佐久間《さくま》	東城大学	大学院生/理学部理論物理学教室助手		マ
桜宮葵《さくらのみやあおい》	碧翠院桜宮病院	医師	螺、メ	ケ、輝
桜宮巌雄《さくらのみやいわお》	東城大学→碧翠院桜宮病院	総合外科学教室→碧翠院桜宮病院院長/桜宮市医師会副会長	螺、メ、輝	ナ、凱、ブ、ス、マ、ア、ケ、エ
桜宮小百合《さくらのみやさゆり》	碧翠院桜宮病院	副院長	螺、輝、ア、ケ	メ
桜宮すみれ《さくらのみやすみれ》	桜華女子医大→碧翠院桜宮病院	副院長	螺、輝	ナ、ケ、メ
桜宮華緒《さくらのみやはなお》	碧翠院桜宮病院	代表	螺	ナ、ケ、輝
笹井浩之《ささいひろゆき》	東城大学	法医学教室教授	バ、ナ、ア、ケ、輝	凱、イ
佐々木アツシ《ささきあつし》	東城大学→未来医学探求センター→東城大学医学部	患者→総合解剖学教室医学生	ナ、医、モ	

名前 かな	所属	備考	登場作品/セリフ有	セリフ無
佐々木アツシの母			ナ、モ	
佐々木洋子《ささきようこ》	東城大学	患者(バチスタケース4)		バ
佐竹景子《さたけけいこ》	極北市民病院	外科看護師	極、ラ	
佐藤伸一《さとうしんいち》	東城大学	ICU病棟副部長代理/ICU病棟講師→ICU病棟部長代理/医学部総合外科統御学教室	ナ、凱、モ、疾、残	ラ、ア
佐野《さの》	東城大学	看護婦		伝
鹿間《しかま》	帝華大	西崎外科助教授	メ	
繁田《しげた》	浪速大学	秘書	輝	
忍《しのぶ》		ナンバー55/曽根崎理恵の娘		ジ、医、マ
柴田《しばた》	帝華大学	医学部/剣道部	ひ	
島田《しまだ》		顧問弁護士	極、ラ	
島津吾郎《しまづごろう》	東城大学	医学部/柔道部→放射線科准教授/画像診断ユニット部長/Aiセンター副センター長	ナ、凱、ブ、ひ、イ、輝、ア、ケ、エ	モ
下田《しもだ》	極北市民病院	放射線技師	極	
下平《しもひら》		教授		輝
ジャッカル		お笑い芸人/コメンテーター	浪	
翔太《しょうた》	極北市民病院		極	
白井加奈《しらいかな》		白井隆幸の妻		四
白石早苗《しらいしさなえ》	東城大学	神経内科看護師長	ナ、凱	
白井隆幸《しらいたかゆき》	サンザシ薬品	常務取締役/研究所副所長	四	
白鳥圭輔《しらとりけいすけ》	厚生労働省	大臣官房秘書課付医療技官/政務局医療過誤死関連中立的第三者機関設置推進準備室室長	バ、螺、ナ、凱、イ、23、輝、ア、ケ、浪	極
城崎亮《しろさきりょう》	バタフライ・シャドウ→マネージャー→4Sエージェンシー	ベース→水落冴子マネージャー→4Sエージェンシー代表責任者(社長)	ナ、伝、輝、ア、ケ	凱
真行寺龍太郎《しんぎょうじりゅうたろう》	桜宮市医師会	会長	ス	
進藤美智子《しんどうみちこ》	桜宮中学校		医	
陣内宏介《じんないこうすけ》	東城大学	循環器内科学教室教授/Aiセンター設計委員会委員長	輝、ケ	
新保《しんぽ》	帝華大学	医学部/剣道部主将	ひ	
菅井《すがい》	帝華大学	医学部/剣道部OB	ひ	
菅井達夫《すがいたつお》	維新大学	第一外科教授	メ、ス	
杉山由紀《すぎやまゆき》	東城大学	患者	ナ	
卓《すぐる》		加恵の息子		極
鈴木《すずき》	桜宮中学校	副校長	医	
鈴木《すずき》	東城大学	医学部/剣道部	ひ	
鈴木《すずき》	戸山署	署長		イ
鈴木《すずき》	元警視庁捜査一課		ア	
鈴木《すずき》	東城大学	佐伯外科新入医局員	ス	
鈴木久子《すずきひさこ》	東城大学	患者		ブ
鈴木弘幸《すずきひろゆき》	東城大学	患者(バチスタケース30)		バ
スズメのママ	スズメ	店主	螺	
鈴本《すずもと》	帝華大学	医学部/発生学生徒	ジ	
スターリーナイト店長	スターリーナイト	店長	凱	

名前 かな	所属	備考	登場作品/セリフ有	セリフ無
スターン	モンテカルロ・ハートセンター	博士		メ
砂井 すない	厚生労働省			イ
砂井戸 すないど	厚生労働省	経理係	ケ	
須永 すなが	須永整形外科医院	院長	イ	
関川 せきかわ	東城大学	総合外科学教室	ブ、メ	
セバスチャン	オテル・エルミタージュ	コンシェルジュ	メ	
世良雅志 せらまさし	東城大学医学部→東城大学→スリジエ・ハートセンター(佐伯外科教室に出向)→極北市民病院	サッカー部→総合外科学教室→スリジエハートセンター創設準備委員会委員/スリジエハートセンター常勤医→佐伯外科医局長→病院再生請負人→極北市民病院院長	ブ、ひ、伝、メ、ス、極、輝、ラ	ア、浪
セルゲイ	マサチューセッツ医科大学	教授	メ	
副島真弓 そえじままゆみ	東城大学	小児科病棟助教授→小児科准教授/小児科教室准教授	ナ、輝	ジ、マ
蘇我 そが	長州県	知事		浪
曾根崎薫 そねざきかおる	桜宮中学校→(東城大学医学部)	総合解剖学教室医学生/ナンバー54/曾根崎理恵の息子	医、モ	ジ、マ
曾根崎伸一郎 そねざきしんいちろう	帝華大→マサチューセッツ工科大学	理学部(応用物理学→社会論理学)→ゲーム理論講座教授/教授/ゲーム理論学者	医、マ、モ	ジ
曾根崎峰男 そねざきみねお	東城大学	理論物理学教室教授		マ
曾根崎理恵 そねざきりえ	帝華大学 東城大医学部→帝華大→マリアクリニック→セントマリアクリニック	産婦人科学教室助教 産婦人科医/マリアクリニック院長代理→講師→助教授→セントマリアクリニック院長	ジ、マ、輝	極
曾野 その	東城大学	放射線技師長		メ、ス

た行

名前 かな	所属	備考	登場作品/セリフ有	セリフ無
タエ	極北市民病院	患者	ラ	
高井戸 たかいど	サクラテレビ	リポーター	凱、疾	
高岡の妻 たかおかのつま			エ	
高岡儀助 たかおかぎすけ	ホーネット・ジャム	歯科医	エ	
高倉耕作 たかくらこうさく		立花善次の父		螺
高階権太 たかしなごんた	帝華大学医学部→帝華大学→東城大学	帝華大外科学教室助手→帝華大剣道部顧問→東城大剣道部顧問/総合外科学教室講師/国際心臓外科学会準備委員長→病院長	バ、ナ、螺、凱、ブ、医、イ、ひ、メ、ス、極、モ、ア、ケ、23、疾、輝	四、伝
高杉広嗣 たかすぎひろつぐ	内閣府		浪	
高瀬 たかせ	東城大学	ICU看護師		凱
高田信夫 たかだのぶお	東城大学	医学部/剣道部	ひ	
高田久絵 たかだひさえ	東城大学	患者(バチスタケース27)		バ
高田均 たかだひとし	高田内科医院	院長/浪速市医師会副会長	浪	
高嶺宗光 たかねむねみつ	内閣府	主任研究官	イ	ア
高野 たかの	東城大学	総合外科学教室助教授→脳外科学教室教授		ブ、ス
高橋 たかはし	サンザシ薬品	部長		浪
高橋 たかはし	精錬製薬	社員		ブ
高橋 たかはし	東城大学	佐伯外科新入医局員	ス	
高橋 たかはし	東城大学	医学部/剣道部		ひ
高原美智 たかはらみち	翡翠院桜宮病院→東城大	乳癌末期患者	螺、ケ、輝	

名前 かな	所属	備考	登場作品/セリフ有	セリフ無
田上《たがみ》	東城大学	研修医	モ	
高見守《たかみまもる》	浪速検疫所	所長	浪	
高安秀樹《たかやすひでき》	さくら新聞	論説委員	イ	
高山《たかやま》		医療ジャーナリスト	ジ	
田口公平《たぐちこうへい》	東城大学医学部→東城大学	神経内科学教室講師/不定愁訴外来主任/電子カルテ導入推進委員会委員長/厚生労働省医療事故問題検討委員会委員/リスクマネジメント委員長/Aiセンターセンター長/シンポジウム実行委員会委員長→教授	バ、ナ、凱、イ、23、ブ、ひ、青、医、伝、輝、ア、ケ、モ、不、四、エ	螺、極、疾
タケシ		ユミの恋人		ジ
竹田《たけだ》	厚労省→浪速府	副知事		浪
武田多聞《たけだたもん》	日本医療業務機能評価機構	サーベイヤー顧問	極	
竹之内《たけのうち》	神威村役場		ラ	
蛸島要三《たこしまようぞう》	竜宮組	幹部/舎弟頭	エ	
田坂《たさか》	東城大学	患者		メ
田島勇作《たじまゆうさく》	相模原大学	法学部教授/『医療関連死モデル事業』座長	イ	
田代《たしろ》	東城大学	薬剤師	ケ	
多田《ただ》	多田外科			ラ
多田《ただ》	東城大学	形成外科教授	メ	
忠士《ただし》	桜宮病院	患者	メ	
多田慎太郎《ただしんたろう》		治験被験者		四
多々良浩介《たたらこうすけ》	総務省	室長	浪	
立花茜《たちばなあかね》		結城の娘	螺	
立花善次《たちばなぜんじ》	メディカル・アソシエイツ	社員		螺
伊達勘九郎《だてかんくろう》	北森炭鉱	炭坑夫		ラ
伊達伸也《だてしんや》	極北救命救急センター	フライトドクター/副部長	ラ	
田所豊作《たどころほうさく》	極北市民病院	患者	極、ラ	
田中《たなか》	東城大学	麻酔科助手→麻酔科教授	ブ、メ	バ、ス
田中《たなか》	東城大学	総合外科学教室		ブ
田中《たなか》	極北市民病院	患者	極	
田中《たなか》	メドックス高岡社	課長		浪
田中秀正《たなかひでまさ》	東城大学	患者/「バッカス友の会」会長	ナ	
田中佳子《たなかよしこ》	桜宮中学校	曽根崎薫の担任	医	
田中良三《たなかりょうぞう》	東城大学	患者(バチスタケース29)		バ
田無《たなし》			ス	
棚橋《たなはし》	桜宮署/桜宮市警鑑識課	鑑識官/桜宮科捜研鑑識室室長	ナ、青、輝、四	ア
田辺義明《たなべよしあき》	墨江総合法律事務所	所長	イ	
谷口《たにぐち》	桜宮署	捜査本部長	ナ、ア	青
谷村《たにむら》	東城大学	循環器内科講師	凱	
谷本《たにもと》	東城大学	研修医	モ	
種田《たねだ》	太宰大学	教授		浪
田上《たのうえ》	東城大学	研修医	残	
田上義介《たのうえぎすけ》	田上病院	院長/神奈川県嘱託警察医	23	
田端《たばた》	保健所	所長		ラ
田端健市《たばたけんいち》	東城大学	医学部	螺	輝

名前 かな	所属	備考	登場作品/セリフ有	セリフ無
田町 たまち	東城大学	総合外科学教室		メ
玉村誠 たまむらまこと	桜宮署	警部補	ナ、夢、青、イ、ア、不、四、エ	ケ、23
タミ	極北救命救急センター	受付	ラ	
田村 たむら	消防署極北支署	班長	極	
田村 たむら	極北大学医学部付属病院第一外科→極北救命救急センター	フライトドクター	ラ	
田村幸三 たむらこうぞう	帝華大学	病理学教室教授	イ	
田村洋子 たむらようこ	東城大学	食道癌患者		ブ
垂井 たるい	朝売新聞	記者	ラ	
チェリーのマスター	チェリー	マスター	メ、ス	
千代田悠也 ちよだゆうや	東京地検特捜部→浪速地検特捜部	検事	浪	
塚本 つかもと	帝華大学	看護学部/女子剣道部責任者	ひ	
鶴岡 つるおか	極北市民病院	内科看護師長/手術室師長	極、輝	
鶴岡美鈴 つるおかみすず				輝
天童隆 てんどうたかし	崇徳館大学	医学部/剣道部主将	ひ	
天馬大吉 てんまだいきち	東城大学	医学部	螺、ケ、輝	
東堂文昭 とうどうふみあき	マサチューセッツ医科大学	特別上席教授/Aiセンター副センター長（Aiセンターウルトラ・スーパーバイザー）	ケ、輝	ナ、ア
トオル				エ
トオルの母			エ	
渡海一郎 とかいいちろう	極北大学→東城大学→離島医	極北大学医学部内科助手→東城大学内科講師→離島医		ブ
渡海征司郎 とかいせいしろう	東城大学医学部→東城大学極北大学→東城大学	極北大学医学部内科助手→東城大学内科助手→講師→総合外科学教室講師	ブ、ひ	ス、メ、ケ、輝、伝
トク	桜宮病院	患者	螺	
徳永栄一 とくながえいいち	桜宮市民病院	患者		ス
徳間 とくま	蔵王大	教授		極
徳村 とくむら	北海道	知事		ラ、浪
髑髏革ジャン男 どくろかわじゃんおとこ	東城大学	患者	残	
戸田 とだ	極北救命救急センター・極東航空	整備士	ラ	
戸田おさむ とだおさむ		治験被験者		四
利根 とね	東城大学	臓器統御外科講師	医	
利根川一郎 とねがわいちろう		元「パッカーマン・バッカス」メンバー	青	
殿村アイ とのむらあい	ブラック・ドア	バーテンダー	夢	
鳥羽欽一 とばきんいち	浪速大学法医学教室教授、浪速市監察医務院院長	院長	輝	
富田 とみた	東城大学	麻酔科教授		メ
ドミンゴ		ゲーム仲間		四
戸村 とむら	極北大学	第一外科医局長	極	ラ
戸村義介 とむらぎすけ	東城大学	患者		ブ
智子 ともこ		今中の元恋人	極	
友野勇一 とものゆういち	イメージ・エレクトリック社	技術者	ア	ケ

名前 かな	所属	備考	登場作品/セリフ有	セリフ無
友野の母			ア	
豊田 とよだ	浪速地検	検事	浪	
豊田カエ とよだかえ	極北大学	クラーク(医療事務)		極

な行

名前 かな	所属	備考	登場作品/セリフ有	セリフ無
中貝 なかがい		国家公安委員長		ア
中島 なかじま	極北大	剣道部		ひ
中瀬 なかせ	桜宮がんセンター	部長		メ、ス
仲根貴子 なかねたかこ	雪見市	市長	ラ	
中野美佐子 なかのみさこ	桜宮女子短大	倫理学教授	凱	
中村 なかむら	東城大学	看護師/主任		凱
中村 なかむら	機器メーカー	臨床技工士(東城大へ出向)/委託職員		メ
長村 ながむら	東城大学	医学部/剣道部	ひ	
中村和敏 なかむらかずとし	神々の楽園	信者		イ
中村清子 なかむらきよこ	神々の楽園	信者	イ	
中村貞夫 なかむらさだお	東城大学	皮膚科学教室教授		ブ
中村浩昌 なかむらひろまさ	神々の楽園	信者	イ	
中村祐輔 なかむらゆうすけ	ユタ大学			四
中本 なかもと		日本内科学会副理事長		輝
南雲杏子 なぐもきょうこ	碧翠院→極北市監察医務院	ネット関連全般担当/コンピューター係	螺、極、ア、輝	ケ
南雲忠義 なぐもただよし	極北市監察医務院	院長/Aiセンター副センター長/極北市監察医務院元院長兼桜宮市警科学捜査研究所特別顧問	極、ア、ケ、輝	ラ
名倉 なぐら	東城大学	総合外科学教室		ブ
ナナ	チェリー・ホームセンター	店員	夢	
ナナ	パピヨン			浪
並木梢 なみきこずえ	極北市民病院→神威村診療所	産婦人科看護師→看護師	極	ラ
鳴海涼 なるみりょう	サザンクロス心臓疾患専門病院→東城大学	基礎病理学教室助教授	バ	ナ、イ
新村隆生 にいむらたかお	青葉県	知事	浪	
西川洋子 にしかわようこ	NPO法人・ペイジェント・バイスタンダーの会	理事長	イ	
西崎慎治 にしざきしんじ	帝華大学	第一外科教授	ブ	メ、ス
仁科裕美 にしなゆみ	東城大学	患者(バチスタケース32)		バ
西野昌孝 にしのまさたか	ヒプノス社	技術者/テクニカル・スーパーバイザー	ラ、モ	
西村 にしむら	極北大学	看護学部社会保険学科准教授		極
丹波千代 にわちよ	東城大学	神経内科看護主任	ナ、凱	
布崎夕奈 ぬのざきゆうな	日本医療業務機能評価機構	サーベイヤー	極	
沼田泰三 ぬまたたいぞう	東城大学	心療内科学教室准教授→教授/エシックス・コミティ委員長→エシックス・コミティ主任責任者	凱、医、ア、ケ	ナ、輝、四、疾
根岸 ねぎし	碧翠院	経理	螺	
猫田麻里 ねこたまり	東城大学	総合外科学教室看護主任→小児科病棟看護師長/ICU病棟看護師長→総師長	ナ、凱、ブ、伝、メ、ス、モ	残
野口 のぐち	帝華大学	麻酔科教授		ス
野中 のなか	東城大学	整形外科教授		ブ

名前 かな	所属	備考	登場作品/セリフ有	セリフ無
野々村 ののむら	浪速地検	検事	浪	
野村参臓 のむらさんぞう	日本医師会			ス
野村勝 のむらまさる	桜英弁護士事務所		凱	
野呂田の母 のろたのはは	八百屋「八百福」		浪	
野呂田のボン	八百屋「八百福」	野呂田の息子/患者		浪
袴田 はかまだ	厚生労働省	大臣官房局長		イ
初 はつ	浪速診療所	患者	浪	
花房美和 はなぶさみわ	東城大学→極北救命救急センター	看護婦→ICU病棟看護師長→看護師長	ナ、凱、ブ、伝、メ、ス、ラ、疾	
花村大樹 はなむらだいき	東城大学	医学部/剣道部	ひ	
羽場貴之 はばたかゆき	東城大学	臨床工学士	バ	凱
馬場利一 ばばとしかず		フリーター/ゲーマー	四	
羽場雪之丞 はばゆきのじょう		羽場の息子		バ
バベル・ハッサン		バーレーンの王族/患者		メ
浜田小夜 はまださよ	東城大学→4Sエージェンシー	小児科病棟看護師→4Sエージェンシー	ナ、凱、夢	モ、輝
速水晃一 はやみこういち	東城大学医学部→東城大学→極北救命救急センター	東城大医学部剣道部主将→佐伯外科新入医局員→ICU病棟部長→センター長代行/副センター長	ナ、凱、ブ、ひ、伝、ス、極、ラ、疾	イ、ア、ケ、輝、残
ハリー	バタフライ・シャドウ	ボーカル	伝	
坂東 ばんどう	桜宮署	警部	ナ	イ
バンバン		ゲーム仲間		四
ピーコック	ルキノ社	社長/患者	メ	
日垣 ひがき	東城大学	呼吸器内科講師	凱	
日笠 ひがさ	東城大学	医学部	ひ	
東出 ひがしで	神奈川県	知事		浪
東原 ひがしはら	東京地検特捜部	副部長		浪
比嘉徹之 ひがてつゆき	東京地検特捜部→浪速地検特捜部	検事	浪	
比嘉 ひき	東城大学	総合外科学教室		メ
曳地 ひきち	東城大学	呼吸器内科助教授/リスクマネジメント委員会委員長	バ、凱	ナ、イ、ケ、23
ヒギンズ	マサチューセッツ医科大学	教授	ブ	
樋口 ひぐち	極北市役所	市民安全課	極	
樋口進一 ひぐちしんいち		樋口の息子		極
彦根新吾 ひこねしんご	東城大学医学部→房総救命救急センター	東城大学医学部合気道部→診断課・病理医/Aiセンター副センター長	イ、ひ、ス、ア、浪、ケ、輝	ラ
久倉留蔵 ひさくらとめぞう	東城大学	患者		バ、ナ、凱
久子 ひさこ	スターリーナイト	ウエイトレス	浪	
ヒサト	桜宮小学校	ナナの息子		夢
久光譲治 ひさみつじょうじ		平沼平介の友人	夢	
久本 ひさもと	ウエスギ・モーターズ	会長秘書	ス	
肥田 ひだ	東京都監察医務院	院長	23	
秀樹 ひでき		甘利みね子第一子		ジ
ひな子 ひなこ	東城大学	看護婦	ブ	

名前 かな	所属	備考	登場作品/セリフ有	セリフ無
日野真人《ひのまさと》	帝華大学	法学部教授	イ	
日比野涼子《ひびのりょうこ》	未来医学探求センター	非常勤職員/専任施設担当官	モ	
日向千花《ひむかいちか》	碧翠院	臨床心理士→患者	螺	ケ、輝
氷室貢一郎《ひむろこういちろう》	東城大学	麻酔科講師	バ	
姫宮香織《ひめみやかおり》	厚生労働省	大臣官房秘書課付/政務局医療過誤死関連中立的第三者機関設置推進準備室室長補佐	螺、凱、極、輝、ケ	バ、ナ、イ、ア、23
桧山シオン《ひやましおん》	ジュネーヴ大学	画像診断ユニット准教授/Aiセンター副センター長/テクニカルアドバイザー	イ、ア、ケ、輝	
兵藤勉《ひょうどうつとむ》	東城大学	神経内科学教室助手/医局長	バ、ナ、凱、イ、モ、ア、ケ、輝	螺
平井《ひらい》	東城大学	総合外科学教室		メ
平井《ひらい》		雲井の前任		浪
平河《ひらかわ》	東城大学	眼科・教授	モ	
平島雄一《ひらしまゆういち》	東城大学	眼科助教授	ナ	
平田《ひらた》	帝華大学	産婦人科学教室講師		ジ
平沼君子《ひらぬまきみこ》	平沼鉄工所	経理課長	夢	
平沼豪介《ひらぬまごうすけ》	平沼鉄工所	社長	夢	
平沼平介《ひらぬまへいすけ》	平沼鉄工所	営業部長	夢	
平沼豊介《ひらぬまほうすけ》	帝華外語大学→国際商社	平介の弟		夢
平沼雄介《ひらぬまゆうすけ》	桜宮中学校	平介の息子	夢、医	
平松勇樹《ひらまつゆうき》	極北市民病院	事務長	極、ラ	
比留間《ひるま》	厚生労働省	大臣官房秘書課局長		ケ
広井《ひろい》	東城大学	病院事務	凱	疾
広井《ひろい》	東城大学	患者		ス
広川みゆき《ひろかわみゆき》		治験被験者		四
広崎明美《ひろさきあけみ》	極北市民病院	患者		極
広崎宏明《ひろさきひろあき》	消防署極北支署	消防士	極、ラ	
広末《ひろすえ》	浪速市医師会	開業医	浪	
広橋《ひろはし》	維新大学	事務長		メ
フィリップ・オアフ	マサチューセッツ医科大学	教授	医	
風助《ふうすけ》	トランプ魔人	お笑い芸人	青	
笛田勇一《ふえたゆういち》		治験被験者		四
福井《ふくい》	東城大学	手術室婦長→看護部総婦長		ス
福本康夫《ふくもとやすお》	東京地検特捜部	検事	浪	
福山久作《ふくやまきゅうさく》	極北市役所	市長	極	輝
藤田要《ふじたかなめ》	東城大学	総合解剖学教室教授	医	
藤森《ふじもり》	陸奥県	知事		浪
藤原真琴《ふじわらまこと》	東城大学	手術室婦長→総合外科学病棟看護婦長→不定愁訴外来専任看護師	バ、ナ、螺、凱、ブ、イ、モ、メ、ス、ア、ケ、不、四、エ	23、伝
別宮葉子《べっくようこ》	時風新報	桜宮支所社会部主任・記者	螺、イ、ケ、輝	バ、ナ、エ
辺見《へんみ》	極北市民病院	薬局長	極	
ヘンロ		ゲーム仲間		四

	名前 かな	所属	備考	登場作品/セリフ有	セリフ無
	ポール・バッカー		博士		メ
	星野響子 ほしのきょうこ	元東城大学	元手術室看護師		バ、ナ
	細井 ほそい	厚生労働省	事務次官	浪	凱、イ、ア、ケ
	ボビー・ジャクソン	テキサス大学	助教授	メ	
	堀江 ほりえ		臨床工学技士		ス
	本田 ほんだ	極北市消防署/消防署極北支署	署長	極、ラ	
	本田苗子 ほんだみつこ	浪速大学、警察庁外事情報部外事関連施設潜行室	公衆衛生学教室講師→准教授	輝、浪	
ま行	**前園** まえぞの	東城大学	医学部/剣道部	ひ、メ	
	前田 まえだ	極北市民病院	今中の前任者		極
	前田 まえだ	トンカツ	お笑い芸人	青	
	真紀 まき	高校	曽根崎理恵の友人	マ	
	巻田 まきた	桜宮市医師会	理事	ス	
	牧村鉄夫 まきむらてつお		牧村瑞人の父	ナ	
	牧村瑞人 まきむらみずと	東城大学→4Sエージェンシー	患者→助手→所長	ナ、夢、ア	モ、ケ
	真木裕太 まきゆうた	サクラテレビ	アシスタント・ディレクター	青	
	真咲 まさき	県立こども病院	部長		ナ
	益村秀人 ますむらひでと	極北市役所	極北市長	ラ、浪	
	益村の甥				ラ
	松井 まつい	東城大学	手術室看護婦長→総合外科学教室看護婦長→看護課総看護師長	バ、メ	ナ、凱、伝、ス
	松崎次郎 まつざきじろう		松崎事件被害者		ア
	松田美代子 まつだみよこ	極北市民病院	事務	極	
	松原喜一 まつばらよしかず	桜宮スキー場	スキーインストラクター	四	
	松本 まつもと	東城大学	佐伯外科新入医局員	ス	伝
	真中ゆう子 まなかゆうこ	舎人町保健福祉センター	専任保健師兼事務局長/舎人町町長	浪	
	真奈美 まなみ	東城大学	患者		凱
	真奈美の父		弁護士	凱	
	マリツィア・ド・セバスティアン・シロサキ・クルーピア	マリツィア直系・分家第二十五代当主	建築家	メ、輝	ス、ケ
	丸山 まるやま	句会「あらたま」	講師	マ	
	丸山の姉		丸山の姉	マ	
	三浦 みうら	桜宮市役所	主査	夢	
	ミエル	大使館 ノルガ共和国日本領事館	メイド	モ	
	美香 みか	シャングリラ	店員	ブ	
	三上 みかみ	東城大学	医学部/剣道部	ひ	
	右田 みぎた	東城大学	神経内科学教室教授		ス
	美佐江 みさえ	極北救命救急センター	看護師	ラ	
	三島 みしま	平沼鉄工所	元工員		夢
	水落冴子 みずおちさえこ		歌手→患者	ナ、凱、伝	ブ、ア、輝
	水沢栄司 みずさわえいじ	極北大学医学部→極北大学	剣道部主将→第一外科教室教授	ひ、極、ラ	
	三田村 みたむら	桜宮市医師会	常任理事	ス	

名前 かな	所属	備考	登場作品/セリフ有	セリフ無
三田村 みたむら	東城大学	消化器外科		メ
三田村優一 みたむらゆういち	桜宮中学校		医	
美智 みち	桜宮病院	患者	螺	
三井 みつい	帝華大学	基礎解剖学教室教授		ジ
三橋 みつはし	東城大学	総合外科学教室	ブ	
水上 みなかみ	東城大学	患者		残
皆川 みながわ		コメンテーター	ラ	
皆川妙子 みながわたえこ	東城大学	患者	ブ	
皆川竫夫 みながわやすお		皆川妙子の夫	ブ	
美奈代 みなよ		久美の元同級生		青
美濃 みの	東城大学	医学部/軟式庭球部	ひ	
箕輪 みのわ	薩摩県	知事		浪
ミヒャエル	サザンクロス心臓疾患専門病院	心臓外科部長→教授	バ、メ	
三船 みふね	東城大学	事務長	凱、医、ア、ケ、疾	ナ、イ、輝
三船千春 みふねちはる		三船の妻	疾	
三船美咲 みふねみさき		三船の娘	疾	
ミホ	帝華大	循環器内科病棟		ジ
宮地 みやぢ	宮地整形外科			ラ
宮野 みやの	東城大学	理学部理論物理学教室助教授	マ	
宮野 みやの	雪見市商工会議所青年部会	代表	ラ	
深山 みやま	ストレッチ・ヘルス社	課長		浪
美由 みゆ	カッコーズ	ウェイトレス	イ	
妙高みすず みょうこうみすず	マリアクリニック	助産師	ジ、マ	
村上 むらかみ	厚生労働省	課長		イ
村雨弘毅 むらさめこうき	桜宮市役所→浪速府知事	桜宮市長秘書→知事	メ、ス、浪	ラ、ア、輝
村田佳菜 むらたかな	オレンジ新棟二階小児センター	患者	モ	
村山弘 むらやまひろし	時風新報	科学部・記者	医	
室町 むろまち	極北市民病院	院長	極	ラ
毛利豊和 もうりとよかず	厚生労働省	浪速検疫所紀州出張所検疫官	浪	
モエ	東城大学	患者		残
モエ	浪速地検	渉外部		浪
モズク		ゲーム仲間		四
桃倉 ももくら	東城大学	総合解剖学教室	医	
桃倉義治 ももくらよしはる	極北救命救急センター	センター長	ラ	ブ、極
桃倉光二 ももくらこうじ		桃倉義治の息子	ラ	
百瀬 ももせ	東城大学	法医学教室助手		輝
森 もり	森歯科医院	院長/検視協力歯科医	エ	
森田 もりた	浪速市医師会	会計担当	浪	
盛田克子 もりたかつこ	句会「あらたま」	メンバー/俳句仲間	マ	
森野弥生 もりのやよい	東城大学	ICU病棟看護師	ナ、凱	
森村 もりむら	森村内科			ラ
森村 もりむら	東城大学	医学部		輝
森村 もりむら	浪速地検特捜部		浪	

	名前 かな	所属	備考	登場作品/セリフ有	セリフ無
	諸田藤吉郎 もろたとうきちろう	サクラテレビ	「プライムエイト」取材特捜班キャップ/キャスター/プロデューサー	ジ、夢、青、極、浪	
	門間 もんま		先生		輝
や行	八神直道 やがみなおみち	厚生労働省→未来医学探求センター	室長→所長	イ、浪、モ、ケ	
	屋敷 やしき	帝華大学	産婦人科学教室教授/日本産婦人科学会　理事長	ジ	極、輝
	矢作隆介 やはぎりゅうすけ	東城大学	医学部	輝	
	矢部 やべ	東城大学	医学部/弓道部	ひ	
	山咲貴久 やまさきたかひさ	東城大学	理学部理論物理学教室助手→助教授		マ
	山咲みどり やまさきみどり	マリアクリニック	東城大学理学部理論物理学教室教室秘書→患者→曾根崎薫のシッター	ジ、医、マ	
	山田 やまだ	東城大学	佐伯外科新入医局員		ス
	山田美保 やまだみほ	天目小学校	教員		浪
	山村 やまむら	富士見診療所	所長	メ、ス	
	山本 やまもと	東城大学	小児科病棟看護師	ナ	
	山本 やまもと	東城大学	佐伯外科新入医局員		ス
	ユイ	マリアクリニック	甘利の子		マ
	結城 ゆうき	メディカル・アソシエイツ	代表	螺、凱	
	結城 ゆうき				輝
	祐子 ゆうこ		世良の元恋人	ブ	
	ユウコ		ユミの友人		マ
	由香 ゆか		真木の恋人		青
	ユナちん		ゲーム仲間		四
	由美 ゆみ				マ
	由美の母			マ	
	由美子 ゆみこ		嫁	ケ	
	湯本久美 ゆもとくみ	東城大学	医学部	輝	
	横井 よこい	東城大学	病理医		ブ
	吉野 よしの	厚生労働省	浪速検疫所紀州出張所事務員		浪
	米田 よねだ	東城大学	副婦長	伝	
	頼子 よりこ		千代田の恋人	浪	
ら行	リド	モンテカルロ・ハートセンター	院長		メ
	冷泉 れいせん	帝華大学	教授、美雪の父		輝
	冷泉深雪 れいせんみゆき	東城大学	医学部	輝	ケ
わ行	若女将 わかおかみ	かんざし	女将	浪	
	若山 わかやま	日向県	知事		浪
	和田 わだ		プロデューサー		ア
	渡辺勝雄 わたなべかつお	薩摩大学医学部→東城大学	医学部→総合外科学教室	ブ	
	渡辺金之助 わたなべきんのすけ	東城大学	患者	ケ	

海堂尊ワールド

桜宮市年表

海堂ワールドのメイン舞台である桜宮市では、どのようなことが起きていたのか？　その歴史を紐解きながら、物語に浸ろう。

年代	出来事	関連作品
〈過去〉		
一八七〇年頃	碧翠院、桜宮病院建設	
一九七一	極北大内科助手渡海一郎、東城大内科講師就任	
	佐伯清剛助教授、国際学会inスペイン	
一九七八	医鷲旗大会で帝華大優勝（主将・高階権太）	
一九八五	赤煉瓦棟（現・旧館）改修工事	
一九八八	世良雅志、東城大総合外科学教室（佐伯外科）に入局	
	東城大看護婦花房美和、手術室一年目	『ブラックペアン1988』
	高階、東城大佐伯外科・講師就任	『ひかりの剣』
	桜宮湾にて新種のボヤ発見	
	桜宮水族館別館「深海館」開館	
	桜宮市、「深海館」に黄金地球儀を設置	
	11月　国際外科フォーラム1988	
一九八九	第38回医鷲旗大会で帝華大優勝（主将・清川吾郎）	

	佐伯教授、東城大病院長就任	
	東城大、新病院棟（現・本館病棟）完成	
	東城中央市民病院、桜宮市民病院へ名称変更	
一九九〇	4月　世良が天城雪彦とモンテカルロで出会う	『ブレイズメス1990』
	天城雪彦、東城大佐伯外科に参画	
	5月　世良、スリジエ・ハートセンター常勤医に任命	
	7月　天城、日本胸部外科学会学術総会in国際会議場	
一九九一	4月　東城大に田口公平・神経内科、速水晃一・総合外科、島津吾郎・放射線科へそれぞれ入局	『スリジエセンター1991』
	天城　ダイレクト・アナストモーシス公開手術　in桜宮	
	10月　城東デパート火災	「伝説―1991」
	国際心臓外科学会　in東京	
	バタフライ・シャドウ、「黒い扉」でライブ	
	11月　江尻教授が病院長に就任	
一九九二	1月　佐伯外科　第一外科学教室、第二外科学教室に分離	
	2月　世良、富士見診療所へ	
一九九三	日比野涼子が医務官とノルガ共和国で遭遇	
一九九九	桜宮少年通り魔事件	

年代	出来事	関連作品
〈現代〉		
二〇〇〇	田口、東城大神経内科学教室講師・医局長に就任	
二〇〇一	東城大オレンジ新棟完成	
	速水、東城大救命救急センター部長に就任	
	花房、同センターの看護師長就任	
二〇〇二	高階、東城大病院長就任	
二〇〇三	3月　ノルガ共和国内戦勃発	
	田口、不定愁訴外来開設	
	猫田麻里、東城大小児科病棟看護師長就任	
二〇〇五	2月　桐生恭一、東城大臓器統御外科助教授就任	
	時風新報「チーム・バチスタの奇跡」記事掲載	
	ジャズバー「ブラック・ドア」開店	
二〇〇六	2月　バチスタ・スキャンダル	『チーム・バチスタの栄光』
	田口、東城大電子カルテ導入委員会委員長およびリスクマネジメント委員会委員長就任	
	6月　東城大、エシックス・コミティ発足	
	三船、東城大事務長就任	
	9月　加納達也警視正（44歳）、警察庁刑事局刑事企画課電子網監視室長に就任と同時に桜宮警察署に出向	
	10月　厚生労働省事務次官が岩根から細井に	

二〇〇七	12月 ショッピングモール「チェリー」開店 桜宮コンビナート爆発炎上事故 東城大総看護師長選挙 6月 碧翠院桜宮病院、ボランティア募集 碧翠院桜宮病院焼失 8月「神々の楽園」事件 11月「青空迷宮」事件発生。加納警視正、警察庁へ帰還。入れ替わりで斑鳩芳正警視正、桜宮署着任 今中良夫、極北市民病院外科部長就任 12月 田口公平、厚生労働省班会議出席	『ナイチンゲールの沈黙』 『ジェネラル・ルージュの凱旋』 「疾風―2006」 『螺鈿迷宮』 『イノセント・ゲリラの祝祭』 「青空迷宮」 『極北クレイマー』 「東京二十三区内外殺人事件」
二〇〇八	医療事故調査委員会設立委員会創設 桧山シオン、日本帰国 6月 鎌形雅史、浪速地検特捜部へ異動 9月 極北市民病院産婦人科部長三枝久広逮捕 10月 極北市、財政再建団体に 11月 天馬・冷泉、公衆衛生学の実習研究『日本の死因究明制度の桜宮市における実態調査』開始 天馬・冷泉・別宮 桜宮科学捜査研究所見学	「残照―2007」 『ジーン・ワルツ』 『マドンナ・ヴェルデ』
二〇〇九	1月 帝華大で曾根崎理恵助教、発生学の講義開始 コールドスリープ法、国会で成立 棚橋鑑識官、SCL鑑識室室長就任	『ナニワ・モンスター』

年代	出来事	関連作品
	3月『新型インフルエンザ・キャメルの実態』を本田講師が講演in浪速市	
	4月　桜宮科捜研（ＤＤＰ）創設を発表	
	「通り魔殺人事件」発生	
	インフルエンザ・キャメル、国内初の発生確認	
	積雪観測小屋殺人事件（雪下美人殺人事件）	「四兆七千億分の一の憂鬱」
	5月　極北市監察医務医院火災	『極北ラプソディ』
	極北市監察医務医院廃止	
	村雨・彦根　舎人町訪問	
	『日本三分の計』基本合意In青馬県庁知事室	
	村雨知事　新型インフルエンザ・キャメル警戒態勢解除	
	縦型ＭＲＩ・コロンブスエッグ　東城大に搬入	『アリアドネの弾丸』
	6月　朝読新聞「極北市民病院、診療拒否で患者死亡」記事掲載	
	世良、記者会見ネット配信	
	今中、極北救命救急センターに派遣	
	7月　田口、Ａｉセンター　センター長に任命	『ケルベロスの肖像』
	田口、姫宮と初対面	『輝天炎上』
	田口、天馬大吉を訪問	
	竜宮組幹部連続自殺事件	「エナメルの証言」
	超伝導高磁場誘導コイル、自衛隊によりＡｉセンターへ搬送	
	Ａｉセンター開所	

二〇一〇	8月　Aiセンター公開シンポジウム予演会	
	10月　セント・マリアクリニック開院	
	社会保険庁解体	
	2月　雪見峠スキー場にて表層雪崩発生	
	3月　ドクタージェットトライアルにて世良、今中、神威島へ	
	第178回通常国会にて『時限立法・人体特殊凍眠法』が成立	
	4月　未来医学探求センター開所	
	佐々木アツシコールドスリープ開始	
	日比野涼子、未来医学探求センター、非常勤職員に	
〈未来〉二〇一三	歌「ボンクラボヤの子守唄」がヒット	『夢見る黄金地球儀』
	ゲーム「ハイパーマン・バッカスの逆襲」ヒット	
二〇一四	12月　西野、未来探究センター訪問	『モルフェウスの領域』
二〇一五	4月　佐々木アツシ、コールドスリープから覚醒	
	5月　国際薬事審議会　サイクロピアン・ライオン　認可	
	6月　西野、佐々木アツシ訪問	
	佐々木アツシ、未来探究センター訪問	
二〇二二	曾根崎薫、飛び級で東城大総合解剖学教室に入学	『医学のたまご』

大学・病院施設MAP

作品内に登場する大学&病院を一挙紹介。
現実世界とリンクしながら、パラレルに広がる
海堂ワールドに注目。

海堂尊
ワールド

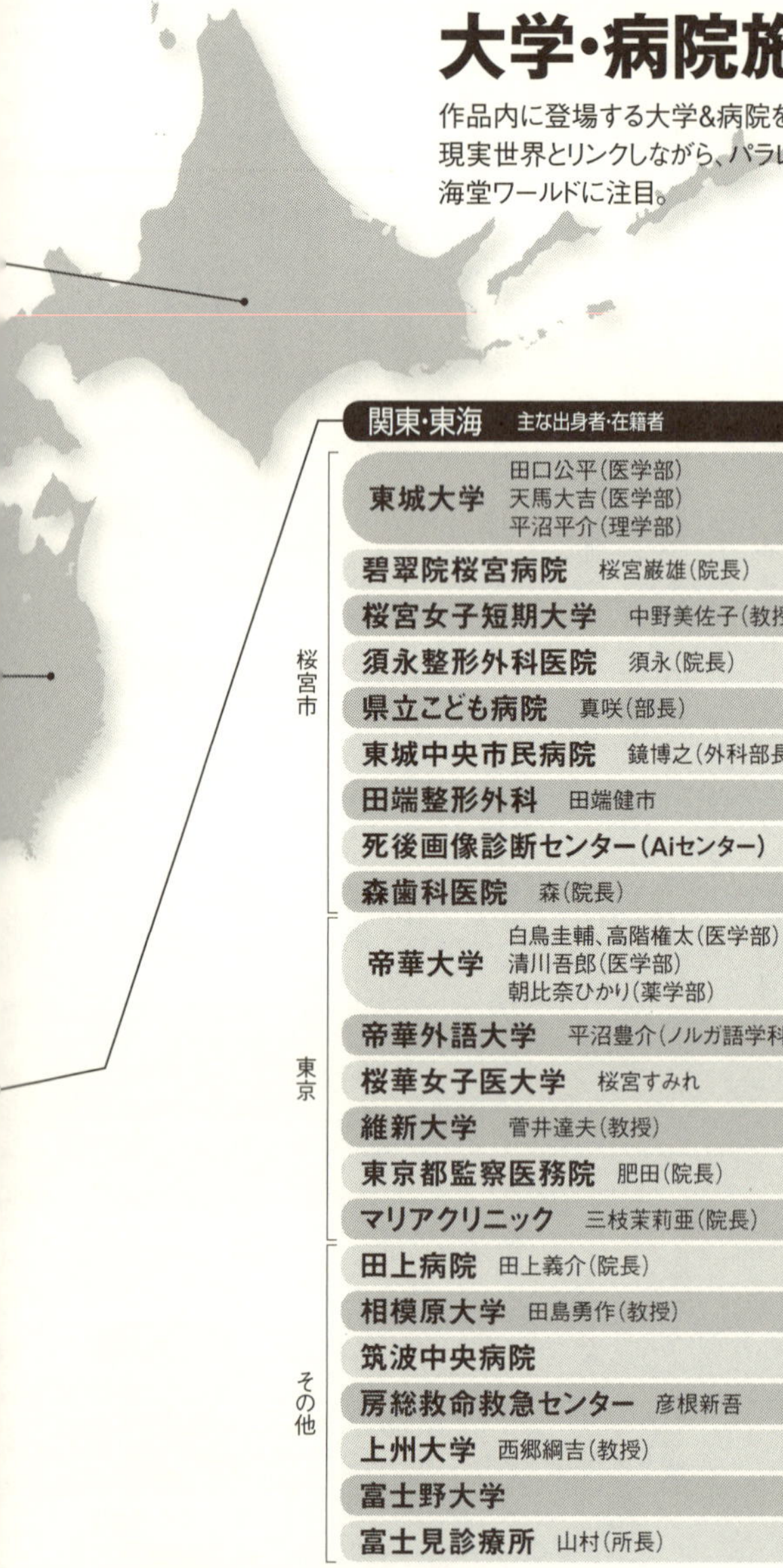

関東・東海　主な出身者・在籍者

桜宮市

- **東城大学**　田口公平(医学部)　天馬大吉(医学部)　平沼平介(理学部)
  - 桜宮市を一望する小高い丘陵に立つ。明治時代に医療施設として建てられた碧翠院が医学専門学校に認定され東城院と名前を変えた後、桜宮市北端に移動。
- **碧翠院桜宮病院**　桜宮巌雄(院長)
  - 赤煉瓦の三層構造で上層に行くほど床面積が減るため遠目には巻貝に見え、セピア色に の色彩に塗り替えられたことで「でんでん虫」と呼ばれる。警察医協力病院の中核施設。
- **桜宮女子短期大学**　中野美佐子(教授)
- **須永整形外科医院**　須永(院長)
- **県立こども病院**　真咲(部長)
- **東城中央市民病院**　鏡博之(外科部長)
- **田端整形外科**　田端健市
- **死後画像診断センター(Aiセンター)**
- **森歯科医院**　森(院長)

東京

- **帝華大学**　白鳥圭輔、高階権太(医学部)　清川吾郎(医学部)　朝比奈ひかり(薬学部)
  - 首都東京にある大学。別名霞ヶ関大学または官僚養成幼年学校。
- **帝華外語大学**　平沼豊介(ノルガ語学科)
- **桜華女子医大学**　桜宮すみれ
- **維新大学**　菅井達夫(教授)
- **東京都監察医務院**　肥田(院長)
- **マリアクリニック**　三枝茉莉亜(院長)

その他

- **田上病院**　田上義介(院長)
  - 神奈川県嘱託警察医・田上義介が経営する内科小児科麻酔科の個人病院。過去に解剖をしていないのにしたと言い張り「やらずの田上」として警察庁で有名。
- **相模原大学**　田島勇作(教授)
- **筑波中央病院**
  - 1985年よりAiを導入している病院。
- **房総救命救急センター**　彦根新吾
- **上州大学**　西郷綱吉(教授)
  - 群馬県にある大学。西郷綱吉は同大学の医学部法医学教室教授。
- **富士野大学**
- **富士見診療所**　山村(所長)

海外

アメリカ　主な出身者・在籍者

- **フロリダ・サザンクロス心臓疾患専門病院**　桐生恭一／ミヒャエル（教授）
- **マサチューセッツ大学**　曾根崎伸一郎（教授）／フィリップ・オアフ（教授）
- **マサチューセッツ医科大学**　東堂文昭（特別上席教授）／セルゲイ（教授）／ヒギンズ（教授）
- **テキサス大学**　ボビー・ジャクソン（助教授）

フロリダにある心臓疾患の専門病院。桐生恭一が10年間勤めていた。

イギリス　主な出身者・在籍者

- **オックスフォード大学**　ガブリエル（教授）

モナコ公国　主な出身者・在籍者

- **モンテカルロ・ハートセンター**　天城雪彦（外科部長）

フランス　主な出身者・在籍者

- **ジュネーブ大学**　桧山シオン（准教授）

ロシア　主な出身者・在籍者

- **サンクトペテルブルグ大学**　ドミトリ・メンデレーエフ（教授）

元素記号発見者
ドミトリ・メンデレーエフ教授が在籍。

北海道　主な出身者・在籍者

- **極北大学**　渡海一郎（医学部）／水沢栄治（医学部）
- **極北救命救急センター**　桃倉（センター長）
- **極北市民病院**　三枝久広（産婦人科部長）
- **極北市監察医務院**　南雲忠義（院長）
- **喜多野産婦人科医院**

東北　主な出身者・在籍者

- **崇徳館大学**　天童隆（医学部）
- **みちのく大学**　後藤（医学部）
- **蔵王大学**　徳間（教授）

関西　主な出身者・在籍者

- **浪速大学**　国見淳子（教授）／本田苗子（講師）
- **祇園大学**
- **浪速診療所**　菊間徳衛（名誉院長）
- **高田内科医院**　高田均（院長）
- **浪速大学付属病院**
- **浪速市民病院**

九州　主な出身者・在籍者

- **薩摩大学**　渡海一郎（医学部）
- **太宰大学**

海堂尊ワールド

作中キーワード298

用語解説

海堂尊ワールド独自の用語も一発解答!
厳選したワードを紹介!!

あ行

『暁の殺意』【あかつきのさつい】
瑞人愛読のミステリ。ベストセラー。

赤煉瓦棟【あかれんがとう】
東城大精神科解放病棟。現在の病院棟が一九八九年に建設されるまでは病院の本館であったこともあり、現在は旧病院とも呼ばれ、精神科・基礎医学系の教室が残されている。病院棟へは徒歩約五分の細い小道でつながっている。

アクティヴ・フェーズ
説得と心理読影の技術を示した心理学名称。白鳥はアクティヴ・フェーズの純血種。

「朝から丸儲け」
アネックステレビ朝の情報番組。

阿修羅【あしゅら】
高階のあだ名。手術中に高階の手が縦横無尽に動き回り、腕の残像が残るほど的確かつスピーディーな様から。

「あなたの街を守る！警察二十四時」
諸田組が年一回作成する特別番組。

あらたま
丸山が主催・講師をする句会。月会費千円で定例会は碧翠院境内、年二回野外句会を開いている。

『アルガンダムの書』
『占星術の鏡』に収められた小冊子。

アルマーニ
イタリアの世界的ファッションブランド。白鳥が着ている「見るからに高級仕立ての紺の背広」を田口はアルマーニだと考えているが、実際は「アルマーニと判断してしまいそうな高級な服」のこと。

行灯【あんどん】
「昼行灯」を略した田口の学生時代のあだ名。日中に行灯を灯してもぼんやりとしていることから、ぼんやりした人のことを指す。

医師法二十一条
異状死体等の届出義務に関する条例。『医師は異状死を最寄りの警察署に届ける必要がある』とされるが、彦根は異状死の判断は医師の裁量。致死経過を医師が把握している医療関連死は異状死ではなくなるという矛盾を指摘。

医鷲旗大会【いしゅうきたいかい】
東日本医科学生体育大会剣道部門の別称。優勝者には医鷲旗が授与される。その旗を手にしたものは外科の世界で大成するという言い伝えがある。

異状死ガイドライン
異状死の定義を規定するために法医学会が作成したガイドライン。

医翼【いよく】
Medical Wing。右翼か左翼かという質問に対して彦根が自身を評した言葉。社会の土台に医療を据えるというプリンシプルに則っている。

医療安全課
本来Ai認知等を担当する部署。厚生労働省の中にある古い体質の部署で、担当は二年に一度「フルーツバスケットのように」入れ替わる。

医療安全啓発室
『モデル事業』を運営する機関。

医療事故調・創設検討会
厚生労働省医政局長の私設懇談会である『診療関連死死因究明等の在り方に関する検討会』の略称『医療事故調査委員会創設検討会』の部内通称。

医療庁

医療行政に専念する組織として彦根が提唱した。社会保険庁を解体させ、その跡地に司法から独立させた医師による新庁を創設する構想。

医療費亡国論

厚生省保険局長、吉村仁が一九八三年に発表した「医療費増大は国を滅ぼす」という論のこと。

医療を守る議員連盟

超党派百五十人による議員連盟。

インフルエンザ・キャメル

軽症で治癒し、抗インフルエンザ薬のインフレンが効く。

ヴェルデ・モト

イタリア・ルキノ社の世界的名車ガウディで天城の愛車。ツインターボ、総排気量三千cc、太いマフラーにオルガノパイプというルキノ社の幻のフルチューン。色はエメラルドグリーン。ルキノ社、社長のピーコック氏から天城への贈り物だった。

ウスボンヤリボヤ

「深海五千」が桜宮湾で発見したボンクラボヤに続き、「深海七千」が発見。東城大海洋研究所は深海ホヤ研究の世界最先端施設に躍り出た。三百気圧以上の水圧下では赤く変色。

エーアイ・センター

解剖を検視システムの土台にした『モデル事業』とは相反する、Aiを土台に据えたシステム確立を目指す施設。

エーアイプリンシプル

彦根が提唱したエーアイ適用の三原則のこと。

M88星雲

ハイパーマン・バッカスのふるさと。

黄金地球儀

桜宮市がふるさと創生金一億円を金塊に替えて作った地球儀。日本と、桜宮市のシンボルマークのみ黄金で作られている。桜宮水族館深海館のメインホールに展示されている。

オオサイト・リミックス

卵子バンクを堂々と謳ったいかがわしい業者。極北市で立ち上げ。

オテル・エルミタージュ

モンテカルロにある四つ星デラックスホテル。内部に「冬の庭」というアトリウムがあり、六階はモンテカルロ・ハートセンターの受付と繋がっている。エルミタージュとは「隠れ家」の意。

オフェンシング・ヒヤリング

「アクティブ・フェーズ」で行なう攻撃的聞き取り調査のこと。白鳥の極意。

オペ室の悪魔

患者を一人もあやめたことがないと豪語していた外科医、渡海征司郎のこと。

オリエント・ビュレット・エクスプレス（極東の弾丸列車）

東堂のマサチューセッツでのあだな。思い立ったらハリケーン、トルネードのごとく物事を進めることから。

オレンジ新棟

東城大学にあるICUと小児科が一括された救命救急センター。

オレンジ・スクランブル

オレンジ新棟が緊急事態に入ったことを指す院内用語。

オレンジドラフト会議

オレンジ新棟における看護師配分の師長会議。看護師の異動時期に開かれる。

か行

霞ヶ関中央合同庁舎第五号館

医療関連死モデル事業特別文科会・病院リスクマネジメント委員会標準化検討委員会の開催会場。

『家政婦の覗き見はつまみ食いの後で』

玉村の読みかけの小説。犯人はお手伝いの丸美に決まってる、と50ページしか読んでいない加納が断言。

カタストロフ・ポイント（破断点）

止まり木のような時空間エアポケットがあり遡行点が停止する地点。DMAの弱点として加納が説明している。

確研【かっけん】

帝華大学確率研究会の通称。数学を研究する真面目なサークルではない。確率が一番役立つ局面、つまり麻雀を研究するサークルである。

確研カルテット

確率研究会のメンバーであった白鳥、加納、高嶺、小原の四人のこと。

カッコーズ
彦根行きつけのファミリーレストランで、おすすめはドリンクバー。1時半を過ぎた時間のサラダバーは前日の残り物が出てくるらしい。

神々の楽園
浅沼岳導を教祖とする新興宗教団体。

迦陵頻伽【かりょうびんが】
不死鳥の歌姫、水落冴子のあだ名。雪山や極楽に住むといわれる上半身が人、下半身が鳥の架空の生物。その鳴き声は仏の声を伝えるといわれている。

がんがんトンネル魔人
小児科病棟での島津吾郎のあだ名。

監察医制度
司法解剖と病理解剖の中間的性質をもつ解剖を行なうための制度。公衆衛生上必要な組織として終戦直後、GHQが日本政府に設置させたが、軽視した官僚が地域限定とすることで骨抜きに。

キズナオル
サンザシ薬品が開発している傷の治りを早める新薬。主成分はパテントール・ハヤクチユ。

北森炭鉱落盤事故【きたもりたんこうらくばんじこ】
北海道、北森炭鉱で30年前に起きた大規模な落盤事故。行方不明の5人の炭坑夫と一人の医師が無事生還した。

霧のロミエッタ
主役は五条健太郎、ヒロインは浅田真菜のラブコメ。マンテン（月曜10時）の連続ドラマ。ラストシーンが必ず霧の中でのラブシーンで、無理矢理のこじつけ設定がバカ受けしている。黒崎教授の特別出演で視聴率を5%上げる。

キャメルファインダー
新型インフルエンザの迅速検出キット。サンザシ薬品が代理店販売している。

極北救命救急センター
無茶な救急受け入れ要請も、拒否をしたことがない。赤字は極北市民病院の十分の一という円滑な病院運営をしている。センター長は「極北の土龍」こと桃倉。最近、鼻っぱしらの強い救急医が赴任し、悶着が起きている。

極北市
北海道の都市。第三セクター方式で建設したホテル、スキー場、遊園地が大失敗。巷では「このままでは財政破綻するかも」とささやかれている。

極北市民病院
資金難により機能不全に陥っている市民病院。産婦人科医・三枝が孤軍奮闘。

クール・ウィッチ
曾根崎理恵のあだ名。

グッチー
田口のあだ名。看護師のシャネルのバッグをグッチと間違えたというウワサからグッチーと呼ばれるようになったが、実は間違えたのはエルメス。

クラマルタ
ノルガ王国の地酒。

『暗闇の供物』【くらやみのくもつ】
牧村瑞人の愛読書。屑のような父親を息子が殺す、完全犯罪の物語。

グラン・カジノ
オペラ座を設計した名匠シャルル・ガルニエの設計。モンテカルロの心臓と言われる。天城が、ルーレットのシャンス・サンプル（二者択一）で患者の運を見極める場所。

黒揚羽【くろあげは】
五条郁美お気に入りの焼酎。

グロリアス・セブン
桐生が人選した心臓外科手術チーム、〝チーム・バチスタ〟の七名のこと。

『外科学大全』【げかがくたいぜん】
ある医務官が日比野涼子に手渡した本。

ケズリン
平沼豪介作。球体の内空を削り取る機械。開発費千五百万円。大型版は「ケズリン・ビッグマウス」、ミニチュア版は「ケズリン・プッチーニ」、最新作は栗の一番おいしいところをほじくる「ケズリン・プッチモニ」。

ゲドンガモモンガ
ハイパーマン・バッカスが一番たくさん光線を使った怪獣。

ケルベロス・タイガー
「ダモレスクの剣」の最終モンスター「ハルマゲドンドン」を倒した後に出てくる新たなラスボス。三つ首の虎の怪物。

コ・メディカル
医療従事者のうち医師を除く看護師・技師チームを指す。

コウモリ君

二重スパイを告白した天馬に対して白鳥が命名。

氷姫【こおりひめ】
白鳥の部下・姫宮のあだ名。白鳥は「火喰い鳥」がコードネームであるのに対し、「氷姫」はあだ名らしい。

ゴキブリボコボコ
平沼豪介作。別名「ゴキブリバシンバシン」。機械に触れたゴキブリを叩き潰す。姉妹品に、シラミバージョンの「シラミプチンプチン」（別名「ノミプチンプチン」）、ハエバージョンの「ハエパシパシ」がある。最終完成形であり最高傑作は「野良タヌキポンポコ」。

五星堂【ごせいどう】
流行のリップメーカー。如月翔子御用達と思われる。

コックピット
救命救急センター部長室。机には精巧な銀色のヘリコプターの模型。壁面には複数のモニタ。左端はテレビ番組。ただし無音。真中のモニタ十台はICUの十床のベッド。右端にはドクターヘリ到着確認用画面。

「この冬、遍路が熱い」【このふゆ、へんろがあつい】
ジョナーズで玉村が熱心に読んでいた雑誌の特集記事。玉村が加納のせいでクビになった時に備えている。

コロンブスエッグ
縦型3ステラMRI。3ステラMRIには生体の分子動態の観測ができる画期的な性質があるため、横臥時と起立時の血流の違いを調べるために開発された。磁場発生コイルを寝かせる技術開発が困難で、現実化するにあたり発想の転換で可能になったため、この愛称になったという。

さ行

サイエンスアイアイ
サクラテレビの朝の人気情報番組「バッサリ斬るド」の優良コーナー。科学の先端情報をわかりやすく解説してくれ、専門家が見ても勉強になる。

サイクロピアン・ライオン
レティノ・ブラストーマの転移抑制薬。

再任用制度
定年退職予定者などを再任用する制度。この適用により定年退職予定だった藤原真琴が不定愁訴外来の専任看護師に。

財務省のプリンス
内閣府主任研究官・高嶺宗光の通り名。

サイレント・ボンバー
息を潜めている爆弾。東城大に潜入している桜宮すみれのこと。

サイレント・マッドドッグ（無声狂犬）
斑鳩芳正の警察内での通り名。就任した短期間に達成した業績と苛烈な捜査手法、極端に少ない口数から。

桜の乙女像
桜宮駅の待ち合わせモニュメント。

桜の花びら
桜宮市のシンボルマーク。

桜宮市【さくらのみやし】
首都圏の端に位置する、人口二十万人小地方都市。富士山より西に位置している。

桜宮丘陵
東城大学医学部付属病院が位置する小高いという形容詞がぴったりのささやかな丘。桜宮市内で一番標高が高い。

桜宮三姉妹
百年前日本で初めて作られた一本百万円もするヴィンテージワイン。幻の桜宮限定ワイン。フィリピンパブ・ひまわりが客寄せのために購入。

桜宮三姉妹像
桜宮水族館の中庭にある像。夜な夜なすすり泣くというウワサがある。

桜宮水族館
老朽化が激しい水族館。別館「深海館」が併設され、ボンクラボヤや黄金地球儀があるため、賑っている。

桜宮大賞
東城大学医学部付属病院の忘年会で行なわれる出し物の祭典。

桜宮の銀獅子【さくらのみやのぎんじし】
桜宮巌雄のこと。天馬が命名。

桜宮バイパス
桜宮市国道五十五号線の別称。事故多発地帯の桜宮トンネルの崖下に石油コンビナートがある。

笹月駅【ささづきえき】
東京駅からメトロで三十分。東京二十三区ぎりぎりの位置にある駅。

漂白【さすらい】
極北救急センターメンバーのたまり場の居酒屋。

サプリイメージ・コンバート（S−C）

CTデータのボリュームレンダリングから3D立体画像再構築をする技術。

サンザシン

サンザシ薬品の消毒薬。

三婆（西遊記）トリオ【さんばばとりお】

赤・青・黄色の色違いでお揃いのTシャツを着た婆ちゃん三人組。天馬は赤（美智）を孫悟空、青（加代）を沙悟浄、黄色（トク）を猪八戒と命名。西遊記の見立てでは三人の真ん中にいた小百合が三蔵法師に見えたことから。

CAD（コンピュータ自動診断支援システム）【しーえーでぃー】

コンピュータを使用して設計や製図をするシステム。Aiと関連した技術。

死因究明事務所【しいんきゅうめいじむしょ】

監察医制度拡充に替わる代替新組織として西郷が提案した隠し玉。検視から司法解剖といった捜査過程を集約させ一元化する意図をもつ。

ジェネラル

将軍的カリスマをもつ速水のあだ名。

ジェネラルの近衛兵【じぇねらるのこのえへい】

速水が率いる花房を筆頭としたICU看護師達の尊称。近衛精鋭部隊の中核は七年目の中堅、久保圭子主任、久保と同期の森野弥生、問題児・如月翔子。

シカトでスルー

攻撃と防御が一体化した高度な技（話法）。翔子が初対面である白鳥に発動した心理ガードに対し、白鳥が適用。

自家用自動車タケシ号

ハイパーマン・バッカスの自家用車。

直訴箱【じきそばこ】

三船事務長が病院改革の一環として外来廊下に設置。投函された要望は高階病院長に届けられる。

時限立法・人体特殊凍結保存法

厚労省主導で通常国会を通過した法案。通称、コールドスリープ法。未来医学探求センターでヒプノス社製人工冬眠システムが運用されている。

獅胆鷹目【したんようもく】

「獅子の胆力で病人に相対し、鷹の目で病状を診る」という意味の佐伯外科に伝わる言葉。渡海にこの言葉を教えてもらった速水は、言葉の続きを知りたくて佐伯外科に入局した。

シトロン星人

正論宇宙人。M57星雲のシトロン星からやってきた。バッカスに負けっぱなし。警察庁の加納に似ている。佐々木アツシはシトロン星人のファン。

ジハード・ダイハード

「聖戦に死ね」という意味。平介とガラスのジョーが世直し聖戦と称し、大義名分の下、反社会的行為を行なおうとした。その象徴となる合言葉。

ジャイアント・ブリッツ

小夜の歌を聴いた結果、佐々木アツシの脳を映すモニタに巨大なブリッツ（輝点）が出現。歌を聴いて視覚野が活性化されていることを示す。

シャトル病院システム

長期療養患者の医療負担を抑制するために作った、入院三カ月で医療費交付額を極端に減らす仕組みに対抗して複数病院間で書類上患者をやり取りすることで交付額を減額させない仕組み。

重箱の隅つつき攻撃

厳格な書式と規約に則るという大原則を遵守するためのエシックス・コミティにおける沼田の技。

ジュエル・ボックス

パソコンゲーム。白鳥が加納のパソコンでハイスコアを叩き出し、以来目の敵にされるようになる。

ジュノ

「まっすぐな若者は眩しい」と皮肉交じりで天城がつけた世良のあだ名。

「シュガー・ソルト」

時々桜宮の駅前で配っている薄手のフリーペーパー。

城東デパート火災

十五年前、城東デパートで起こった火災。死者十数名、重軽傷者合わせて百名を超えた。病院に怪我人が運び込まれたのは、多くの医師が学会等で留守にし、病院が最も手薄な日。ICU病棟に医師は速水だけだった。

省庁横断的組織防衛会議【しょうちょうおうだんてきそしきぼうえいかいぎ】

通称〝マルショウ〟。公になった霞が関の不祥事から大衆の目を逸らすため、警察庁にストックしている別の省庁の不祥事をルーレットにて決める会議。

地雷原【じらいげん】
藤原看護師の不定愁訴外来着任前のあだ名。隠然たる政治力を背景に、その気になれば教授のクビを飛ばすこともできる、という評判から。

シラミ
白鳥ラミネート方式の略。ラミネート加工した新聞記事の切り抜き。白鳥が持ち歩いている。加納のほか霞が関でも密かな流行に。

白髭皇帝の殿前軍【しろひげこうていのでんぜんぐん】
奥寺（白髭皇帝）教授の希望で呼び寄せられた猫田が率いる小児科病棟看護師達の尊称。

深海五千
平沼豪介作。ボンクラボヤを発見した有人潜水艦第一号。

深海探査シミュレーション
東城大海洋研究所で開発されたゲーム感覚の「深海七千」運転操作マニュアル。パソコンとつなげて情報閲覧も可能。雄介は操作を熟知。隠れアイテムは赤くなるボンクラボヤ。

深海七千
平沼豪介作。平沼鉄工所が誇る潜水艦。

真行寺外科三人衆【しんぎょうじげかさんにんしゅう】
別名、〝総合外科の三羽烏〟。かつての東城大の真行寺外科の佐伯清剛、鏡博之、桜宮巌雄の三人の名医のこと。

「スーパーサンセット」
サクラテレビのニュース番組。

スーパースター列伝
「スーパーサンセット」内の大人気コーナー。使用されているハイパーマン・バッカスのテーマソングは、ベートーベンの交響曲第五「運命」。

スカイレストラン星・空・夜（スターリーナイト）【すかいれすとらんほし・そら・よる】
白鳥の根城。あまりに白鳥がちらかすため、店長がレストランの経費で間仕切り・関係者以外進入禁止の札を用意。

スカラムーシュ
フランス語で道化、大ぼらふきのこと。彦根は「医療界のスカラムーシュ」と呼ばれ、厚生労働省から蛇蝎のごとく毛嫌いされている。

「スカラベの涙」
バタフライ・シャドウの曲。スカラベとはフンコロガシのこと。古代エジプトでは創造神ケプリの象徴とされた。

すずめ
東城大正門近くの雀荘。薄利多売、過剰な設備投資の回避という営業方針により固定客が離れず、生き延びてきた。

すずめ四天王
学生時代、雀荘「すずめ」に入り浸った田口、速水、島津、彦根の四人。

ステルス・シンイチロウ
メディアへの露出を厭うゲーム理論学者、曾根崎伸一郎のあだ名。レスポンスの速さから、涼子は〝眠らない戦略家〟とも称する。

ストレートフラッシュ
平沼豪介作。ジェット水流切断機。どんな金属でも真っぷたつに。開発費およそ四百万円。

スナイプAZ1988
食道自動吻合器。小さなホッチキスのような針を円形に配置した器械で、切断した消化管を吻合する医療器具。

スプリング・エイト
微量成分の分析ができるイオン加速器。この次世代機種の小型サイクトロン「スプリング・テン」を棚橋は装備したいと夢想するが、維持費には莫大なコストがかかるらしい。

スピードスター
速水晃一のあだ名。迅速な判断力・行動力から。

スペシャル・アンプル
田口が学会出張の際に飛行機内で貰うワインのミニボトルコレクション。ナンバー1からナンバー30までストックしている。収集理由は「綺麗だから」。

墨江駅【すみええき】
東京二十三区と千葉の境界とにある駅。霞が関からメトロで一本。地権者が再開発に抵抗し、十数年前のミニバブルの波に乗りそびれて廃れ、駅前の店の半分はシャッターが下りている。

スリーパー
コールドスリープを選択した人間。

スリジエ・ハートセンター
かつて天城が桜宮市に創設しようとした心臓手術専門病院の名称。「スリジエ」とはフランス語で「桜」の意味。

生殖補助医療の在り方検討委員会
日本学術会議が政府の諮問を受けて設置した会。

聖なる守銭奴（セント・スクルージ）【せいなるしゅせんど】
モンテカルロで呼ばれていた天城のあだ名。守銭奴→金銭を貯めることに異常な執着をもつ人。貪欲でけちな人。

セイレイン
精錬製薬の消毒薬。

C'est la vie.【せらゔぃ】
「それが人生」という意味のフランス語。城崎解釈では「それが運命」。だが、冴子は「人生」と「運命」は絶対に違うとして意見が対立。

潜在能力試験
全国統一のテスト。文部科学省の小原事務官からの依頼で曾根崎伸一郎が問題を作成。

『占星術の鏡』【せんせいじゅつのかがみ】
姫宮の愛読書で、マックス・ジャコブとクロード・ヴァランスによる禁断の書。十七世紀に出版された貴重な小冊子「アルガンダムの書」の抜き書きを含む異色の占星術書。

セント・マリアクリニック
新しくなったマリアクリニック。メディアの圧力を背景に、半強制力を有した地域医療協力ネットを作り上げ、地域医療改革を行なおうとしている。

千里眼【せんりがん】
普段はぼんやりしているのにミスを見つけるのが早い猫田師長のあだ名。

卒業記念麻雀【そつぎょうきねんまーじゃん】
田口・速水・島津・彦根の〝すずめ四天王〟がなけなしの小銭とささやかなプライドを賭けて行なった学生時代最後の麻雀。速水は田口にラス牌の紅中をぶち込み、オーラスで大逆転負けを喫している。

ソネザキ・ドクトリン
母子救済センター・セント・マリアクリニックが提唱した三つの誓い。それに従い、地域社会に密着した新しい医療のかたちを目指すと宣言。

た行

ターミネーター
碧翠院内での姫宮のあだ名。いつもどこかをふらふらしていて、用事を頼もうとしてもなかなかつかまらず、頼みもしないことをやってはその場を滅茶苦茶にすることから。

大臣官房付
不祥事官僚がいったん転地させられる、省庁内部の一時拘置所みたいな部署。

ダイレクト・アナストモーシス
直接吻合術。胸部外科学会シンポジウムで天城が成功させた最先端の術式。

立ち切り稽古【たちきりげいこ】
秋季合宿最後の稽古で卒業する先輩に対して、部員全員で立ち切りをして送り出すという東城大剣道部の伝統。

たまごっち
一九九六年にバンダイから発売された電脳玩具。二〇〇〇年代に再ヒット。白鳥が長女から世話を押し付けられた。

ダモレスクの剣
ネットでバーチャルなキャラクターが冒険する、流行しているネットゲーム。課金のためプレイ時間は厳格に管理され、ログインにはパスワードが必要。

タンチョウヅル懇話会
毎週火曜日の朝、極北市民病院にて世良がメディアを集めて情報提供を行なう定例会。

チーム・モロッコ
「バッサリ斬るド」の精鋭部隊。

チェリー
二〇〇六年に桜宮市に竣工した大型ショッピングモール。

血塗れヒイラギ【ちまみれひいらぎ】
天馬が密かにつけた別宮葉子のあだ名。〝血塗れ〟は葉子が手を入れた真っ赤な校正原稿の隠喩。

綱吉
西郷の父が可愛がっていた土佐犬。土佐闘犬界では生涯無敗の永世横綱。

DMA【でぃーえむえー】
事件現場をビデオ撮影し、デジタルデータ化し解析する加納が導入した捜査法。デジタル・ムービー・アナリシスの略。CADを外部拡張させたことにより派生した新技術。殺人現場情報をデジタル化し閉鎖亜空間を再構築、犯行経緯を追尾するシステム。検挙率の向上により加納は警察庁長官顕彰を授与され、室長に昇進した。

帝華大の小天狗【ていかだいのこてんぐ】
若き日の高階の呼び名。医学部の主義に流されず、我流を推し進めるビッグマウスであることから。

DDP【でぃーでぃーぴー】
科捜研のDNA鑑定データベースプロジェクトの略。警察・製薬会社・病院でデータベースを共有し、犯人特定のため協力するプロジェクト。警察が試料をDNA解析しDNA情報と照合、一致した場合に医療担当者から個人情報を得られる。ただし、該当者が血液サンプルを医療機関に提供した理由は教えられない。

帝華大学【ていかだいがく】
日本のトップに君臨する大学。別名「霞ヶ関大学」「官僚養成幼年学校」。

テスラ
磁場の単位。ニオブチタンコイルの巻き数が増えるほど磁場が強く、解像度が高い。

天蓋地区【てんがいちく】
浪速市の天目区に隣接するスラム街。

電子カルテ導入委員会
曳地助教授が委員長を兼任。バチスタ・スキャンダル以後は田口が委員長。

天目アーケード【てんめあーけーど】
安さがウリの八百福、魚新、月に一度浪速市医師会の例会が開催される小料理屋〝かんざし〟などが並ぶ。

ドア・トゥ・ヘヴン
VIP患者のための隠し部屋。管轄責任者は高階病院長。暗黙の了解だった各科の隠し部屋を一箇所に集め縮小するという佐伯教授による抜本改革により実現。

東城大学【とうじょうだいがく】
戦前に建築された旧病院（赤煉瓦棟）老朽化にともない、一九八九年に新築された十三階建ての病院。二〇〇一年に救命救急・小児科・産婦人科を備えた三階建てのオレンジ新棟が、独立行政法人化の際の切り札として新たに併設された。新築後の初代病院長に佐伯清剛、現病院長は高階。

Doll（3Dリコンストラクション）【どーる】
Display of 3-Dimentional Objective CT for Logetronographic Locator Reconstructionの略。Ai画像を二次元から三次元バーチャル立体構造に構築する技術の総称。

時風新報・桜宮支社【ときかぜしんぽう・さくらのみやししゃ】
地方の弱小新聞社。別宮葉子が勤務。

土砂崩れウインク
顔をくしゃくしゃにした白鳥のウインク。田口による命名。「本人がウインクだと固く信じている、眼輪筋を主体とした一連の顔面筋の収縮」と表現。

ドッペルゲンガー
ドッペルはドイツ語で「写し」という意味。白鳥いわく「田口と姫宮はキャラクター的にドッペルゲンガー」。

トネトネ
パッカーマン・バッカスの利根川一郎のあだ名。

トリー
白鳥が気まぐれにつけた自身のあだ名。「トリーとグッチーと呼び合った仲じゃないですか」と身に覚えのない過去を田口に強要。

泥沼エシックス
精神科・沼田助教授が率いる倫理問題審査委員会（エシックス・コミティ）のこと。原則を遵守しすぎるあまりに、なかなか物事が進まないことから。

「ドンドコ」
コミック雑誌。曾根崎薫の愛読書だが、内容は小学校低学年向け。

とんま大吉
オレンジ色の看板を見ただけで胸焼けに襲われるほど牛丼を食べた天馬に同級生が命名。「てんま」と「とんま」をかけている。

な行

鉈の加賀【なたのかが】
碧翠院従業員（患者）加賀のバクチ打ちとしての通り名。

夏みかん
桜宮出身、大人気アイドルグループ。東城大公衆衛生学教室・清川教授はファンという噂も。

浪速診療所【なにわしんりょうじょ】
昭和40年代半ば、浪速市天目地区に菊間徳衛が開設。現在の院長は息子の祥一。徳衛は名誉医院長として特別外来を受け持つが、茶飲み友達の社交場のようになっている。

浪速ジャガーズ
在阪のプロ野球チーム。

浪速の龍
村雨府知事のあだ名。

日光・月光菩薩【にっこう・がっこうぼさつ】
厚生労働省の片岡徹審議官・栗岡誠参事官についての白鳥のネーミング。

二度とキミをハナさない
超強力瞬間接着剤。

「ネイチャー・メディスン」
アメリカの有力医学誌。曾根崎薫は『Nature』をローマ字読み（ナ・ツ・レ）し、真冬のツンドラのような表情で藤田教授に見つめられることに。

ネージュノワール（黒い雪）
天城がグラン・カジノで呼ばれていたあだ名。ルーレットでシャンス・サンプル（二者択一）をする際、天城が賭ける時は圧倒的に黒が強いことから。

年金リンリンダイヤル
年金についての相談ダイヤルと思われる。社会保険庁がミスを繕うために電話オペレーターを雇用して運営。

のっぺら童子
桜宮古来の妖怪。黄金地球儀の提案者か？

ノルガ共和国
アフリカ大陸の南端近い内陸部にある。フラナガン砂漠が広がっている。二〇〇三年三月～内戦状態。

は行

バーチャルスライド
彦根のアイテム。標本を画像にバーチャル化し、転送する病理診断のシステム。パソコンとネットで、職場で顕微鏡を見るのと同じ速度で仕事ができる。

バーバラ
医療ジャーナリスト・西園寺さやか使用の会話サポートシステム音声ソフト。

ハイパー一族
地球上では二分五十秒しか変身を維持できず、三分間変身していられる本家ウルトラマンを超えられず、世の中のパチモノへの厳しい視線に甘んじることに。全部で十七人兄弟。

ハイパーマン・バッカス
ハイパーマン一族の勇士。酔っ払わなければ変身できない。変身する際に両腕を胸の前でクロスさせる。

「ハイパーマン・バッカス・エキストラ」
「ハイパーマン・バッカス」シリーズのひとつ。アニメ化されており、曾根崎薫がテーマソングを口ずさんでいる。

「ハイパーマン・バッカス・リターンズ2」
コミック雑誌「ドンドコ」に掲載。「ハイパーマン・バッカス」の続編で、桃倉と曾根崎薫の共通の愛読マンガ。

ハイパーマンランド
東京駅から小一時間。畑の真ん中に作られたテーマパーク。メリーゴーラウンドやジェットコースターの定番の乗り物には、ハイパーマン・バッカスの怪獣の絵がついている。レストランの店員は、怪獣の気ぐるみをきている。

ハウンドドッグ
猟犬。学生時代の加納のあだ名。電脳紙芝居システムを開発して現場でふりまわして以降はデジタル・ハウンドドッグ（電子猟犬）に格上げ。

ハコ
小学時代の別宮葉子のあだ名。葉子はこの呼び方をいやがっている。

バスキュラー・メディックス社（VM社）
医療機器会社。速水が代理店のメディカル・アソシエイツ経由で心臓カテーテルを使用。

パッシヴ・フェーズ
アクティブ・フェーズ同様、白鳥が生み出した説得と心理読影の技術を指した名称。田口はパッシブ・フェーズのピュアタイプである。

蓮っ葉通り【はすっぱどおり】
渋谷や新宿の八分の一モデルである桜宮繁華街で、風俗店などが溢れるエリア。浜田小夜のお気に入りのパスタ屋などもあり、昼と夜では別世界。

バタフライ・シャドウ
城崎がベーシストとして所属していたバンド。五年前の復刻版のタイトルは「ダークネス」。速水が所有。

パッカーマン・バッカス
お笑い三人組。人気特撮番組「ハイパーマン・バッカス」の物真似で一世を風靡したが、現在はツッコミの利根川一郎だけがピンで活躍。

バッカス

ハイパーマンに変身する酔っぱらいヒーロー。学生時代はオール2。出張手当詐取によって地球防衛軍をクビに。ローマ神話ではワインの神のこと。

バッカス友の会

ヒデマサが会長。会員カードを発行する。会員ナンバーはヒデマサの気分や会員の希望でつけられる。田口はナンバー二五。アツシは一〇〇万番。

『バッカスの総て』

大人が読むことを前提として書かれた「ハイパーマン・バッカス」の分厚い解説本。白鳥も名著と認めている。

「バッサリ斬るド」

サクラテレビの怪物番組。辛口キャスター・諸田藤吉郎（通称・モロさん）の鋭いツッコミがウリ。

パブコメ（パブリックコメント）

新制度や法令、規則を制定する際に各省庁が一定期間を定めて広く一般の意見を求める制度。白鳥からすれば「ただのガス抜き」「僕たち官僚は国民の声を聞きましたというアリバイ工作」。

パペット使い

人形使い。画像情報を取り出す機器の操縦者である桧山シオンのこと。

ハヤブサ

花房師長の陰であだ名。適材適所の迅速な采配力から。

速水の別荘

第九手術室。本来は全身麻酔を使わない小手術のための小部屋だが、速水のための麻酔器が常設されている。

パラサイトトランスロケーション（寄生虫的転移）

個人が組織を搾取する際のパラダイムシフトとして桜宮すみれが提案。

ピーキーヤンキー

車のエンジンで、限定的な状況下では高いパフォーマンスを示すが、そのエリアを外れた途端、極端に性能がダウンしてしまう挙動。田口が東堂を指した言葉。

『PCRの総て』【ぴーしーあーるのすべて】

曾根崎薫が藤田教授から課された宿題本。PCRとはポリメラーゼ連鎖反応、複製連鎖反応のこと。

火喰い鳥【ひくいどり】

白鳥のコードネーム。彼が通った後は、ペンペン草も生えない荒れ地になるたとえから。

ビッグ・マウス

東城大医学部行きつけのカラオケ店。水落冴子のバラード「La Mer」のカラオケ番号は26811-55。

ヒプノス社

最長五年の凍眠技術を開発。

『皮膚病スーパーアトラス』

白鳥が自分のヒフ科医生命を捧げる参考書。この本を患者に見せながら診断する。

ヒヤリハット事象

事故や災害に直結する一歩手前の事象。医療系におけるヒヤリハット事象は医療業務機能評価機構が蒐集。

平沼鉄工所【ひらぬまてっこうじょ】

発明家・平沼豪介が社長を務める町工場。深海シリーズで有名。

ファイアー・カー

地方経済の査察チームのコードネーム。

4Sエージェンシー【ふぉーえすえーじぇんしー】

困り事全般に対応する事務所。

富士見診療所【ふじみしんりょうじょ】

佐伯外科新入医局員の研修先のひとつ。山間の診療所で桜宮湖のほとりに位置する。桜宮市隣県、富士崎町の富士久駅から徒歩20分。桜宮駅からは列車で一時間半。ほぼ手術がないため、富士見地獄という退屈地獄として有名。

不定愁訴外来【ふていしゅうそがいらい】

軽微だが根強く患者に居座り続け、検査しても気質的な原因が見つからない些細な症状全般を診察する外来。別名〝愚痴外来〟とも呼ばれる外来の東城大責任者・田口は、日本におけるその分野の第一人者。

プッツン

渡海の用語で針つきバイクリルのこと。糸を引っ張って針を外す。

「プライムエイト」

サクラテレビのニュース番組。曾根崎理恵はこの番組に一年間セント・マリアクリニックの密着取材を依頼。

ブラインドM

日比野涼子が牧村瑞人につけた呼称。

ブラック・ドア

ジャズバー。歌姫、水落冴子がシーク

レットライブを行なった。

ふるさと創生資金
国が全国の市町村に一億円ずつ配布した使途自由の資金援助。

フロイライン
曽根崎伸一郎が日比野涼子につけたあだ名。"お嬢さん"という意味。

ブロッサム
桜宮市民会館に併設された豪奢ホテル。

分配円卓会議
各省庁から選ばれた役人が集まり、社会の根幹部分で新しいシステムを立ち上げる際にのみ行なわれる実質的な省益分配会議。

碧翠院桜宮病院【へきすいいんさくらのみやびょういん】
桜宮巌雄が院長を務める、警察医協力病院の中核施設。赤煉瓦の三層構造で遠目には巻貝に見え、セピア色の色彩に塗り替えられたことで「でんでん虫」と呼ばれている。

ペタコ
平沼豪介作。瞬間金属接着マシン。溶接に近い強度が得られる。「二度とキミをハナさない」のメーカーが商標権の買取を頼みにきたことがある。

ヘラ沼
平沼雄介の通称。

ヘリカルパープル
リップメーカー・五星堂の秋の新色。

ペンタミン・ゴールド
ジャッカルがCM出演している薬の名。

ベンツ・カブリオレ
加納警視正愛用のオープンカー。

辺見タケシ
元地球防衛軍。

ボイルド・エッグ
桜宮中学校校長の陰でのあだ名。でっぷりと肥えたつるっぱげの姿から。

『法医放射線学』
九〇年代の書籍。ヴァートプシーの源流として西郷が取り上げている。

鳳凰【ほうおう】
坂田局長行きつけの、銀座の焼肉屋。

砲丸投げのアフロディテ
殿村アイが高校時代、砲丸投げの選手だった時のあだ名。アフロディテとはギリシア神話の愛と美の女神。

法の番犬
「ダモレスクの剣」の別フィールドに突然、単身乗り込んできたキャラクター。あっという間にフィールドを席巻し、たった3日で最終モンスターまで退治し、姿を消した。実は加納。

ホーネット・ジャム
新しい人生を望む顧客のため、身元不明遺体を仕入れ歯型を合わせることで顧客の身代わりを準備し、新しい戸籍やパスポートまで手配する非合法組織。

牡丹灯籠【ぼたんどうろう】
笹月駅、セント・マリアクリニック近くにある、白鳥行きつけの小料理屋。

ホワイト・サリー
東城大医学部付属病院新棟のとなりに建築中の二十階建て超高層病院の通称。ビートルズのナンバー『ロング・トール・サリー』からのもじり。十二階以上がVIP病室となる点が特長。

ボンクラボヤ
桜宮湾で発見された新種のホヤ。一九八九年春にオープンする桜宮水族館の別館『深海館』の目玉。

「ボンクラボヤの子守唄」
「サイエンスアイアイ」のびっくり企画で売れた浜田小夜の歌。

ポンタ姫
インターネット内で騒がれている悪玉インフル大魔王を退治するニューヒロイン。本田苗子を指したあだ名。

ま行

「マグニフィスント・メディカル・アイ」
医学誌。曽根崎薫が聞き間違え、「マグニチュード・スンスン・マジカル・アイ」と読んでしまう。

マコリン
不定愁訴外来・専任看護師、藤原真琴の昔のあだ名。

マシン・ゴキブリ
平沼豪介作。ゴキブリバシンバシン(ゴキブリボコボコ)のデモを行なうために開発中。超極秘計画。

マシン・ノミ
平沼豪介作。ノミプチプチの性能を見せるために作られた機械仕掛けのノミ。

松崎事件【まつざきじけん】
二十年前のDNA型鑑定ミスによる冤罪事件。被害者、松崎次郎のDNA鑑定を間違え、死刑判決にしてしまう。

マッディ・ボブ（泥沼のボブ）
ボビー・ジャクソン助教授のあだ名。粘着質な質問をすることで、名だたる医師たちを再起不能にしている名高いクラッシャー。かつてスナイプAZ1988の共同開発者「ポール・バッカー博士」を公開手術で廃人同様にした。

纏【まとい】
桜宮一番の料亭。

マリアクリニック
三枝茉莉亜が経営する産科病院。かつては帝華大学の医師が多数派遣されていたが、茉莉亜の息子・久広が医療ミスで逮捕されて以降は曾根崎理恵だけが非常勤医として通う。ぎりぎり東京二十三区内。

マリツィア号
天城所有の漆黒のハーレーダビッドソン。手術の報酬として、フルスペックで作ってもらった特注車。

満天【まんてん】
東城大学医学部付属病院本館にあるレストラン。二〇〇三年の球つき的な総入れ替えにより、病院長室に代わって設置。うどん・そば（各二十種類）三百円、スパゲティ四百円など。

マンマルマリン
平沼豪介作。立方体から球体を削りだす機械。

水落冴子三部作
『黒い森』、『暗い海原』、『闇の輝き』。ジャケットは色彩あふれる抽象画。速水が田口に貸している。タイトルに負けず、中身も暗いらしい。

ミスター厚生労働省
八神直道のこと。

ミス・ドミノ
姫宮が東城大学病院及び桜宮病院でつけられたあだ名。ミスをドミノ倒しのように連発することから。

三田村・曾根崎理論
三田村が曾根崎薫にアイデアを提供し、二人三脚でノーベル医学賞を狙う。薫が曾根崎・三田村理論を提唱したのに対し、三田村が前後入れ替えを要求。

未来医学探求センター【みらいいがくたんきゅうせんたー】
桜宮市の海岸通りに二〇一〇年四月設置。コールドスリープ・センターの通称。世界初の「コールドスリープ」が施行された少年（モルフェウス・SA）の管理をしている。東城大学の独立行政法人化に伴い、多量の資料の保管と整理を医学部より委託されている。

メール開け閉め同時処理
曾根崎伸一郎のワザ。メールは開けたら返事を書いてすぐ削除が伸一郎流。

メールやぎさん
未来探求センターHPの常連のあだ名。一週間に一通メール便と称して送ってくるため涼子がつけた。涼子は職場を引退した男性と予想している。

メタボ
メタボリックシンドローム（内臓脂肪型肥満）の略。厚生労働省はメタボ対策に健康診断を推奨。だがその実態は、ラクして金を巻き上げるための企画だと白鳥は指摘している。

メディカル・アソシエイツ
表向きは医療関連ビジネスを手広く手がけるミニ商社。しかしその実態は病院買収関連の企業舎弟。

メマイトレール
めまいや立ちくらみを抑える薬。類似薬にタテドクラマン。

モデル事業
医療関連死モデル事業の略。頻発する医療事故に対応するため、患者遺族の要望に応えて新しい届出組織を作ろうという主旨で、その手始めに立案。

モナコを歩き倒す【もなこをあるきたおす】
駒井が持っているガイドブック。

モルフェウス・プリンシプル
曾根崎伸一郎が提言したコールドスリープ八原則。

モルフェウス・レポート
日比野涼子が『モルフェウス・プリンシプル』に対するアンチテーゼを世に解き放つために論じた論文。

モンテカルロのエトワール
天城のこと。患者が術後トラブルに陥ったことがなく、グラン・カジノで得た患者の財産をモナコ公国の福祉の基金として運用している功績により、エトワール＝勲章を受賞しているため。

や行

ヤマビコ・ユニット
彦根と桧山シオンのコンビの通称。

幽鬼【ゆうき】
結城の通り名。気配を消すことを得意とすることから。

幽霊医局員
医師国家試験に不合格であった学生が研究生という名で医局に在籍すること。

雪見のはなびら
雪見市の仲根市長が好きな和菓子。

ユニバーサル・シーホース
浪速市に初めて建設された大規模なアミューズメント・パーク。主なアトラクション「ハイパーマン・バッカスの逆襲」、目玉は「海賊島をやっつけろ」、「海乃藻屑ショー」がある。

ゆりかごの子守歌【ゆりかごのこもりうた】
未来医学探求センターのHPの項目。

妖怪会合【ようかいかいごう】
執行部老齢化、方針の硬直化している浪速市医師会のこと。

ら行

ラブカ親父
黄金地球儀事件以降、平沼平介についたあだ名。雄介の周囲では「逆切れのラブカのおっちゃん」として人気者に。

ラブカ抱っこツアー
小松が勝手に立ち上げた思いつき企画。平介が依頼され制作したレプリカを抱っこさせる趣向。意外と繁盛。

「ラプソディ」
水落冴子の最高傑作。恐怖や悪意を増幅する性質があり、ベスト盤CD発売に際しても再録はされなかった。島津は学生時代に速水に一度貸したが返ってこないため中古屋で買い直した。

ラベンドール
ノルガ共和国の鮮やかな青い花。

「La Mer」【ら　めーる】
水落冴子の傑作バラード「夏」の副題。フランス語で「海」。

リヴァイアサン
9テスラで解像度が桁違いのマンモスMRIマシン。二点分別最低距離は100ミクロンで、顕微鏡レベルの画像までMRIで撮像できる。40トンの巨大コイルのため、運搬には軍用機をチャーターしなければならない。

リスクマネジメント委員会
医療現場の問題を把握して医療事故防止対策を検討する組織。委員長に呼吸器内科の曳地助教授。バチスタ・スキャンダル以後は田口が委員長に。

リップス
口紅の専門店。大型ショッピングモール『チェリー』内にオープンした日本初上陸の有名ブランド。

リバースヒポカンパス（逆さ海馬）
コールドスリープの際、偽りの記憶を海馬に植え込み、過去の記憶の一部、あるいはすべてを破壊し、新しい記憶を上書きする逆行性記憶消失ソフト。

流星荘【りゅうせいそう】
かつて殺人事件が起こった桜宮市内にある倒壊寸前のぼろアパート。

レッセフェールスタイル
喜国忠義が提唱したウイルスと共存共栄できるスタイル。

「レッツ・カジノ」
螺鈿事件の半年前に掲載された特集記事。別宮が企画を強引に通し時風新報で社長賞を受賞。この企画の際も天馬は別宮に潜入取材を依頼。別宮はその取材で結城やその娘・茜と知り合った。

レディ・リリィの小部屋
ウェブページ、すみれ・エンタープライズ内の黒い十字架をクリックすると表示される。先へはパスワードが必要。碧翠院の秘密が隠されたクローズドサークル。

レティノ・グループ
網膜芽腫専門治療研究チーム。メンバーは小児科・副島助教授、放射線診断課・島津助教授、眼科・平島助教授。

わ行

『ワトソン・クリックの二重らせんの悪魔』
曾根崎薫が藤田教授から課された宿題本。ジェームズ・ワトソンとフランシス・クリックはDNA構造モデルの提唱者。

医療用語事典

SBチューブ【えすびーちゅーぶ】

Sengstaken-Blakemore（セングシュターケン・ブラックモア）管。チューブにバルーンがついている。チューブ挿入後、先端を胃に入れて先端バルーンを胃の入り口で膨らませ、胃静脈を圧迫、食道静脈を虚血化する。次いで手前のバルーンを膨らませ、食道静脈を圧迫止血する。

NLA【えぬえるえい】

麻酔の一法。「Neurolept anaesthesia」の略。神経遮断薬と鎮痛薬を併用し、意識を保ちつつ鎮痛作用を発揮させる静脈麻酔のこと。

MRI【えむあーるあい】

核磁気共鳴画像法。昔はNMRとも呼ばれていた。CTと並ぶ二大画像診断法。

エンバーミング（遺体衛生保全）

遺体に消毒、保存処理を施し、必要に応じて修復して、長期保存を可能にしようとする技法。

オーベン 指導医（ドイツ語）。

か行

カイザー

帝王切開。ローマ皇帝カエサルがこの方法で生まれたのが語源。

カウンターショック

心臓に直流電通し、心室細動，心房細動などの不整脈を正常に復帰させるために行なう。

郭清【かくせい】

癌を切除し、周辺のリンパ節を切除すること。

クーパー

手術中や処置で使うハサミ。先端が丸みを帯びているのが特徴。血管を縛った後の、糸を切る際に使用される場合が多い。

クロスマッチ

血液交差適合試験。輸血前に行なわれるチェック。異なった血液型だと凝血する。

あ行

IVH（中心静脈栄養輸血）【あいぶいえいち】

中心静脈栄養法。鎖骨下静脈に太いチューブを留置することで、濃い栄養液を投与できる。

悪性過高熱

原因不明の発熱疾患。麻酔導入時に急激な体温上昇が起こる。唯一の特効薬はダントロレン。

アナムネ

初診患者に対して診察前にとる問診のこと。

APGARスコア【あぷがーすこあ】

新生児の状態を評価する基準。０～３点は重症仮死で、人工換気が必要、４～６点は軽症仮死で蘇生術が必要、７～10点は 正常。APGARは以下の五項目の頭文字である。Appearance（様子）、Pulse（心拍数）、Grimace（刺激反応）、Activity（筋緊張）、Respiration（呼吸）。

アメラノーティック・メラノーマ

悪性黒色腫。黒色腫は色素顆粒が細胞質にあるが、色素顆粒が確認できないタイプ。

アンギオ

血管造影。カテーテルを血管に挿入し、造影剤を使用して血流、腫瘍の状態などを調べる検査。

アンビュー

手動式人工呼吸器のこと。呼吸停止時や人工呼吸器を使えないときに使用する。

インパクトファクター

特定の一年間において、ある特定雑誌に掲載された論文が平均的にどれくらい頻繁に引用されているかを示す尺度。

ウエスタン・ブロット

無数にあるタンパク質の中から、ある特定のタンパク質だけを検出する方法。

エーアイ

オートプシー・イメージング（Autopsy imaging）の略（Ai）。

双角子宮【そうかくしきゅう】

子宮の奇形の一種。本来、子宮は胎児の成長とともに、２つの袋が合わさり大きな袋になるが、双角子宮の場合その癒合が不全になってしまう。

ゾーナ・ペルシダ

透明体。受精卵発生時に出現する微細領域。

ソフラチュール

フラジオマイシン硫酸塩の貼り薬。やけどや広範な皮膚損傷の際、感染防止に使われる。

ゾロ薬　主成分が同じ後発薬品。

た行

治験【ちけん】

医薬品、医療機器の製造販売の承認申請をするための臨床試験。ヒトにおける有効性を確かめ、臨床での有用性を評価するために行なわれる。

ツッペル

外科手術の時に組織を剥離するためのガーゼ。

DOA【でぃーおーえー】

来院時死亡（Death on arrival）。現在はCPAOAと言われる。

デファン（筋性防御）

腹壁緊張状態。腹腔内の炎症刺激により腹筋部分が板のように硬くなる。

デリバリー・ドクター・システム

設備を搭載したヘリコプターで医療者を派遣し、現地で治療を開始する医師デリバリーのこと。

ドクター・ヘリ

救急専門医および看護師が同乗し、患者を医療機関に搬送する間、救命医療を行なうことのできる救急ヘリコプター。二〇〇八年五月、設置法案が国会を通過し、一般化をめざしている。

トタール（胃全摘出術）

胃を全て切除する術式。

トリアージ・カード

患者重傷度分類。黒、赤、黄、青の四色で救急患者を仕分ける。

ゲフリール（迅速組織診）

術中迅速病理検査の略で、術中に切除した検体を即時に検査すること。

コッヘル

手術時に血流を止める器具。先端に鉤がついている。細いゴム管などをはさむ時にも使用する。

コンタミ

コンタミネーションの略。科学や医学実験の場における汚染のこと。

さ行

CAG【しーえーじー】

CAG（coronary angiography）冠動脈造影法。冠動脈に腕や足の血管から細い管（カテーテル）を入れて、冠動脈を直接撮影する血管造影法。

GCS【じーしーえす】（グラスゴー・コーマスケール）

意識障害の評価方法。３－８点で重傷、９－１３点で中等度、14－15点が軽度意識レベル傷害。A. 開眼、B. 言葉応答、C. 運動応答の三項目について点数をつけて単純加算する。

シェイク・ヘッド症候群

虐待の一種。幼児の体を過度に揺さぶることで、脳障害などを起こす。

JCS【じぇーしーえす】（ジャパン・コーマ・スケール）

意識障害の評価法。覚醒レベルを九段階で表す。大項目三段階はⅠ. 刺激をしないで覚醒、Ⅱ. 刺激をすると覚醒、Ⅲ. 刺激をしても覚醒しない、でそれぞれがまた細かく三段階に分かれる。

シャウカステン

レントゲン写真を貼り付けて見る白い電灯付き器具。ドイツ語。

心臓カテーテル

カテーテルを腕や大腿の動脈から入れて、心臓内部の血圧測定や、造影剤注入による画像診断により、心臓病の種類や重症度を診断する。

スパーテル

手術時に内臓などを押さえるための金属製ヘラ。

スティヒメス　先端の尖ったメス。

胞状奇胎【ほうじょうきたい】

染色体異常による発生異常。本来ならば胎盤をつくるはずの絨毛組織が増殖し、ぶどうの房のようになり、子宮内に充満する病気。

ポリクリ

病棟実習。ベッドサイドラーニングのドイツ語。

ま行

マッキントッシュ

喉頭鏡。気管内挿管する際に用いる補助具。

ムンテラ

ムントテラピー。患者やその家族へ病状や治療法の説明を行なうこと。ドイツ語。

メッツェン

手術に使用するはさみ。正式名称はメッツェンバウム。

モスキートペアン

血管の断端をつまんで止血などに使われる。

ら行

ラリンジアルマスク

気道確保に用いられる換気チューブの一つ。

ランデブー・ポイント

ドクターヘリと救急車との合流地点。

リーク

縫合不全。主に消化管を縫合した時にうまく縫合できておらず漏れてしまうこと。安静による静養もしくは再手術などの処置が必要になる。

レストレッグス病

むずむず脚症候群。足がむずむずして眠れない。ドーパミン不足が原因だが、正確には原因不明。

レセプト

医療機関が市町村や健康保険組合等に請求する医療費の明細書。

レティノ・ブラストーマ

網膜芽細胞腫。主に小児の眼内に発生する悪性腫瘍。眼球摘出が主な治療法。

な行

ニューロレプト系麻酔

神経遮断薬と鎮痛薬とを併用することで意識を残して鎮痛作用だけをもたらす麻酔法。

は行

バッキング

人工呼吸中の咳込み。これが起こると、麻酔管理が悪いと言って外科医が怒る。

パルスオキシメーター

酸素がどの程度血液に供給されているか、動脈血酸素飽和度を測定できる装置。

PCR【ぴーしーあーる】

断片DNAとDNAポリメラーゼを用いて、目的とするDNA領域を増幅する方法。

PTSD【ぴーてぃーえすでぃー】

心的外傷後ストレス障害。

PD【ぴーでぃー】

膵頭12指腸切除術pancreatico-duodenectomyの略号で膵臓癌に対する術式。

フライト・ドクター

ヘリコプターに同乗して現場に向かい、現場から病院まで機内で治療を行なう。通常は救急医として働いている。

プラシボ

偽物の薬。ブドウ糖や乳糖が使われる事が多い。

吻合【ふんごう】

血管と血管や神経と神経をつないだりすること。

ペアン

止血鉗子の種類で鉤がないもの。

ベッド・コントロール

病棟での入退院管理。

ベッドサイドラーニング（BSL）

病棟実習。医学生が高学年になって行なう。

ペトリ皿

シャーレ。ガラスのふたつき平皿で、元々は微生物、細胞の培養などに用いた。

海堂 尊(かいどう たける)

1961年、千葉県生まれ。医学博士。外科医、病理医を経て、現在は独立行政法人放射線医学総合研究所・重粒子医科学センター・Ai情報研究推進室室長。第4回『このミステリーがすごい!』大賞受賞作『チーム・バチスタの栄光』(宝島社)にて2006年デビュー。『死因不明社会』(講談社)で第3回科学ジャーナリスト賞受賞。他の著書に『ケルベロスの肖像』『トリセツ・ヤマイ』(宝島社)、『螺鈿迷宮』(角川書店)、『ブラックペアン1988』(講談社)、『ナニワ・モンスター』『ガンコロリン』(新潮社)、『極北クレイマー』(朝日新聞出版)など多数。

本書の感想、著者への励まし等は、
下記ホームページまで。
http://konomys.jp

カレイドスコープの箱庭《はこにわ》

2014年3月19日　第1刷発行

著　者:海堂 尊
発行人:蓮見清一
発行所:株式会社宝島社
〒102-8388　東京都千代田区一番町25番地
電話:営業03(3234)4621/編集03(3239)0599
http://tkj.jp
振替:00170-1-170829(株)宝島社

組　版:株式会社明昌堂
印刷・製本:中央精版印刷株式会社

ISBN978-4-8002-2226-8